チョプラ警部の思いがけない相続

ヴァシーム・カーン
船山むつみ 訳

THE UNEXPECTED INHERITANCE OF
INSPECTOR CHOPRA
BY VASEEM KHAN
TRANSLATION BY MUTSUMI FUNAYAMA

ハーパー
BOOKS

THE UNEXPECTED INHERITANCE OF
INSPECTOR CHOPRA
BY VASEEM KHAN

Japanese translation published by arrangement with Vaseem Khan Ltd c/o A M Heath & Co Ltd
through The English Agency(Japan)Ltd.

Published by K.K. HarperCollins Japan, 2023

この本をわたしの家族に捧げる。
まず亡き母ナウィーダに。
母の言葉は今もわたしを元気づけてくれる。
それから、父モハメド、妹のシャバナ、リアーナ、イラム、
弟のアッディール、そして、
生まれ育った都市ムンバイを案内してくれた
妻ニルパマ・カーンに。

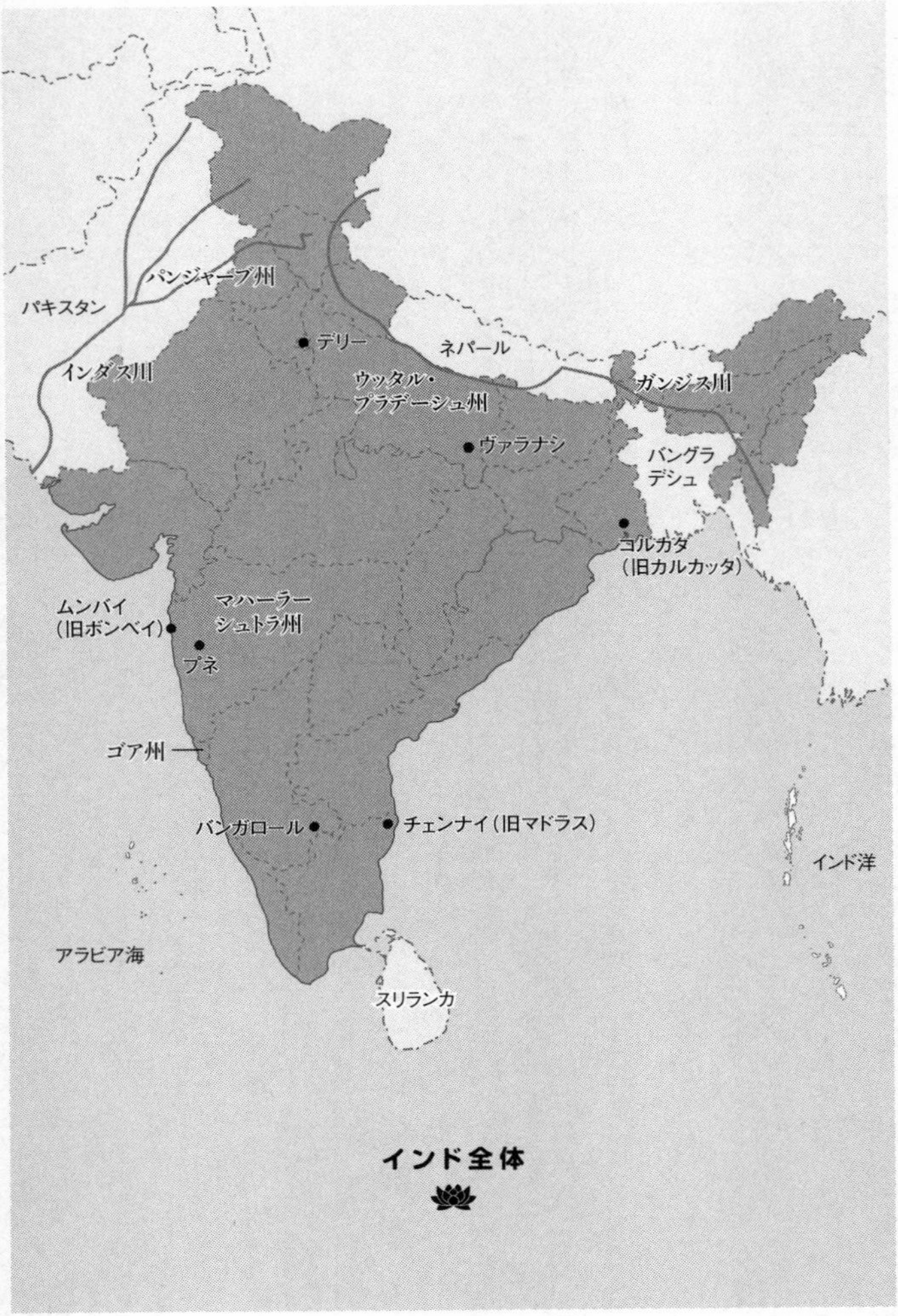
パンジャーブ州
パキスタン
デリー
ネパール
インダス川
ウッタル・
プラデーシュ州
ガンジス川
ヴァラナシ
バングラ
デシュ
コルカタ
(旧カルカッタ)
マハーラー
シュトラ州
ムンバイ
(旧ボンベイ)
プネ
ゴア州
バンガロール
チェンナイ(旧マドラス)
インド洋
アラビア海
スリランカ
インド全体

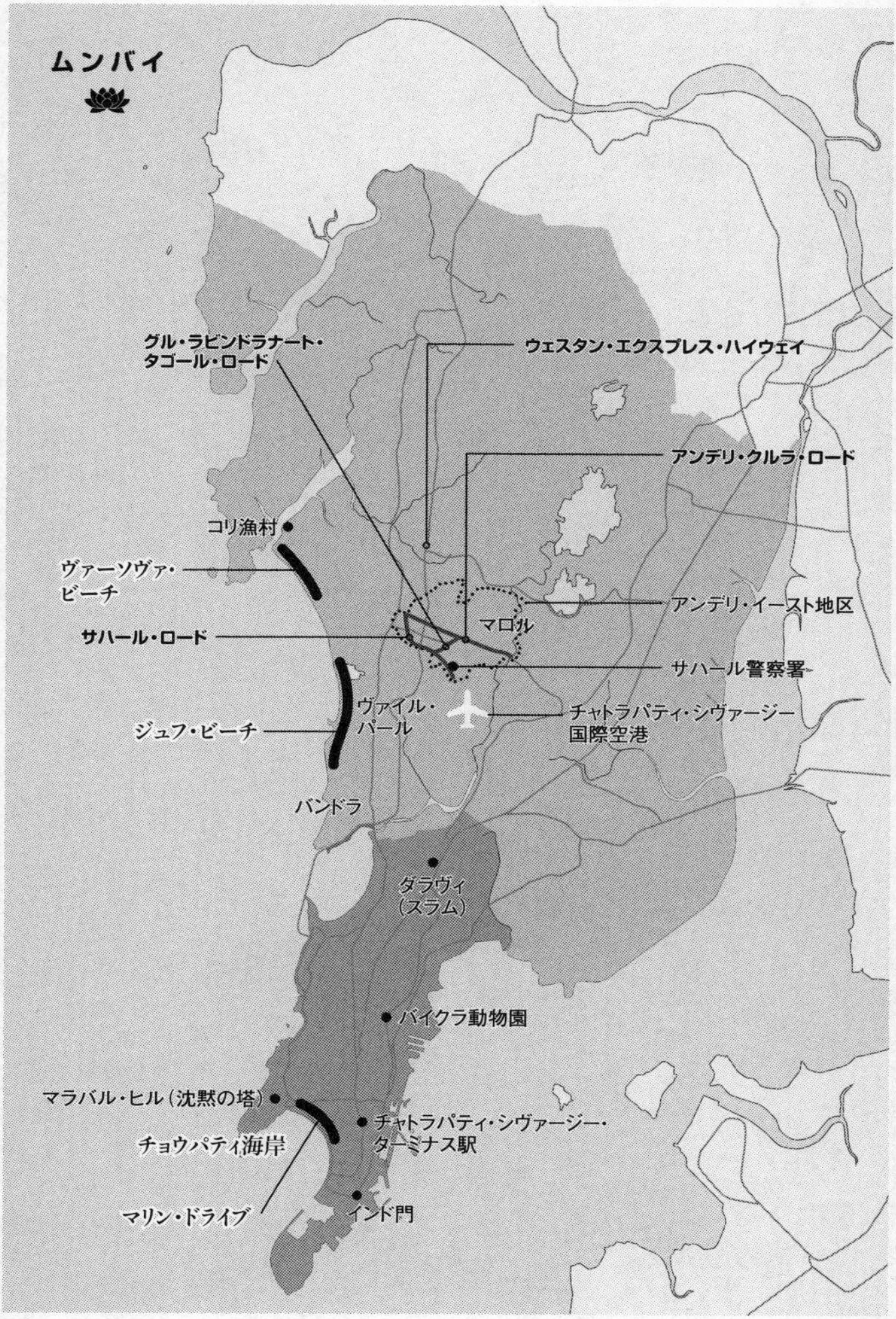

ムンバイ
グル・ラビンドラナート・
タゴール・ロード
ウェスタン・エクスプレス・ハイウェイ
アンデリ・クルラ・ロード
コリ漁村
ヴァーソヴァ・
ビーチ
アンデリ・イースト地区
マロル
サハール・ロード
サハール警察署
ヴァイル・
パール
ジュフ・ビーチ
チャトラパティ・シヴァージー
国際空港
バンドラ
ダラヴィ
（スラム）
バイクラ動物園
マラバル・ヒル（沈黙の塔）
チャトラパティ・シヴァージー・
ターミナス駅
チョウパティ海岸
マリン・ドライブ
インド門

チョプラ警部の思いがけない相続

おもな登場人物

アシュウィン・チョプラ――ムンバイ警察サハール署署長、警部
アルチャナ（ポピー）――チョプラの妻
プルニマ・デヴィ――ポピーの母親
キラン・マルホトゥラ――ポピーのいとこ
プラタナ――キランの娘
ラングワラ――サハール署警部補。チョプラの部下
スラ――サハール署巡査。チョプラの部下
スレシュ・ラオ――ムンバイ警察の警視。チョプラの上司
スーリヤヴァンシュ――チョプラの後任のサハール署署長
ホミ・コントラクター――上級監察医
アショク・カルヤン――州立法議会議員、元警官。チョプラの旧友
ナレンドラ・カラ・ナヤック――暗黒街を牛耳っていた犯罪者。故人
サントシュ・アチュレカル――水死した少年
バハドゥール――チョプラが住むアパートメントの警備員
ミセス・ルパ・スブラマニウム――チョプラが住むアパートメントに君臨する女性
ドクター・ロヒット・ララ――獣医
バンシ――チョプラの伯父。動物と話ができる
ガネーシャ――チョプラが伯父から相続した子象

1　チョプラ警部、退職する

退職することになっていたその日の朝、アシュウィン・チョプラ警部は自分が象を一頭、相続したことを知った。

「象をくれるだって？　それはいったい、どういう意味だ？」鏡に向かって制服の襟を直していたチョプラは驚いて、妻のアルチャナのほうを振り返った。アルチャナは家族や友だちからは〝ポピー〟と呼ばれている。ポピーはさっきから、心配そうな顔で廊下をうろうろしている。

「ほら、自分で読んでごらんなさいよ」ポピーはそう言うと、夫に手紙を手渡した。だが、今は手紙を読む時間などない。今日はチョプラが警察に出勤する最後の日で、ラングワラ警部補がもう警察のジープで迎えに来ている。チョプラは部下たちが自分のために退職祝いを計画していることに気づいていたが、せっかく自分を驚かそうとしている彼らをがっかりさせたくなかったので、一週間ずっと気がつかないふりをしていた。

チョプラは手紙をカーキ色の制服のズボンのポケットに突っ込み、玄関に向かった。チヨプラの後ろをついてきたポピーのハート形の顔はふくれっつらになっている。彼女はちょっと腹を立てているのだ。今日の特別な日のためにわざわざ新しい絹《シルク》のサリーを着て、絹のような黒髪をまとめたお団子には蓮《はす》の花を飾り、アーモンド形の茶色い目の下まぶたには丁寧にアイラインを引いているのに、チョプラときたら気がつきもしない。ポピーはかわいい鼻の上に皺《しわ》を寄せた。乳しぼりの娘のように色白の両頬がピンクに染まっている。だが、チョプラの心はとっくに警察署に行ってしまっている。

そのとき、チョプラはまだ知らなかった。この日、退職祝いよりももっと驚くことが起きようとしていたのだ。殺人事件だ。その事件はチョプラの長く輝かしい警察官人生の最後を締めくくる事件になると同時に、ムンバイの街を根底から震撼《しんかん》させるだろう。そして、ムンバイでもっとも非凡な探偵事務所の誕生を告げるものとなるはずだ。

「今日は四十度になるそうですよ」ラングワラ警部補が言った。チョプラの住む空軍記念アパートメントからのデコボコ道を走るジープは激しく揺れた。そうだろうな、とチョプラは思った。すでにシャツが背中に貼り付いているし、汗は制帽の縁から小川となって鼻の上に流れてきている。今年のムンバイは、ここ二十年ばかりの間でもっとも暑い夏になっていた。しかも去年に引き続いて、雨季《モンスーン》が始まるべきときに始まらない。警察署へと続く道はいつもどおり渋滞している。三輪のオートリクシャが埃《ほこり》っぽい大都市の迷路をブンブン走りまわっていて、歩行者にとっても、動物にとっても実に危険だ。汚染された空気が低く垂れこめて熱をはらんでいる。鼻孔がひりひりするのを感じながら、チョプラはジープの外に身を乗り出し、巨大な掲示板を見上げた。選挙期間が始まってから、ムンバイのあちこちにこんな掲示板が立てられている。よれよれのランニングシャツを着て、半ズボンを穿《は》いた労働者が竹の足場の上で危うげにバランスをとりながら、有名な政治家の晴れやかな笑顔に口ひげを描き加えている。

車は市場を通りかかり、チョプラは座席に背を預けてすわりなおした。スパイスの粒子と腐りかけの野菜の臭いで、なんだか空気がかすんできたような感じがする。道端に並ぶ食べ物の屋台がますます不快なにおいをまき散らしている。それでも、鋼鉄の胃をもち、なんでも平気で食べる建設労働者たちは、ガスボンベで熱するフライパンの上でジュージュー音をたてている朝飯にありつこうと列を作っている。

向こうから、象が一頭、ゆっくり歩いてくるのが見えた。その背に乗っかった象使いは竹を編んだ帽子を耳が隠れるほど深く被《かぶ》っている。チョプラは象が左右に揺れながら通り過ぎるのをじっと見ていた。「象だって？」チョプラはついさっきのポピーとの会話を思い出しながら、つぶやいた。なにかの間違いに決まっている！

警察署の前庭に人だかりがしている。チョプラは最初、これが部下たちが自分のために準備していた〝サプライズ〟なのかと思った。だが、すぐにそうではないとわかった。そこで汗を流しながら騒いでいる人々は、歩道のないムンバイの通りのあちこちでしょっちゅう始まる言い争いの現場にいるような人たちだ。

牛の群れのように押しあっている人々の中から、誰かの大きな声が聞こえる。

人混みの中心に小太りな若いスラ巡査が汗まみれになっているのが見えた。スラは、茶色っぽい、くすんだ色のサリーを着た、背の低いずんぐりした女性から、さかんに責めたてられている。

「わたしの息子が死んだのに、警察はなにもしてくれない！」と女性は叫んだ。「警察は金持ちのご主人様たちに仕えるためだけにあるのね！　そんなこと、絶対に許さない！」

同様に口を尖《とが》らせた女たちが、人の輪のあちこちから彼女を励ます声をあげている。

その女性の両目が赤く、腫れ上がっていることにチョプラはすぐに気づいた。きっとずっと泣き続けていたのだろう。お団子に結った白髪交じりの髪の毛がほつれて、汗をかいた額に貼り付いている。額の赤いビンディ（ヒンドゥー教徒の既婚の女性が額につける印）も、彼女の乱れた心のようにすっかりにじんでしまっている。制服を着て、厳格な印象のチョプラを目にして、女性は一瞬、叫ぶのをやめた。

自分が威厳のある印象を与えることをチョプラは知っていた。身長が高くて肩幅が広く、ハンサムな顔つきで、漆黒の髪はもみあげの部分だけ白くなってきている。年齢は彼に味方している。褐色の肌に皺はまだない。濃い眉の下の悲しげな目からは彼が真面目な人間であることがよくわかる。その両目の間から伸びる彼の鼻を妻は「個性のある鼻」と評している。チョプラ本人が個人的にもっとも自慢に思っているのは口ひげだ。よく手入れされて、ピンと跳ね上がっており、まるで鼻の下でいつも両手を挙げて挨拶しているように見える。

「マダム、いったい、なにがあったのですか？」チョプラは重々しく尋ねた。

「あの人に聞いたらいいじゃないの」女性はラングワラを指さし、ラングワラは自分を責めたてる彼女の指先から目をそらして、チョプラのほうを見た。

「ほうらね！」女性は自分の支持者たちに向かって大声をあげた。「この人ったら、警部さんに報告もしてないのよ！　わたしがもし白いメルセデスに乗ってきてたら、野良犬みたいにわたしを取り巻いて出迎えるでしょうに！　わたしのような貧しい女の貧しい息子のためには、正義なんてないのよ！」

「もういい！」チョプラが大声で制した。するとみんなが、その女性までもが、いっせいに静かになった。「ラングワラ、どういうことか説明しろ」

「さあ、どんなふうに説明するつもり？」女性がまたわめいた。「わたしが説明してあげるわ！　息子が、わたしの大事な息子が殺されたのよ！　息子の死体は昨夜からおたくの警察署にあるわ。それなのに、警察官は一人もうちに事情を聞きにも来ない。息子が死んだと聞いて、一晩中、わたしは泣きながら待ってたのに」

「ラングワラ、今の話は本当か？」

「サー、署に死体があるのは本当です」

「どこだ？」

「裏です、サー」

「マダム、ここで待っていていただきましょう。ラングワラ、いっしょに来い」

ラングワラは署の裏側に向かうチョプラの後をついてきた。裏側には留置場と物置がある。留置場の前を通ると、酔いどれたちが浅い眠りからときどき目を覚ましている。チョプラもよく見知ったこのへんの泥棒が額に手を当てて丁寧に挨拶してよこした。

物置に入ると、プラスチックのボックスが積み重なった上に死体が横たわっていた。チョプラは被せてあった白いシーツをのけて、死体を見下ろした。顔が膨らんで灰色になっている。少年は生きていたときは美男子だっただろう。

「なぜ報告しなかった？」

「警部にとっては最後の日ですから。どっちにしろ、この若者は死んでました。明らかに溺死です」

「チョプラ警部の最後の日だからというのは、報告しない理由にならんぞ」チョプラは厳しい声で言った。「どこで見つかった？」

「マロルの、パイプラインの端っこのところです。どぶ川に落ちたに違いありません。そういう臭いがしてましたから」

「あのどぶ川なら、ほとんど干上がってるはずだ」チョプラは顔をしかめた。「何カ月も雨が降ってないんだからな」

「酔ってたようです。死体のそばにウイスキーの瓶がありましたから」

「見つけたのは誰だ？」

「地元の者が通報してきました。死体も届けてきたんです。そこで、死体はここに運ばせて、スラを現場にやって、いくらか聞き込みをさせました。しかし、誰もなにも見ていないそうです」

おかしな話だ、とチョプラは思った。二千万人の人口を擁し、一瞬だってプライバシーをもつことが許されないこの都市で、ムンバイ市民たちがまったくなんにも見ないでいられることが当たり前だというのだろうか。

「どうして、死体をここに運んだんだ？」死体が警察署に届けられるのは通常のことではない。通常なら、まっすぐ地元の病院に運ばれるはずだ。

「病院に連絡したのですが、なにやらトラブルがあったようなのです。頭のおかしいやつらがバリケードを築いて、出入りする車両に嫌がらせをしているとか。ですから、われわれが死体を受け取って、朝までここに保管したほうがいいだろうと思ったのです」

チョプラにも事情はわかった。選挙運動が過熱しているのだ。国中の普通の人々が（ラングワラは「頭のおかしいやつら」と言ったが）、自分の主張を通そうと騒いでいる。今はムンバイの警察官たちにとって、特別に忙しい時期でもあった。インド人というのは、静かに主張するということを知らないのだ。

「実況見分調書《パンチナマ》はあるか？」

「はい」最初に現場に到着した警察官がパンチナマを作成しており、死体が発見され、しかるべく警察が呼ばれたことを証言する二人の善良な地元の人が署名していた。ラングワラはちゃんとやっている。ムンバイの多くの地域で、二人の善良な市民を見つけることは殺人犯を一人見つけるより難しいからな、とチョプラは考えた。

「死体の身元はどうしてわかった？」

「運転免許証を所持していました。家族に連絡して、母親が夜のうちに来て、息子だと確認しました。大騒ぎしましたよ。家に送らせなければなりませんでした」

息子に死なれたのだ、とチョプラは考えた。どんなにショックで、恐ろしいことだろう！　あのかわいそうな女性が錯乱しているのも、無理のないことだ。

「あの、警部、こんなことを申し上げて、失礼だと思わないでいただきたいのですが……。この件はすぐにスーリヤヴァンシュ警部の担当になります。彼にまかせてはいかがでしょう」

スーリヤヴァンシュはこの警察署におけるチョプラの後任の署長だ。チョプラは抵抗を感じたが、実はラングワラの言うことはまったく正しいのだと気づいた。結局のところは、手続きの問題に過ぎないのだ。あとほんの何時間かで、自分はもう警察官ではなくなる。もうチョプラ警部ではなくて、ただのアシュウィン・チョプラに戻る。インドを偉大にしている十億を超える〝アアム・ジュンタ（民衆）〟の一人に戻るのだ。

チョプラは突然、圧倒的な憂鬱《メランコリー》に襲われた。

その日は予想していたより、はるかに速く過ぎていった。

ラングワラの事情聴取を受けた後、少年の母親はようやく家に帰ることに合意し、警察の車で送られていった。チョプラはデスクの前のだいぶ年季の入った木の椅子にすわって、職場での最後の日に片づけることになっている、さまざまな手続きを片づけていった。

頭の上では、天井に据え付けられた扇風機がキーキー音をたてながら、部屋の中の高温の空気をかきまわしている。壁にかけられたザ・タイムズ・オブ・インディア紙のロゴのついた時計が彼のキャリアの最後の時間をカウントダウンしている。それがまるで時限爆弾でもあるかのようにチョプラには感じられた。

ランチの時間になると、チョプラは弁当箱《ティフィン・ボックス》を開けて、においを嗅いだ。いつもの習慣だ。チョプラはひどい生姜《ジンジャー》アレルギーだ。ちょっとでも入っていると、くしゃみが止まらなくなる。だから、食事をする前に大丈夫かどうか確認することが長い間の習慣になっている。もちろん、彼の苦手なものを妻が忘れたりするはずがないのはわかっているのだが。今日、ポピーは彼のためにアルゴビ（ジャガイモとカリフラワー炒め）とチャパティ（薄く丸いパン）を作ってくれていた。どちらも、重なったティフィン・ボックスに入ってまだほかほか温かい。だが、食欲はなかった。

薬を飲むのを忘れてはダメよ、とポピーが電話してきたので、チョプラはスチール製のティフィン・ボックスを脇によけた。それから、素直にポケットから錠剤の瓶を出すと、掌の上に二つ出し、グラスの水といっしょにごくんと飲み込んで身震いした。

このいつもの儀式にはまったくうんざりする。

三時。チョプラが驚いたことには、スレシュ・ラオ警視が電話してきた。何年もの間、チョプラはラオの部下として働いてきた。このサハール署は、ラオ警視が監督する三つの警察署のひとつだからだ。チョプラとラオはこれまでずっと、一度も意見が合ったことがない。ラオはかつて隣のチャカラ署長だった。はっきりものを言わない悪党だとチョプラは思っていた。丸顔で、腹が突き出ていて、署内ではえこひいきし、外では警察の権力を振りかざす小さな独裁者だ。だが、ムンバイ警察ではどういうわけか、ラオは昇進し、チョプラはサハール署長のポストに留《とど》まった。

退職する自分をいい気味だと思って電話してきたんだな、とチョプラは思った。チョプラが早期退職しなくてはならなくなったと知ってから、ラオはうれしくてしかたない様子だったからだ。しかし、ラオはまったく意外なことを言ってチョプラを驚かせた。「チョプラ。昨晩マロルで死体が見つかったと聞いたのだがね」

「そうだ」チョプラは言った。「そのとおりだ」ラオ警視と話すとき、チョプラはどうしても、いちいち〝サー〟をつけて敬語で話す気にはなれない。

「いったい誰の権限で、死体が病院ではなく、サハール署に運ばれることになったのかね？」

チョプラは一瞬言葉につまったが、こう答えた。「わたしの権限でだ」ラングワラが責任を問われて叱責されるのは見たくない。「それがどうかしたのか？」

「それは通常の措置ではないな。そうだろう？」警視はフンと鼻を鳴らした。「とにかく、死体は今すぐ病院に運ばせろ。忘れるなよ、チョプラ、今日でおまえは終わりだ。ここの仕事はおまえとはもう関係ないんだ」

「わたしの仕事が終わるのは、午後六時ぴったりになったときだ」チョプラは言った。

「まだ意地をはるのか！」ラオは激怒した。「いいか、チョプラ、そういう反抗的な態度をとれるのも、今日で終わりだぞ」ラオは大きく息を吸い込んだ。「その死体をすぐに病院に運ばせろ。これは命令だ！」

「検死解剖は？」

「検死解剖だと？」

「あの少年が死んだのは犯罪によるものかもしれない。検死解剖の許可を出すことにする」

「そんな許可など出させないぞ！」ラオはわめいた。「一目瞭然だ。死体は溺死で間違いない。検死解剖なんて必要ない」

いったい、なにを言ってるんだ、とチョプラは思った。「どうして溺れたとわかるんだ？」

電話の向こう側で早口でがなり立てるラオの顔が目に見えるようだ。「とにかく、俺にはわかるんだ。だから、俺は警視になっていて、おまえはなっていないんだ。いいか、よく聞け。検死解剖はなしだ。あれは溺れて死んだんだ。それで一件落着だ」

「一件落着かどうかは俺が決める」チョプラも怒って言った。

「なんだと！　おまえ、いったい何様のつもりだ！」ラオは逆上した。「そんなことを言うと、クビにするぞ……！」そこまで言って、ラオは黙った。自分がどんなバカバカしいことを言っているか、気がついたのだ。「とにかく、死体は病院の霊安室《モルグ》に運べ」

ラオは受話器を叩《たた》きつけるように、いきなり電話を切った。

チョプラはそのまましばらく壁をじっと見つめてから、受話器を置いた。

ついに、一日の最後が訪れた。チョプラ警部は自分の持ち物を片づけはじめた。箱を持ってきていたので、デスクや戸棚に入れてあった物をきちんと詰めていった。こんなに長くここで仕事をしてきたのに、入れる物は少ししかない。個人的ながらくたでオフィスを飾る趣味はないからだ。ポピーの写真とか、子どもの写真などもない。花綱を飾った亡き両親の写真などもない。いつかの誕生日にポピーがくれた金メッキのペン立てとインク入れ、勤続十年、二十年、三十年の際に受け取った記念楯がある。それから、アーム部分が可動式になっている英国製の卓上スタンドが置いてある。その灯《あか》りの下、夜になって静まりかえった警察署で、彼は数え切れないほどの報告書を書いてきた。ガラスの目玉のついたトカゲの縫いぐるみは、古い友人のアショク・カルヤンがずっと前に冗談でくれたものだ。二人がまだマハーラーシュトラ州アウランガーバード県のジャルール村にいたとき、チョプラが井戸に落ちたことの記念のつもりらしい。そのとき、井戸の中で無数のトカゲがチョプラの体に這《は》い上がってきたので、チョプラは恐怖のあまり、ひどい声でわめきだし、アショクがなんとか彼を救いだしたのだった。トカゲのほうも驚いてパニックになっていたらしい。（チョプラは今もトカゲが大嫌いだ。モンスーンの季節になるたび、ムンバイではトカゲが家の中に忍び込み、カーテンの後ろやバスルームなどに隠れている。予想もしていなかった瞬間にそこからちょこちょこ走り出てくるので、それを見るたびにゾッとする）

アショクが電話を寄こさないので、チョプラはがっかりしていた。アショクは州立法議会議員だ。チョプラの住むムンバイのアンデリ・イースト選挙区から選出されている。選挙期間中なのだから、彼がいま非常に忙しいことはチョプラもわかっていた。それでも、電話をくれるかもしれないと期待していたのだ。なんといっても、二人は三十年以上前、いっしょにムンバイ警察に就職したときより前からの長いつきあいなのだから。

チョプラは自分が警視正からキルティ・チャクラ勲章（警察官、軍人の勇敢な行動を称えて与えられる勲章）を受け取ったときの写真の額を見て、ちょっと動きを止めた。チョプラは九年前、ここから遠くないマハーラーシュトラ工業開発会社（MIDC）が管轄するサンタクルス電子輸出加工区（SEEPZ）の倉庫にあった、悪名高い犯罪王ナレンドラ・〝黒い《カラ》〟・ナヤックの隠れ家の強制捜査の指揮をとった。それまでムンバイの警察全体がナヤックの行方を追っていたが、最終的に彼を追いつめたのはチョプラと署の部下たちだった。

チョプラは写真を壁から下ろすと、ほかの持ち物といっしょに箱に入れた。

結局のところ、彼は悲しくなるほどわずかな物しか持っていないのだった。

箱詰めを終えると、奇妙なことが起きた。みぞおちのあたりから不思議な感情が湧き上がってきて、チョプラはだんだんその感情に飲み込まれてしまったのだ。「今日だって、空《むな》しい普通の一日に過ぎないじゃないか」と心の中でつぶやいてみたが、それは自分でも空しい言葉のように感じられた。八カ月前、医師から最悪の可能性を告げられたときから、チョプラは今日の退職の日の準備をしてきた。しかし、いざその日になってみると、自分も結局はいつか死ぬんだと感じるのだった。

いつも理性的で冷静で、感情に流されることのないチョプラ警部も、今日ばかりは涙もろくなっていた。

ついに署を去るときが来た。「ラングワラ、リクシャを呼んでくれ」

ラングワラはびっくりして、チョプラを見た。「でも、サー、わたしがジープでお送りします！」

「ダメだ」チョプラはきっぱりと言った。「それはいかん。今この瞬間から、わたしはもう警察官ではない。一般市民なのだから、警察のジープに乗って家に帰るわけにはいかない。それから、今後わたしと話すときは『サー』と言わないように」

「イエス、サー！」

チョプラはラングワラの目の隅にダイヤモンドのように光っているものにいやでも気づいてしまった。二十年間、二人はいっしょに働いてきた。誰にとっても長い年月だ。自分の部下の中に友と呼べる者がいるとすれば、ラングワラがそれにもっとも近いだろう。

ラングワラは痩せた男で、色黒の顔には子どもの頃のニキビの痕がたくさん残っているが、それも今は短く刈った黒いひげに隠されている。信心深いムスリムで、長年にわたってチョプラにとってはたんなる有能な補佐役という以上の存在だった。正規の教育は受けていないが、ムンバイ南部のムスリム居住地ベンディ・バザールの路上で育つという厳しい生い立ちによって教育以上のものを身につけていた。巡査採用試験で警察に入った者が警部補の位まで昇ることは珍しい。だが、ラングワラは、アショク・カルヤンだったら、〝ストリート・スマート〟とでも形容するような、路上で生き延びる術《すべ》を身につけていた。そのような資質も現代のインドではだんだん流行遅れになっていることにチョプラも気づいてはいたが。

オートリクシャが到着した。スラ巡査がチョプラの所持品をリクシャに載せ、チョプラは厳粛な面持ちで署の一人ひとりと握手した。その多くは感情を隠せない様子だった。みんながチョプラのために贈り物を用意しており、一人ひとり厳《おごそ》かにチョプラに手渡していった。若くて太り気味で感受性の強いスラ巡査はチョプラを英雄《ヒーロー》として尊敬しており、笛を吹くクリシュナ神（ヒンドゥー教で人気のある神様）の大理石の像をチョプラに渡しながらも、ずっとめそめそとしゃくり上げていた。

チョプラはリクシャの脇に立って、最後にもう一度、警察署を眺めた。白い漆喰《しっくい》の壁、格子のはまった窓、赤褐色の煉瓦《れんが》を敷いた前庭に生える小さな椰子《やし》の木。正面入口のいつも開いたままになっている観音開きの扉の上には警察署の名前を記した手書きの看板があるが、陽射《ひざ》しに当たってひびが入ってしまっている……。二十年だ！　チョプラは思った。同じ職場に二十年！

この職場を自分の家よりもずっとよく知っていて、ずっと親しく感じられることにチョプラは気づいた。そう思った途端に、なにか熱いものがこみ上げてきた。

2 象の到着

自分の住むアパートメントに戻って、ゲート前にリクシャを停《と》めさせたチョプラは、そこにもまた、人の群れができているのに気づいた。こういう突発的に集まってくる群衆はムンバイの悩みの種だ、とチョプラは暗い気分になった。

平らな荷台のトラックがアパートメントの敷地の外に停まっている。運転手は砂糖黍《さとうきび》の茎をかじりながら、荷台の後ろにだらしなく寄りかかっている。

チョプラはリクシャの運転手に金を払うと、アパートメントの敷地内に入った。集まっていた人たちは礼儀正しく道を開けてくれた。その先にはチョプラの妻、そしてメッシュのランニングシャツを着てドティ（ズボンのような形にして身につける伝統的な腰巻スタイルの衣服）を穿いた小柄な男、そして一頭の象がいた。

正確に言えば、赤ちゃん象だな、とチョプラは内心で訂正した。しかも、すごく小さい赤ちゃん象だ。

その小さな動物は埃っぽい地面に降ろされた。自分のまわりで起きている騒ぎは気にしていない様子だ。蠅《はえ》が寄ってくると、小さな耳をパタパタさせて追い払い、鼻は顎の下でくるりと丸めている。錆《さ》びた長い鎖が首に巻かれていて、その端っこはドティを穿いた男が持っている。

チョプラは自分の頬をつねってみたくなった。警察署で大忙しの一日を過ごしていたので、象が来るという困った知らせのことはすっかり忘れていた。象をくれるなんて、とても信じられる話ではない、伯父は悪ふざけばかりすることで有名だったから、今度もそうに違いない、とも思っていた。

だが今、生きていて息をしている厚皮類に属する動物がチョプラの家の前に到着していることは否定のしようにない事実だ（「厚皮類」は古い分類法で、現在の「ゾウ目」が含まれる）。

「ああ、チョプラさん。よかった、帰ってきたのね」空軍記念アパートメント管理委員会の委員長であるミセス・ルパ・スブラマニウムがしかめ面を向けて言った。「この構内でペットの飼育は許されないって、あなたの奥さんに説明していたところよ。住民規則の第三部第五節第一五条五の二にはっきりそう書いてあるわ。もちろん、ご存じよね」

「ペットじゃないわ」とポピーが怒って言った。「家族の一員よ」

暗い色のサリーを着て、きちんと髪をセットした、背の高いカマキリのような感じのミセス・スブラマニウムは、そんな非常識な主張には返事をする気さえないらしかった。

チョプラはひそかにため息をついた。ミセス・スブラマニウムは、もちろん正しい。だが、妻がその事実を認めるはずがないことも、チョプラはわかっていた。

ポピー・チョプラは、この空軍記念アパートメントに長年君臨してきたミセス・スブラマニウムに反抗した最初の人間だった。二人が五年前にここに引っ越してきたとき、ポピーはすぐに気づいた。ほかの住人たちが全員、この夫に先立たれた年配の女性に対する恐怖の中で暮らしていることに。それまで、ミセス・スブラマニウムの命令に疑問を呈する者は一人としていなかった。それどころか、彼女が自分の鉄の命令の根拠としてしばしば引用する「住民規則」を見せてほしいと頼んだ者すら、一人もいなかった。

しかし、ポピーはなにも恐れず、誰のことも怖がらない人間だった。チョプラはそのことに結婚してまもなく気づいていた。

じきにポピーは自分でいろいろな委員会を立ち上げ、自分なりに考えたいろいろな目的を実行するために住人たちを呼び集めるようになった。

昨年になってようやく（ミセス・スブラマニウムはひどく悔しがったが）、管理委員会を説得して、敷地内の三棟の二十階建てアパートメントの屋上を、ディワーリー（ヒンドゥー教徒が新年に祝う「光の祭」。西暦の十～十一月にあたる）や大晦日《おおみそか》などのお祝いのときに住人たちに開放する決議を可決させた。ムンバイの多くのビルがとっくにやっていることなのだが、ミセス・スブラマニウムはこのような集まりは〝不適切な行い〟を引き起こしがちだと主張して却下してきたのだ。

チョプラはにらみあう二人の女性にかわるがわる目をやった。このような状態のときに妻に話しかけてはいけないことはよくわかっている。

　結局、象は敷地の裏手の小さな警備員室のそばの柱につなぎ、ミセス・スブラマニウムが管理委員会を召集してこの件に決定を下すまで、そのままつないでおくことで合意が形成された。


　チョプラとポピーはこのアパートメント群の三棟のうちの一棟目、プーマライ・アパートメントの十五階に住んでいる。あとの二棟はそれぞれ、メグドゥート・アパートメント、ヴィジェイ・アパートメントという名前で、いずれもインド空軍がこれまでに展開した輝かしい作戦を記念してつけられた名前なので、この居住地全体は空軍記念アパートメントと呼ばれている。ムンバイには土地が不足しているから、膨れ上がる中流階級はこのような高層の牢獄《ろうごく》に住むようになった。ムンバイは建設ブームだ。このペースで高層アパートメントを建て続けたら、今に巨大な針山のようになってしまうだろうとチョプラは想像し、そう思っただけでうんざりした。

　チョプラが自分の家のドアを開けた途端、むせかえるようなお香の煙と香木を燃やすにおいが襲いかかってきて、頭がくらくらし、足がふらついてしまった。

広いリビングルームから、チョプラが世界で一番嫌いな人物の顔が現れ、いつもどおりの非難がましい目つきで彼をにらんだ。

「どこに行ってたのよ?」とプルニマ・デヴィ、すなわちポピーの母親がきつい声で言った。「せめてこういうときだけでも、時間を守れないの?」白髪をお団子にまとめ、夫に先立たれた女性用のサリーをまとった蜘蛛《くも》のような老人がチョプラをにらみつけた。片目の黒い眼帯さえも、敵意を発散しているようだ。

チョプラと姑《しゅうとめ》のプルニマは最初からうまくいっていなかった。眼帯から敵意を発しているというのは本当のことで、それは彼女が何年も前に雄鶏《おんどり》と争って片方の目を失っているからだが、彼女はそもそもチョプラのことを娘の婿として認めていないのである。

プルニマ・デヴィはかつて熱心に娘の婿選びをしていた頃、地元の地主であるモハン・ヴィシュワナス・デシュムクがポピーに目をつけていることを知った。その男がポピーより三十歳ほど年上のやもめで、酒飲みで女たらしだという評判のあることはまったく気にならなかったらしい。なんといっても、彼は地主なのであり、それだけで十分なのだ。

「おまえは領主さま《ジャギルダール》（ムスリム王朝の時代に王から封じられた領地をもつ人）の奥方になれたはずだったのに」という言葉を、チョプラは義母の口からしょっちゅう聞かされている。彼女はいつも自分の声が聞こえる距離までチョプラが近づくのを待って、このセリフを言うのである。三年前に夫のディンカル・ボンスレが亡くなって、チョプラたちの家に越してきてからは、ますます頻繁にそのセリフを聞くようになった。

死とはなんと民主的なものなのだろう、とチョプラは考える。舅《しゅうと》のように高潔で寛大で、みなに尊敬される男を先立たせて、その妻のこれほど意地悪な、誰一人よく言う者はいない女を後に残すなんて。

チョプラはこれまでに何度も何度も、村にいる息子と暮らすほうが義母のためだとポピーを説得しようとした。そもそも、年をとっていく母親の面倒をみるのは息子の義務なのであって、娘婿の義務ではないはずだ。しかし、ポピーはチョプラの主張に耳を傾けもしなかった。

「ヴィクラムがほんとに怠け者だってことは、あなたも知ってるでしょ」とポピーは言うのだ。「自分の面倒もみれないくらいなんだから、お母さん《マミージ》（「ジ」は年長の人、目上の人につける敬称）の面倒をみれるはずなんてないでしょ？」

義母が近づいてきたので、チョプラは警戒し、眉を寄せた。チョプラは思い出した。この非常に信心深い姑が、いや、そればかりか、妻のポピーまでもが賛同して、チョプラの退職の日のために特別な儀式をおこなうと言っていたのを。

チョプラはもともと信心深い人間ではない。もうずっと前に、組織化された宗教こそがこの偉大な祖国インドにさまざまな争いが生じる最大の理由になっているという結論に達したのだ。チョプラは自分のことを熱心な非宗教主義者だと思っている。すべての宗教に同様の敬意を払うと同時に、個人的にはどの宗教にも同様にまったく興味がない。チョプラがこのような気高い気持ちをもっているにもかかわらず、ポピーのほうは宗教にからんだあらゆること、チョプラにすれば信仰の見せびらかしにしか過ぎないと思われるようなことが大好きときているのだから、実にやっかいだ。

たとえば、今夜のことだってそうだ。チョプラの退職は事実だ。だが、神様がそれとどういう関係があるというのか？

チョプラはなす術もなく、妻のほうをちらっと見た。しかし、彼女はみずから進んでこの拷問ともいえる行事の共犯者になっており、まるで励ますような微笑を浮かべているだけだった。

チョプラは義母が自分の額に聖なる灰をなすりつけ、古くて固くなったラドゥ（ひよこ豆の粉などを丸めて作る伝統菓子）を口に押し込むまでじっと我慢していた。ラドゥをあまりにも乱暴に突っ込まれたので、歯が欠けそうだった。それから、やっと無罪放免となった。

階段を下りて裏庭に行くと、アパートメントの裏手にある警備員室のそばの金属の柱に鍵のついた鎖でつながれた象のまわりに、子どもたちが集まって騒いでいた。アパートメントの敷地のこのあたりは地面がコンクリートで固められていて、敷地全体を囲む煉瓦の塀まで下りの急な傾斜になっている。だから、塀に近い窪地になっているあたりは、モンスーンの季節にはいつも水浸しになり、警備員のバハドゥールとビーム・シンが自分たちの警備員室に出入りする際には、かわいそうに膝までの深さの水を漕《こ》いで歩かなければならないのだ。

　赤ちゃん象は地面にすわり込んで、悲しげな目で子どもたちを見ていた。とても気分が落ち込んでいるようで、しかもなんだか栄養失調のようだ、とチョプラは思った。象のような動物に〝弱々しい〟という言葉を使うのは変かもしれないが、この子象はどう見ても体力をつける必要がありそうだ。

　子どもたちが子象のまわりにいろいろな色のチョークで円を描いていることにチョプラは気づいた。それから、子どもらは子象のまわりをぐるぐる跳ねまわりながら、「聖なる赤ちゃん、万歳《ジャイ・バル・ガネーシャ》！　ジャイ、バル・ガネーシャ！」と歌いはじめた。ガネーシャは象の頭をもつ子どもの姿をしたヒンドゥー教の神で、この神様が主人公の『バル・ガネーシャ』という人気アニメがある。一人の子どもが突然かがみ込むと、子象の額に赤いビンディを描いた。子象はびっくりして両耳をぴったり頭につけ、両目を閉じた。鼻は口の下にますますきつく巻き込んでいる。まるで地面にもぐり込んでしまいたそうだ。子象が本当に不安を感じていることがチョプラにはわかった。

「子どもたち、この象はおもちゃではないぞ」と彼は厳しい声で言った。「あっちへ行きなさい。どこか、よその場所で遊びなさい」子どもたちはスキップしながら去っていったが、それでも震える子象のほうを名残惜しそうに振り返っていた。

そのとき、警備員のバハドゥールが歩いてきた。チョプラは彼を厳しい目でにらんで言った。「バハドゥール、この象はおまえにまかせたぞ。誰もこのかわいそうな象をいじめないように見張っていてくれ。わかったな？」

小柄なバハドゥールが精一杯体を伸ばして〝気をつけ〟すると、もともと大きすぎるカーキ色のサファリスーツにすっかり埋まってしまったように見えた。丸顔で東洋人のような目をしたバハドゥールはグルカ兵（ネパールの山岳民族からなる傭兵集団）の末裔《まつえい》で、本当の名前はとても発音不可能だ。彼は鳩胸《はとむね》を突き出して答えた。「ジー、サーヒブ！」（ヒンドゥー語などの言語で、「ジー」は「イエス」、「サーヒブ」は「旦那様」という意味）

「象はなにか食べたか？」

「いいえ、サーヒブ」バハドゥールが指さすほうを見ると、子象のそばにはバナナの山と、新鮮な物も腐りかけた物も取り混ぜていろいろな野菜の山が積まれていたが、手つかずのままだった。

「ところで、それは男の子かね、女の子かね？」

バハドゥールは口を開いてなにか言いかけてから、答えを知らないことを思い出したらしい。「ちょっとお待ちを、サーヒブ」それ以上よけいなことを言わず、彼はさっと地面にしゃがみ込むと、象の尻尾を持ち上げて、性別を突き止めた。「男の子です、サーヒブ」

チョプラは身をかがめて、子象の頭のてっぺんをやさしくポンポンとたたいた。「小さなガネーシャ、おまえをいったいどうしたらいいんだろう?」

その夜、チョプラ警部は顔の上を蜘蛛の巣かなにかがふわっとかすめたような気がして目を覚ました。ベッドの上で身を起こすと、ポピーのほうを見た。ポピーはいつもどおり、まるで死んだようにぐっすり眠っている。二人がまだ若かった頃、チョプラは妻が毎晩、まるで魔法にかかったようにぐっすり眠るのを見て、なんだか自然でない、健康でない感じがして心配になったものだ。

寝室の隅でエアコンがガタガタ音をたてた。チョプラはその音でポピーが珍しく目を覚ますのではないかと期待した。そうしたら、彼女と話ができるのだが。

結局、眠ることができなくなって、チョプラは起き上がり、音をたてぬように姑の寝室の前を通り過ぎ、リビングルームに入った。

窓際に行くと、カーテンを開いて、大都市ムンバイを見下ろした。

十五階のアパートメントの窓からは素晴らしい眺めで、サハール地区と隣のマロル地区を見渡すことができた。それほど遠くない場所に、有名なリーラ・ケンピンスキ・ホテルの青いネオンや、今ではアンデリ・クルラ・ロード沿いにずらりと並ぶ多国籍企業の巨大なガラスのビル群も見える。もう少し北へ向かうと、マロル・パイプライン沿いの掘っ立て小屋が並ぶスラムだ。

夜の車の流れが高速でサハール・ロードを走り、ウェスタン・エクスプレス・ハイウェイに曲がっていくのを、チョプラはじっと眺めた。ハイウェイは郊外から、都市の反対側の端まで延びている。命知らずの路上生活者たちが、幅が三十センチもない、空港行きのハイウェイの欄干の上で寝ている。片側は落ちただけで死ぬ高さ、もう片側は激しい車の流れが高速で走っているというのに。

だからこそ、ムンバイ市民はインドで一番、偉大なのだとチョプラは思う。自分たちは不死身だと信じているのだ。

チョプラはムンバイという都市を愛している。

もう何十年も前になるが、彼が初めてムンバイにやってきたときには、人の多さだけでも怖気《おじけ》づいたものだ。広々とした村からやってきたチョプラは、その様子に大きなショックを受けた。だが、今では騒音と純粋なエネルギーを感じられない所に住むのは想像もできなくなっている。この騒音とエネルギーこそが昼夜を分かたず、都市に力を注ぎこんでいるのだから。

スラム、公害、深刻な貧困、犯罪の多さなど、この都市を苦しめる多くの問題について、チョプラの同僚たちはしょっちゅう文句を言っている。だが、それは的外れだとチョプラは思う。ある有名な人が言った言葉だが、都市とは女性のようなものだ。だから、彼女のよいところだけを愛するわけにはいかない。彼女のすべてを愛するか、それとも、まったく愛さないか、どちらかしかない。

それでも、最近では、晴れた朝に目覚めて窓から外を見下ろすと、まったく知らない場所にいるような気がすることがある。ムンバイは栄光ある運命の行進を続け、彼にとっては見知らぬ女に変わっていくような気がする。アウトソーシングという名で大儲《おおもう》けするビジネス、ヒンドゥー教至上主義者たちの出現、ボリウッド映画の西洋化……。これらはみな、驚くべき変化の一症状だが、それを愚かにも〝ブーム〟という言葉で片づける者たちもいる。そうしている間にも、ムンバイは成長し、成長し、もっと成長を続ける。

インドに対する自分のノスタルジックな考え方はバラ色のおめでたいものだとチョプラにもわかっている。なにしろ、インドにまん延する汚職や、カーストにもとづく偏見、貧困などの問題は歴史の一部になっているからだ。それでも、自分の心に描くインドの姿がどれほどはかないものだとしても、それも確かに本当のインドの姿なのであり、自分の愛するインドなのだと思わずにはいられない。しかし、そういうインドは進歩という名のスローガンのもとに急速に姿を消しつつある。

そうだ、なにもかも変わってしまった、とチョプラは考えた。それでも、自分は変わらずにここにいる。

突然、悲しげな唸《うな》り声が下のほうから聞こえた。チョプラは窓から身を乗り出し、裏庭を見下ろした。警備員室のそばを象が歩きまわっているのが見えた。鎖でつながれた柱を不安げにぐるぐる回っている。それを見て、チョプラは自分が今や象の飼い主なのだという、とんでもない事実に思い当たった。それというのも、バンシ伯父さんのおかげで……。そうだ！　手紙だ！　今まですっかり忘れていた。

チョプラは忍び足で寝室に戻り、制服のポケットから手紙を出すと、書斎に入った。デスクの上の電気スタンドを点《つ》け、読書用の眼鏡をかけて、読みはじめた。

「親愛なるクリシュナ」とバンシ伯父さんは書いていた。（チョプラは微笑んだ。大好きなバンシ伯父さんは、チョプラがおませな十歳の少年だったとき、川で水浴びする村の娘たちをのぞき見て叱られて以来、チョプラのことを〝クリシュナ〟と呼んでいる。若きクリシュナ神が川辺で戯《たわむ》れる娘たちをからかい、彼女たちのバター攪拌器《かくはんき》を盗んだり、水瓶《みずがめ》を割ったりした話はよく知られているからだ）「ずいぶん長いことご無沙汰してしまったが、おまえにお願いがあるんだ。わたしに残された時間は長くない。だから、手配しておかなくてはならないことがある。この手紙を受け取ったらすぐに、おまえの家に象が到着するだろう。おまえがこの象を受け取って、世話してくれることがわたしの願いだ。まだ生まれたばかりの赤ん坊で、一歳にもなっていない。この象がどのようにこの世に誕生したか、おまえに話してもきっと信じられないだろう。少なくとも、今はまだ。だから、これだけは言っておく。この象はただの象ではないぞ。覚えておきなさい。なにが現実で、なにが幻《マーヤー》か、それはものの見方の違いに過ぎないことを。バンシ伯父より」

奇妙な手紙だ、とチョプラは思った。だが、それをいうなら、チョプラの父の兄であるバンシはとにかく奇妙な人間だった。

チョプラの父は兄のバンシを確かに敬愛していた。伯父のおもしろい話をして、子どもだったチョプラを喜ばせたものだ。どの話も信じられないような話ばかりで、それらはみなバンシ伯父の伝説となっていた。

これはどうやら事実らしいとチョプラが思った話だが、バンシは小さい頃、旅芸人の蛇使いの蛇の籠の中に落っこちた。みんなが驚いたことに、彼はまったく無傷で籠から出てきたという。

その日からというもの、バンシは動物たちと特別仲よくできるらしいというのが村の伝説になった。それは予言のように本当になって、バンシはだんだんに世界を人間と共有している生き物たちと心をかよわせる能力をもっていることがわかった。やがて、バンシはとうとう、動物と話ができると言いはじめたが、それはさすがに村でもっとも信じやすい者たちでさえ、信じられないと思っていた。

十八歳の誕生日の朝、バンシは村から姿を消した。

そして、十年の長きにわたって戻ってこなかったので、みんなはとうとう彼がとっくに死んだものと思うようになった。

戻ってきたときには、誰だかわからないくらい変わっていた。まだ若いのに髪は白くなり、もつれた髪を腹に届くほど長く伸ばしていた。その両目は、普通の人たちには想像もできないことを見てきたように思われた。

だが、外見はこのように驚くほど変わっていたものの、家族や友人たちにはすぐわかったのだが、バンシの中身は何年も前に村を出たときと同じ少年、つまり、いたずらが好きで、頭のいい腕白小僧のままだった。

まだ小さかったチョプラが、放浪癖のある伯父に出会ったのはこの頃のことだ。

バンシはチョプラをかわいがり、村の周辺を歩きまわるときはよくチョプラを連れていった。二人はよく近くの村々も訪れたが、そこではバンシはサドゥ（ヒンドゥー教の苦行者）として知られていて、村人たちは彼に祝福してもらいたがった。そして、そのお礼に、椰子砂糖の包みや、砂糖黍の茎をくれたりするのだが、バンシはいつも気前よく甥《おい》のチョプラにも分けてくれるのだった。

ものを信じやすい村人たちの懇願を受け入れて、バンシ伯父が奇妙な呪文を唱えていたことをチョプラは思い出した。そんなとき、彼は目をぱちぱちさせたり、大げさな動作をしたりするので、観客はますます畏敬の念を覚えているらしかった。「みんな、お芝居が好きなんだよ」と後になってから、伯父はにやりと笑いながら、チョプラに言ったものだ。

「もちろん、彼らが信じているものがこの世に存在しないと言ってるんじゃないよ。宇宙の偉大な真理はわたしたちのまわりの至るところにある。地面や、空や、わたしたちが呼吸する空気の中にも隠れているんだ。わたしたちはただ、それらを感じられるように、自分の心を大きく開くだけでいいんだよ」

ある晩、二人は星空の下で眠った。バンシはそれまで自分が旅したところ、アグラやラクナウ、そしてインドでももっとも聖なる都市ヴァラナシ（ベナレス）の話をしてくれた。それから、その後には世界の頂上であるヒマラヤに行ったことも。ガンジス川も、ブラマプトラ川も、その山々から生まれるのだ。

バンシは、チョプラの先祖が三世代前にこのインド西部のマハーラーシュトラ州に移る以前に住んでいた、インド北西部のパキスタン国境に近いパンジャーブ州のゴリという村について話してくれた。先祖の移住の理由はもう誰も覚えていないのだが。

チョプラの曾祖父は、当時八歳だったチョプラから見ると信じられないほど年をとっている皺だらけのおじいちゃんだったが、移住したときのことをまだ覚えていて、マラータ人（マハーラーシュトラ州に多く住む民族）の文化に適応するのがどんなに難しかったか、牛蛙《うしがえる》のようなガラガラ声で話してくれた。それでも、彼らはちゃんと新しい文化に溶け込んだし、今ではチョプラの一族は本物のマハーラーシュトラの人間になっている。家族のほかのみなと同様、チョプラは母語であるパンジャーブ語だけでなく、マラーティー語も流暢《りゅうちょう》に話すし、マラーターの食事も好んで食べている。一族の中には、マラーターの家庭と縁組をする者もいるほどだ。チョプラの妻のポピーも、マラーターの名門一族の出身である。

バンシの手紙を読みながら、チョプラは複雑な気持ちになった。伯父からはもう二十年近くも連絡がなかった。伯父は年月が流れても、驚くほど若さを保ってはいたけれども、さすがに今では老人になっているはずだ。彼は放浪の生活を続け、徒歩の旅から村に戻るたびにますます珍しい話を聞かせてくれていたが、帰ってくることもだんだん少なくなっていた。

チョプラはもう何年もバンシ伯父のことを考えてもみなかった。それが今、あまりにも突然、この手紙が届いたのだ。

奇妙な頼みが書かれているほかに、この手紙からわかることは、伯父が、自分はもうこの世に長くはいないと考えていることだ。そう思った途端、長いこと感じたことのなかった感情が湧き上がってきた。突然、チョプラは子どもに戻って、笑いながら、背の高い、いたずら者の伯父のまわりをスキップで跳ねまわっていた。二人は地主のデシュムクの果樹園の崩れかけた石の塀をよじ登って、もっとも熟れた黄色いマンゴーを盗み取り、いくつもいくつも頬張ったので、果樹園の管理人がカンカンに怒ってやってきたときには、顎に甘い果汁がしたたり落ちて、蠅の群れが木から離れて二人を追いかけまわしはじめていたほどだ。

3 サハール署再訪

次の朝、チョプラ警部は三十四年間で初めて、自分は警察官だと意識せずに目を覚ました。

しばらくの間、彼はベッドに横になったまま、天井を見上げていた。自分の体が、起き上がれ、シャワーを浴びろ、制服を着ろ、とせっついているのを感じた。

無気力……。こういう状態を人はそう呼ぶのではなかったか？　もしかすると、ずっと走り続けていると、ゴールラインを過ぎても、体が止まるまでしばらく時間がかかるのと同じことかもしれない。

普通の白いシャツとコットンのズボンを身につけて朝食のテーブルについたチョプラは、なんだか自分が裸のような気がした。

ポピーはメイドのラタとともに、とっくに台所で忙しく立ち働いていて、チョプラのほうにうれしそうな笑顔を見せた。「家でいっしょに朝ご飯を食べられるっていいわね」彼女はニコニコして言った。「あなたの大好物を作ったの。マサラ・ドーサ（豆と米を発酵させた生地を薄く焼いたもの）

とサンバル（豆と野菜の酸味のあるカレースープ）よ」

チョプラは皿の上で湯気をたてているドーサに目をやったが、まったく食欲がないことに気づいた。これまでは七時ちょうどに家を出る習慣だった。警察署では、近くのサハール・ロードにいくつも並ぶ屋台で売っているワダパオ（ポテトの揚げ団子をパンに挟んで、青唐辛子を添えたもの）をスラ巡査に買いにいかせていた。慌ただしい警察の朝には、そんな朝食がぴったりだった。

朝食がすむと、書斎にすわって、本を読もうとした。いつか時間ができたら読もうと思って積んであった本だ。だが、突然気がついた。こういう本、つまり、さまざまな警察関係のマニュアル本は読んでももう役に立たないのだ。チョプラは書斎を片づけはじめた。もともと片づいていたのだが、もっときちんと。次に、家具の配置を変えた。別にもとのままでもよかったのだが。それから、お気に入りの藤《ラタン》の肘掛椅子の前の小型テレビでクリケットの試合を見ることにした。インド代表チームが外国で試合をしていて、チョプラの御贔屓《ごひいき》のサチン・テンドルカール選手（ムンバイ出身で、クリケットの神様と呼ばれる）は昨日の試合を静かに終えて、またしても百打点《センチュリー》を記録しようとしている（クリケットの試合は数日に及ぶ）。しかし、いつもは熱心にサチンのバッティングを見守るチョプラが、今日はどういうわけか気が散ってしまうのだった。

しばらくすると、チョプラは机に向かって、何年も前に買ったキャラバシュ・パイプ（ヒョウタンの一種で作ったパイプ）を取り出した。

人前では絶対に認めない秘密だが、チョプラは実は英国贔屓《びいき》である。英国に対する適度な尊敬は父親から受け継いだ。チョプラの父は、もちろん英国のいろいろな害を認めないわけではなかったが、英国という大植民地主義者が三百年にわたって支配していた間にこのインド亜大陸になにをもたらしてくれたかもよく理解していた。チョプラは英国のものならなんでも好きだし、影響を受けやすい少年時代には、ベイジル・ラスボーンがシャーロック・ホームズを演じた映画『シャーロック・ホームズ危機一髪』に夢中になったものだ。チョプラは書斎に一人でいるときだけ、パイプをいじって楽しんでいる。煙草は吸わないのだが、バルコニーにすわって、ものを考えるための道具としてパイプをもてあそぶのが好きなのだ。

書斎の壁には、チョプラのもう一人の英雄であるガンディーの肖像画が飾ってある。現代のインドでは、ガンディーなどもう時代遅れだと考える人が多いことは、チョプラも知っている。だが、彼はそんな考えには賛成できない。だから、ぼろぼろになるまで読んだポケット版ガンディー語録をいつも持ち歩いている。これまでの経験からよくわかっていることだが、どんな状況であれ、その状況に適したガンディーの言葉を見つけることができるのだ。

チョプラはその本を取り出して、ぱらぱらめくってみた。たとえば、この言葉はどうだろう。「神を喜ばせるのは、わたしたちの仕事の質だ。仕事の量ではない」どういうわけか、今日はガンディーの言葉を読んでも、心が休まらない。

チョプラは親友のアジット・シンデ警視に宛てて、手紙を書きはじめた。シンデは三年ほど前に昇進を求めて、左翼武装勢力《ナクサライト》の跋扈《ばっこ》するマハーラーシュトラ州東部のジャングルに赴任していた。チョプラ自身もそれ以前にそのポストを打診されたが、辞退した。チョプラはこれまで警視の地位への昇進を三度辞退している。ムンバイ警察の上層部では避けられない権力争いが嫌だったからだ。それよりも、警察の現場の仕事が好きだった。

手紙を途中まで書いて、彼はペンを置き、壁を見つめた。

それから、立ち上がって、窓のところまで歩いていった。

今日も、うだるように暑い日になりそうだ。これからは、毎日毎日、こういう日が永遠に続くのだろうか……。これが退職というものなのか、とチョプラは思った。まるで、待合室に入ったような、ここでもなければあそこでもない場所に入ったような、この感じが？

チョプラは八カ月前、命を失ってもおかしくないほどの心臓発作を起こして、医師の診察を受けたときのことを思い出した。ドクター・デヴィディカールは耳から毛の生えた高齢の紳士で、その賢く断固たる様子は相手を安心させる。デヴィディカールはチョプラと目を真ん丸に見開いたポピーに対して、警部は〝不安定狭心症〟と呼ばれる症状だと説明した。その言葉を聞いただけで、予想のつかない、悲惨な運命が待っているような気持ちになった。まるでドクターがその場で刑の執行を宣告したかのように、ポピーは気を失いかけた。

「心配はいりません、心配はいりません」とドクターは愛想のよい声で言った。「まだ、お終《しま》いってわけじゃありませんよ」ドクターの話では、この病気はまったくありふれた病気で、ただ、チョプラのようにこれまで完全に体調のよかった人が急に発症するのはちょっと珍しいことだという。「遺伝による場合もありますな。人間の体というのは、まったく謎ですからな」それから、医師はチョプラがもっとも恐れていた一撃を放った。「残念ですが、心配事やストレスの原因になりうる活動は今すぐやめなければなりません。次に発作が起きたら、命はないかもしれませんから」

というわけで、ドクターはチョプラに警察の仕事は早期退職すべきだとアドバイスした。そして、その助言はチョプラの上司たちにも伝えられた。

もちろん、チョプラは抵抗した。だが、ポピーがあまり心配するので、彼もとうとう折れた。妻を残して死ぬことを考えると、自分がわがままな人間のように思えて気が咎《とが》めたからだ。ポピーをそんな目に遭わせるわけにはいかない。それに、そもそも退職したからといって、それで人生が終わりってわけではないだろう。

「今どき、人生は五十からですよ」とドクター・デヴィディカールは目をキラリとさせて言った。

だが、この強烈な寂しさはいったいなんなんだろう？

〝人生は五十から〟主義のデヴィディカール先生はなぜ、この寂しさについて警告してくれなかったのだろう？　この当惑、この無気力、それに本当に正直に言ってしまえば、いま自分が感じているこの圧倒的な恐怖は？　デヴィディカール先生はチョプラにストレスの原因になりそうな活動は避けるようにと言った。だが、そうすることがどれほどのストレスをもたらしているか、わかっているのだろうか？　これまでずっとやってきた仕事、自分の人生に明確な形と目的を与えてくれていた仕事をしてはいけないということが。

チョプラは実際的な人間だから、警察を退職した後の計画を立てはじめていた。金銭的な心配はなかった。すでに年金は満額で支払われたし、チョプラは贅沢《ぜいたく》はしない。そういうことではないのだ。チョプラを恐怖に陥れているのは、これからなにをしようと十分ではない、なにをしようと本当の自分ではいられないという実感だった。

ドクター・デヴィディカールは、この症状に効き目のある薬を処方してはくれなかった。

昼食後、チョプラは散歩に出た。

裏庭に下りると、チョプラは真っ先にガネーシャの様子を見にいった。小さな象はあいかわらずなにも食べていなかった。そのうえ、前の日よりももっと元気がなかった。

チョプラは本気で心配になってきた。ガネーシャは本当に苦しんでいる。この象は子どもだ。チョプラにとってもっとも我慢できないことは、子どもが苦しむのを見ることだ。彼が子どもを虐待する悪党に特に厳しいのは、それが理由だ。

ガネーシャが早く元気になって、怯《おび》えなくなるといいのだが、とチョプラは願った。チョプラは空軍記念アパートメントをあてどなく歩きまわった。花壇のそばを通ったが、このところの長い日照りで干からびた茎が並んでいるだけだった。それから、誰もいないバドミントンのコートを通り過ぎた。ここでチョプラはときおり、隣人で友人でもあるキャプテン・P・K・バドゥワールと試合をする。バドゥワールはジェット旅客機のパイロットで、ものすごく強烈なバックハンドのロブを打ってくる。

しばらくの間、チョプラはこの空軍記念アパートメントの敷地の中心となっている巨大な菩提樹《ぼだいじゅ》の下のベンチにすわっていた。木の幹のうろの中にミニチュアの寺院がはめ込まれている。宵の口になると、信心深い住人たちが集まってきて、ディヤ（小さな器に入れたバターオイルなどに布製の芯をつけたランプ）を灯《とも》して祈っている。この頃ではここで、ちょっと気に障ること、とにかくチョプラにとっては気に障ることがおこなわれている。わざと笑うことで健康になれるという〝ラーフィング・クラブ〟の支部ができて、この木の下に毎日集まっているのだ。以前は生真面目で古臭い人たちにみえていた高齢の男女が脇腹を押さえて、今にも死んでしまいそうにゲラゲラ笑っているのはまったくたいした見ものである。

今日は誰もいない。

空軍記念アパートメントの外に出ると、ぶらぶら歩くうちに果物市場まで来て、ポピーのために甘いプラムを一キロ買った。人の波が過ぎていく。まるでアクロバットのように三人も四人も乗った危なっかしいオートバイが警笛を鳴らして、人混みをかき分けていく。通りの両側の蓋のないどぶから強烈な臭いがしている。

牛が通りのど真ん中にすわっている。きっといつまでも好きなだけそこにいるつもりだろう。人々から敬われる牛たちは、ムンバイの交通巡査たちの悩みの種だ。

チョプラが果物を買っていると、近くのコンピュータ学校の生徒たちが歩いていった。互いに腕を組んではしゃぎ、笑いながら、通り過ぎていく。署で死体を見たあの少年と同じくらいの年だな、とチョプラは思った。

チョプラは少年の母親があんなに苦しんでいたことを思い出した。それに、警察は自分のような貧乏人の息子が死んでもなにもしてくれる気がないと確信していたことも。あの母親にそう非難されたことが、チョプラはどうしても気になっていた。チョプラを知る者なら誰でも知っていることだが、彼は高潔な人間であることを誇りとしている。犠牲者が貧乏人だから、やるべき仕事をちゃんとやらないとか、あるいは、犠牲者がもっと裕福な家の息子であったら、もっと熱心に捜査するはずだなどと言われたら、それはチョプラが正直な人間でないと言われるのと同じだ。

長年の間、チョプラは子どものときからの父の教えを忠実に守って、人に後ろ指をさされることのないように生きてきた。

「息子よ。インドは新しい国だということを理解しなければいけない」希望に満ちた十八歳の若者だったチョプラがマハーラーシュトラ州北西部の都市ナシクの警察学校に入学するべく村を出発するとき、父は言った。「われわれの文明は何千年も前に遡《さかのぼ》ることができるし、すべてはリグヴェーダ（賛歌から成るバラモン教の聖典）や、ウパニシャッド（古代インドの奥義書）、プラーナ文献（ヒンドゥー聖典の総称）に書き記されているのだが、奇妙なことに、この国は生まれてから二十三年しかたっておらず、若さゆえの苦しみを経験しているところだ。英国がわたしたちの国をばらばらにしてしまってから、わたしたちは前と同じではいられなくなった。だって、そうだろう？ 誰かに右と左の腕を切り落とされたようなものだからだ。本当のところ、インドはまだ、自分がどんな国になるべきかわかっていない。だから、混乱して駄目になってしまわないための方法はひとつしかない。自分がどんな人間であるべきか、それをしっかりわきまえていることだ。おまえが誠実な人間なら、まわりの状況に振りまわされて、本来の自分と違うことをしてはいけない。そんなことをしたら、おまえが大切にしているものはすべて駄目になってしまう。わたしはおまえが誠実な人間だと自分で証明することを願っているよ」

チョプラはリクシャに乗って署に行った。到着した途端に、以前の部下たちにもみくちゃにされた。チョプラが私服を着ていることについて、楽しい冗談が交わされ、有閑紳士生活の初日はどんな感じかと質問された。

「なんとかなりそうだ」チョプラはぼそぼそと言った。「どうなりそうかは聞かないでくれ」

本当を言えば、チョプラは困惑していた。もともと彼は感傷的な男ではないし、長年の間、自分の指揮下にある警察官たちとは職務上、距離を保つようにしてきた。警察のほかの上司の中には部下が友だちのような態度をとることを許し、そればかりか、いっしょに酒を飲んだりする者もいる。だが、チョプラはそういう警察官ではない。

自分のことを少し神経質で怒りっぽいと思っている部下もいることはチョプラもわかっていた。しかし、彼が優秀で、頑固なまでに正直な警察官だという評判を否定できる者はいない。そして、今のムンバイでは、そういう警察官であることは本当に誇りに思うべきことなのだ。

彼らに仕事に戻れと言っておいて、チョプラがもとの自分のオフィスにやってくると、ドアの外でスラ巡査が見張りをしていた。

「やあ、スラ。ここでなにをしてるんだ？」

「サー！　よく来てくれましたね！」スラ巡査は本当に安心したように言った。「サー。新しいサーがわたしにここに立っていて、誰か来ないか見張りをしていろとおっしゃったので」

チョプラは眉をひそめた。自分はそんな仰々しいやり方をしたことはない。部下が自分に用があったら、まっすぐオフィスまで歩いてきて、ドアをノックすればいいだけの話だ。もっとも、彼らはそんなにしょっちゅう来たわけではない。彼らはチョプラが指揮系統にうるさいことも知っていたからだ。それにしても、なんだって巡査に門番の役などやらせて、人材を無駄にする必要があるのか？「それじゃあ、わたしが会いたがっていると警部に伝えてもらえるか？」

スラは弱々しい笑顔を見せた。「申し訳ありません、サー。新しいサーは二時までは誰にもお会いにならないんです」

「ああ、会議中なんだな？」

「いいえ、サー」

「じゃあ、どうしてだ？　わたしはただ、とても重要なことで、ほんのちょっと話がしたいだけなんだが」

「サー、新しいサーから厳しい指示を受けているものですから」

在職中ずっと、明快な常識にもとづいて仕事をしてきたチョプラは、もうたくさんだと思った。そこで、スラを押しのけてオフィスに入った。

驚いたことに、自分が使っていた古いデスクの向こうに人影はなかった。チョプラは部屋を見まわした。誰もいない。「いったい全体……」不思議に思ったところで、デスクの後ろから、とても大きな黒い靴を履いた両足が突き出しているのが目に入った。

チョプラがデスクを回り込んで向こうに行くと、スーリヤヴァンシュ警部が床の上に仰向けに横たわっていた。どうやら、ぐっすり眠っているようだ。チョプラはまずは用心深くしゃがみ込んで、警部に脈があるかどうか確かめてみた。それから、なにかがピンと来たので、彼の顔の近くに身を寄せた。すぐに鼻がピクリとして、酒のにおいを嗅ぎとった。

チョプラは立ち上がると、オフィスを出た。「警部がいいと言うまで、誰もオフィスに入れるな」チョプラがそう言うと、スラ巡査は安心した様子だった。それから、チョプラはラングワラを探しにいった。

ラングワラは署の狭苦しい取調室にいた。いっしょにいたのは、グレーのサファリスーツを着て、天井でキーキーいっている扇風機の下でも汗びっしょりになっている、ものすごく太った男だった。「今すぐ、あの悪党を逮捕しろ」と男は言った。言っていることを強調するために、自分の両膝をバシッと叩いた。「うちの娘を連れて雲隠れしやがったんだぞ。警察にはなにもできることはないなんて言わないでくれ。わかってるのか、あの男はムスリムなんだぞ！」

チョプラはなんとかラングワラをその太った男から救出し、二人は裏手の小部屋のひとつに入った。「教えてくれ、誰か、あの溺死した少年の父親に話を聞きにいったか？」とチョプラは聞いた。

「いいえ、サー」とラングワラは答えた。

「いったい、なぜだ？」

「スーリヤヴァンシュ警部の命令です。警部は『この事件は単純明快だ、少年は事故で溺れた、以上』と言っています」

「それじゃ、検死解剖はどうなった？」

「スーリヤヴァンシュ警部は検死解剖は必要ないと言っています。あなたの命令を撤回してしまったのです」

チョプラは黙り込んだ。「死体は今どこだ？」

「病院です。病院が死亡証明書を出すでしょうから、家族が引き取って荼毘《だび》に付すことができるでしょう」

「実況見分調書《パンチナマ》を見せてくれ」

ラングワラは躊躇《ちゅうちょ》した。「サー、気を悪くしないでいただきたいのですが、あなたはもう警察官ではありません。どうして、このことに関わろうとするのですか？」

チョプラは答える前にじっと考えた。これまで長く警察にいて、死体はたくさん見てきた。だが、これはおそらく自分の見た最後の死体になるはずだ。少なくとも、自分の公的な立場のもとでは。そのことがあの死体を特別なものにしているように、チョプラには思えた。「ラングワラ。わたしたちは警察官になる誓いを立てたその日に、これからずっと人々のために働くことを承諾したはずだ。制服を着ていようと、着ていまいと、それはやっぱり同じだ。それに、わたしはただ、いくつか質問しに行くだけだ。それ以上のことをやろうとは思っていないよ」

それからちょっとして、チョプラが署を出たとき、彼のズボンのポケットにはパンチナマのコピーが入っていた。

チョプラはリクシャをひろって、マロル・ヴィレッジに行った。いつものように生活感があふれて、にぎやかだ。そこは貧しい人々が住む所だが、スラムというほどひどくはない。住人の多くは昔はポルトガル領だった西南海岸の都市ゴアにルーツをもつ敬虔《けいけん》なカトリックだ。ムンバイのカトリック教徒は人数は多くないが、そのコミュニティーはきちんと自分たちの主張をするし、彼らは社会的秩序を重んじることを自慢にしている。小さい家がぎっしりと並んでいるが、ちゃんと手入れがしてあって、派手な色に塗装されていた。

チョプラはパンチナマの目撃者のリストの一番上の住所の近くでリクシャを降りた。ドアをノックすると、青い短パンに白いランニングシャツを着た、背が低くて恰幅《かっぷく》のよい男がポーチに出てきた。色が黒くて、黒い口ひげを生やし、手首の内側に十字架のタトゥーが見える。「はい？」

「メルウィン・デ・ソウザさんか？」

「そうだが。なんの用です？」

「わたしの名前はチョプラ警部だ」チョプラはそう言って、パンチナマのコピーを見せた。「二日前に少年の死体が見つかった場所に連れていってほしい」

デ・ソウザは喜んで協力した。どのみち、やることもなかったのだ。これまで十年も働いてきた食肉処理場の仕事を失ったばかりだったから。「私服なんですね」と彼は言った。「ドラマの『CID／犯罪捜査部』みたいな？」

チョプラは答えなかった。

二人はマロル・パイプライン・ロードに沿って歩き、野菜市場と聖母マリア修道院付属学校を通り過ぎた。修道院の塀に描かれた金髪で青い目のイエス・キリストが、善意にあふれた苦しみの表情で、通り過ぎる者たちを見下ろしている。ゆったりした青い修道服を着た修道女が二人、修道院の門のそばでおしゃべりしている。「こんにちは、シスター」デ・ソウザは言って、十字を切った。

それから、彼らは道路ぎわでバナナチップスを揚げている男のそばに来た。デ・ソウザがバナナチップスを買うと言い張ったからだ。「ラグー。こちらはチョプラ警部さんだ。俺の親友なんだ。今、いっしょにすごく重要な事件の捜査をしてるんだぞ。おとい、いっしょに見つけた死体を覚えてるだろ?」

ラグーは黒く焦げたフライパンの再利用油で揚げているバナナをかきまわしながら、興味津々の様子で目を丸くした。フライパンは手押し車に載せたガスボンベの上に乗っかっている。「あの糞《くそ》だめの中で溺れ死んでた男の子か?」

「そうだ。ひでえもんだな」

痩せこけた乞食が立ち止まって体を掻《か》いていたかと思うと、もの欲しそうにバナナチップスを見つめた。デ・ソウザは男を怒鳴りつけたが、男のほうはいかにもムンバイの乞食らしく、平気な顔をして、もっと近くに寄ってきた。「ボス、チップスをおくれよ。もう三日もなにも食べてないんだよ」

ラグーは脅すように、お玉を振り上げた。「あっちへ行け。警部の旦那《サーヒブ》にチップスを食べていただくんだ」

「警部のサーヒブは今日はもういらないって思ってるみたいだぜ」

チョプラは笑いそうになったが、我慢した。ムンバイの乞食はだいたい、絶望的な貧困に苦しめられ続けた結果、意地も失って、おとなしくなっている者が多い。だが、この男は例外で、運命に与えられた役割を黙って演じている気はないらしい。

チョプラはこの男にバナナチップスを少し買ってやった。デ・ソウザは驚いてチョプラを見つめた。ムンバイでは乞食があまりに多く、生まれつき人間以下の存在だと思われている。乞食に食べ物を買ってやるなどという無謀な振る舞いは、頭のいかれた観光客しかやらないことだ。

それからちょっとすると、チョプラとデ・ソウザはマロル・ヴィレッジを出て、その先の荒れ地に入っていった。

そして、パイプライン、つまり二キロにも及ぶコンクリートの下水管の先端の草木の茂った場所まで来た。地面は下水管からにじみ出たもので湿っている。空気中に恐ろしいほどの悪臭が立ち込めて、鼻が曲がりそうになる。人間の排泄物《はいせつぶつ》の臭いだとチョプラは気づいた。

「あそこです」とデ・ソウザは言って、チョプラを投棄されたゴミの山のそばの浅い水溜《みずた》まりまで案内した。ゴミの中で食べ物を漁《あさ》っていたたくさんの豚が「なんだろう?」というようにチョプラを見上げた。

チョプラはまわりを見渡して近くにあった棒を拾い上げると、身をかがめて、淀《よど》んだ水の中に棒を突っ込んだ。水溜まりの表面からたくさんの蚊が飛び上がり、顔のまわりでブンブンいいはじめた。

それから、棒を引き抜くと、水の跡を見つめ、「六インチから七インチ（約十五～十八センチ）だ」とつぶやいた（一インチは二・五四センチ）。たとえ、どんなに酔っていたにしても、深さ六インチの水で溺死するのはものすごく難しいことだろう。

「誰が死体を見つけた？」

「わたしです」デ・ソウザはもったいぶって言った。

「ここでなにをしてたんだ？」

「うちのトイレが壊れてるんで」

「ここで用を足すやつはたくさんいるのか？」

デ・ソウザは肩をすくめた。たくさんいるのかと聞かれたって、ムンバイでたくさんいるっていうのは、何人くらいのことなのだろう。

「それから、死体のそばでウイスキーの空き瓶を見つけたんだったな？」

「ほとんど空でした」とデ・ソウザは言った。「ブラック・ラベルで」

「ものすごく高いウイスキーだな」

「そうです」デ・ソウザはにやにや笑った。「輸入物で」

貧乏な若者がどうしてそんな高価な酒を買えたんだろう、とチョプラは考えた。「ほかにはなにか見なかったか？　なにか普通でないものを」

「普通でないものってどういう意味です？」

チョプラは自分でもどういう意味なのかわからなかったが、いつものあの感じが湧き上がってくるのがわかった。それは事件の捜査をしていて、はっきりとは言えないが、なにかがおかしいとわかったときのあの感じだ。

「こらっ」豚にサンダルを舐《な》められたデ・ソウザが驚いて、豚を蹴飛ばしながら怒鳴りつけた。豚は怒ってキーキー言いながら、逃げていった。

チョプラは水溜まりのまわりを歩きはじめた。注意深く地面を観察しながら、だんだん大きく同心円を描いてまわっていく。何周かまわると、腐った木の切り株の後ろにしゃがみ込んだ。そこの地面は周辺よりは乾いていたが、それでもいくらか湿り気があって、二つのタイヤの跡が見てとれた。チョプラの指がタイヤの跡をたどっていく。ここにオートバイが停められたのだ。

誰がこんな所にオートバイで乗り込んだのか？

チョプラはタイヤの跡の深さを見定めようとした。警部補として直接事件の捜査にあたっていた頃の経験から、このバイクには二人の人間が乗っていて、そのうちの一人はかなり体重があるということがわかった。溺死した少年はそのバイクに乗っていたのだろうか？

チョプラは立ち上がった。どうやら誰も考えてみようともしなかったらしいが、この事件にはもうひとつ謎がある。あの少年はここでいったいなにをしていたのか？　少年はこマロル地区に住んでいた。彼もここを野外トイレとして使う必要があったのか？　この地区ではトイレの故障が流行《はや》っているのか？　チョプラはその可能性を〝ありそうにない〟に分類した。

少年をここに来させたのは、なにか別のシナリオによるものだ。

友だちといっしょだったのか？　いっしょに酒を飲んでいて、突然、用足ししたくなったのか？　少年は酔っぱらっていて、それに酔っぱらった友だちを連れて家に帰るのは嫌だったので、それでこの場所で用を足そうと言ったのか？　それから、なにが起きた？　事故で溺死だって？　ラングワラはそう言っていた。だが、友だちが溺れかけていたら、いっしょにいた人間は助けようとするんじゃないのか？　そいつもあまりにも酔っていて、どうしようもなかったのか？　だが、そこまで酔っていたなら、どうやってバイクを運転してここから去っていったのか？　なぜ、救急車や警察を呼ばなかったのか？

推測が多すぎる、とチョプラは思った。答えられない謎が多すぎる。

4　病院でホミに会う

マロル・ヴィレッジから、チョプラは再びリクシャをひろった。今度の行き先はサハール病院だ。

病院に到着すると、いつもどおり、まるで暴動の現場のようにめちゃくちゃにごった返しているのに、それなりに秩序があるらしい廊下の人の波をかき分けるようにして進み、地下一階に下りて、古くからの友人であるホミ・コントラクター医学士・外科学士を見つけた。

ホミ・コントラクターはこの病院に常駐しているが、警察の上級監察医でもある。優れた心臓外科医としての仕事の合間に、ムンバイ市でほかのいろいろな職務も担当しているのだ。ホミは名家コントラクター家の末裔で、その一族は数多くの慈善事業をおこなってきたので、病院の回復期患者用病棟の庭園にホミの祖父キャプテン・ラタンバイ・フラムジ・コントラクターの銅像が建てられている。ホミは以前より、必ずムンバイ心臓病医科外科大学の教授になるものと期待されていたが、今ではすでにそのポストについて、厳しい独裁体制を敷いている。

ホミは仕事以外でも精力的で、四人の息子の愛情深くも暴君的な父親であると同時に、かつて自転車で世界一周したパールシー（ゾロアスター教徒）の若者たちを記念して名づけられたムンバイでもっとも古い名門クリケットチーム〈パールシー・サイクリスト・クラブ〉の主要な理事会員でもあり、ネルー・ガンディー王朝の痛烈な批判者でもある。旧友ホミはその忙しい毎日の中から、どうやってスレシュ・ラオ警視の指揮下にある三つの警察署のために検死解剖をおこなう時間を見つけているのだろうとチョプラはいつも不思議でならない。

チョプラはホミを二十五年以上前から知っている。ホミは気味の悪い陽気さをもった男で、死体の内臓に肘まで突っ込みながら、不気味な冗談を言ったりする。

「十ルピーの貸しだぞ、チョプラ」チョプラがオフィスに入っていくなり、ホミはぶっきらぼうに言った。

これが初めてのことではないが、ホミの太ったお腹《なか》は、痩せて青白い頬の下がった顔とまったくつりあいがとれないな、とチョプラは思った。まるで、白衣の下に枕でも突っ込んでるようにみえる。白髪交じりの縮れた髪の下の灰色の眉毛、それに膨らんだ鼻を見ると、ムンバイ中心部にあるマラバル・ヒルの〈沈黙の塔〉でパールシーの死者を食べるハゲワシを思い出す（ゾロアスター教徒は死者を鳥葬にする）。

ホミはチョプラと賭けをして、サチン・テンドルカールが百打点《センチュリー》を出すことはないと言ったのだ。サチンは今朝、九十九点でランアウトになった（打者が走る間にボールが戻ってウィケット（柱）が倒され、打者がアウトになること）。大胆にもサチンに賭けないクリケット・ファンは、インドではホミ一人だ。「それで、退職して調子はどうなんだ？」とホミはつけ加えた。

冗談を言いあった後、チョプラは本題に入った。「うちの署から遺体が来たはずだ。マロルで見つかった若者で、溺死らしいということで」

「なんて名前だ？」

「サントシュだ。サントシュ・アチュレカル」

「アチュレカル、アチュレカル……。ああ、それなら覚えてる。遺体安置所《モルグ》だ。事故で溺死だろ。ロヒットが一時間ほど前に検死を終えたはずだ」ロヒットはホミの若い助手だ。上級監察医の資格をとったばかりで、ホミにがみがみ叱られながら、単純なケースを担当している。「解剖はしたのか？」

「解剖だって？　なんのために？　署からの書類には解剖の必要はなしと書いてあったぞ」

「それでも、やってほしい」

ホミは真面目な顔でチョプラを見た。「友よ、どうしてだ？」

「ただの勘だよ」

ホミは白髪交じりの頭を横に振った。「偉大なるチョプラ警部の直感に、ただの凡人であるホミ・コントラクターが異議を唱えるはずはないじゃないか」

「チョプラ元警部だ」チョプラは口ごもりながら言った。「だから、やらなきゃいけないってわけじゃない。やらなくてもいいんだ」

「そんなアンポンタンなことを言うな。一日だけくれ。明日には結果を知らせる。ただひとつの問題は、試料《サンプル》を製薬会社のランバクシーに送って分析してもらうことになると、料金がかかる。署からの要求がないと、書類が不備になる」

「署には知らせないほうがいいんだが」

「それでも、料金はかかるよ」

「それはわたしが払う」

ホミは自分の両頬を引っ張った。昔からの癖だ。なにか言うつもりかと思ったが、結局、あっさりうなずいた。「オーケー、オーケー。明日電話をくれ。ところで、ずいぶん忙しいだろうが、来月、ワン・デイ・インターナショナルのパキスタン戦を見にワンケデ（クリケットのスタジアム）に行く暇はあるか？」

「ホミ」チョプラはにっこりして言った。「時間だけはたくさんあるんだよ」

病院を出てからも、チョプラは別れたときのホミの表情を思い出していた。ホミがなにを考えていたか、わかるような気がする。自分が引退したら、やっぱりああなるのだろうかと思っていたのではないだろうか。彼もチョプラと同様、仕事に夢中だから。ホミも退職後もまた病院に行って、白衣は着ていないにしろ、後任者の仕事ぶりを嗅ぎまわり、後輩たちに陰で笑われながら、人に迷惑をかけるのだろうか。

いや、そんなふうに考えてはいけない、とチョプラは考えなおした。これまで誰もホミや自分を笑いものにしたりはしていない。これからだって、そんなことはないはずだ。

5　チョプラ警部とポピーの出会い

　帰宅してみると、空軍記念アパートメントの子どもらが自分の禁止命令を無視したことがわかった。小さな象は今も、つながれた柱のそばで、意気消沈してすわり込んでいた。尻尾には蓮の花輪が結ばれている。でこぼこの頭には、誰かが紙の冠を載せていた。どうやら、ガネーシャ神の像によく飾られている金線細工の冠のつもりらしい。餌はまだ全然食べないままで、その隣に置かれた銀の皿にはココナツの山が築かれていた。

「バハドゥール！」チョプラは不機嫌な声で警備員を呼びつけた。「子どもらが象にちょっかいを出さないようにしろと言っておいたな」

「子どもたちじゃありません、サー」バハドゥールは震え声で答えた。「ポピー・マダムです」

　チョプラは急に腹が立ってきた。かわいそうな子象を宗教用品にしてしまうとは！　しかし、すぐに思い当たった。ただの象ではなくて、神様ということになれば、ミセス・スブラマニウムだって、敷地から追い出しにくくなっただろう。ポピーはいつも、チョプラの予想の上をいく。妻より自分のほうが頭がいいはずだと思っていたら、まんまと出し抜かれたことはこれまでにも何度もあった。

チョプラは悲しげに頭を振った。二人が結婚してもう二十四年になる。こういうことになるなんて誰が考えてみただろう。とにかく、チョプラのほうは考えてみなかった。初めて彼女に会ったあのときには。

そのとき、チョプラは二十七歳で、すでに警部補になっており、ほとんど三年ぶりに村に帰ったのだった。村の中を歩いていって、川を渡った。例の子どもの頃に水浴びしながら、はしゃいでいる娘たちをのぞき見て捕まった、あの川だ。ポピーが向こう側から歩いてくるのとすれ違った。ポピーは姉といっしょだった。チョプラはその姉を見て、村会の頭《かしら》であるディンカル・ボンスレの長女だったなと思った。

チョプラは立ち止まって挨拶した。チョプラが髪を油でなでつけ、ひげもワックスで整え、アイロンをかけたばかりのカーキ色の制服を着て、実に颯爽《さっそう》としているにもかかわらず、その美しい娘はチョプラにまったく興味がないふりをしていた。既婚ですでに三人の子どものいる姉は、結婚相手にふさわしい男を見つける目をもっていて、チョプラが村にいる間に必ず夕食においでなさいと言い張った。

しかし、チョプラは行かなかった。

そのかわり、家族と相談した後、父親に結婚の申し込みに行ってもらった。彼女の名前はアルチャナで十八歳、いつもおやつに生《なま》のポピーシード（ケシの実）をかじっているので、友人たちからはポピーというあだ名をつけられていること、初等教育修了証書をもらうときには二度目の挑戦でやっと合格したこともわかった。

実は、村の子どもたちは誰でもそうなのだが、彼女もチョプラの父親の生徒だった。シュリー・プレムクマール・チョプラ（「シュリー」はミスター、先生の意）は一九四七年、インド・パキスタン分離独立の痛ましい大混乱のほんの数カ月前に、ムンバイ大学を卒業した。大都市で何年も働いたが、その後、故郷に戻って、自分自身も初等教育を受けた学校の教師になった。それ以後、村では尊敬と親愛の情をこめて、先生様《マスタージ》と呼ばれている。というわけで、マスタージが親友でもあるディンカル・ボンスレの下の娘を、ボンベイに住んでいて、月収が千百ルピー以上のハンサムな若い警察官である自分の末息子の嫁にほしいと申し込んだとき、断られる心配などなかったのである。大親友である二人は、これで家族になれると大喜びした。

長年にわたって、チョプラはよく考えたものだ。もし、あのとき、ポピーが姉といっしょに川のそばを歩いていたあの瞬間に自分が通りかからなかったら、人生はどうなっていただろう、と。そうだったとしたら、自分はポピーに出会うことなく、村を出ていただろう。そして、次に帰郷したときには、彼女はどこかよそに嫁にいってしまっていただろう。

それから、すでに二十年以上たち、チョプラはポピーのいない人生など考えられなくなっていた。彼はもちろん恋愛によって結婚したのだが、自分ではそのことを認める気がない。ポピーの美しさゆえに、そして彼女が年下であるために、正直さ、清廉さ、そして親切という地味な長所しかもっていない自分のような夫に満足していないのではないかと心配になることもある。そして、ポピーが実はかなり空想好きで、驚くほどロマンチックな人間であることに気づいて以来、もしかしたら、彼女は本当は、大好きなボリウッドのマサラ映画の勇ましいヒーローのような男と結婚したかったのではないかと不安になる。たぶん、アミターブ・バッチャンみたいな、あるいはあの美男子のヴィノード・カンナとか。だが、ポピーは献身的な妻になったし、ときには多少の波風が立つこともあったとはいえ、二人はどちらも、いっしょに暮らせることが幸せだと思っていた。

　そこまで考えて、チョプラはふと、シャリーニ・シャルマのことを思い出し、胸に良心の痛みを感じた。

　退職したら、なにか自分を元気づけてくれるものが必要になるだろうと思ったので、チョプラはグル・ラビンドラナート・タゴール・ロード（ラビンドラナート・タゴールはノーベル文学賞を受賞した詩人。「グル」は敬称）に古い一軒家を購入していた。そして、改築のために建築家と工事業者を雇った。二週間に一回、ジュフのサン・エンド・サンド・ホテルで、あの魅力的なミス・シャリーニ・シャルマに会うことになったのはそういうわけだ。それを考えたら、チョプラはものすごく後ろめたい気持ちになった。秘密を打ち明ける準備ができる前に、ポピーがもし気がついたりしたら、いったいどうなってしまうだろう。

「アッラーに栄光あれ《スバン・アッラー》、わが友チョプラ《チョプラ・ミア》、スバン・アッラー！」

声のしたほうにチョプラが振り返ると、フェロース・ラクナワラが、なかよしの〝ヴィッキー〟こと、ヴィクラム・マルホトゥラをひきつれて近づいてくるところだった。

フェロースとヴィッキーは十五階のアパートメントで同居しているから、チョプラの隣人ということになる。痩せこけたのっぽで、山羊のような顎ひげをはやし、黒い髪がぐちゃぐちゃになっているフェロースは詩人で、ウルドゥー語を熱烈に愛し、ガザル（ペルシャからインドに伝わった恋愛詩の形式でウルドゥー語で書かれる）の大詩人ミールザー・ガーリブを崇拝している。フェロースはまた、いつも酔っぱらっていることで知られていた。ヴィッキー・マルホトゥラのほうは、最新のヘアスタイルで、ひげをきれいに剃《そ》った、渋い感じのハンサムで、ボリウッドでブレークする日を待ちながら、人気ドラマで小さな脇役をやっている。

フェロースとヴィッキーはしょっちゅう、ミセス・スブラマニウムの住民規則に違反している。騒々しいパーティーは夜中過ぎまで続き、フェロースと友人たちが酔っぱらって詩の朗読の競演を始めると、ヴィッキーはその伴奏にタブラ（高音、低音のペアになった太鼓）を叩きまくるから、チョプラにとってもいい迷惑だ。だが、ポピーはいつも、二人の若者をかばって、「芸術家の気性」を花咲かせることは大切なことだと言い張る。とにかく、二人のおかげでこのアパートメントが多彩なものになっていることは、チョプラも認めるところだ。

「すごくいい考えじゃないですか、チョプラ・ミア！」フェロースが興奮して言った。「裏庭に象！　誓って言いますが、ぼくはもう頭の中にガザルが湧き上がってきましたよ！」

「あの象はすっかりまいっちゃってるみたいだな、でしょ？」とヴィッキーが言う。そして、まるでそれが世界で一番おかしいことでもあるように笑い転げる。

チョプラは小さな象のそばにひざまずいて、紙の冠をはずしてやった。象はどれくらいの間、食べなくても生きていけるんだろう、と考えながら。

そもそも、それが問題だ。チョプラにはわからないのだ。彼は象のことなどなにも知らない。故郷の村にも象はいなかった。象を見たのは、ムンバイに来てからだ。ずいぶん前のことだが、ジュフ・ビーチに象がいて、子どもたちを乗せていた。だが、その後禁止になって、今はもういない。あとは、バイクラ動物園に雌雄つがいの象がいる。それに、ムンバイでは混雑した道路をときおり象が歩いていることがある。象使いが背中に乗って、あちこちに荷物を運んでいる。だが、そういう象を見ることもだんだん珍しくなってきた。いったい全体、どうして、バンシ伯父さんは象を自分に託したのだろう？

考えれば考えるほど、この感謝されることのない務めに自分が選ばれた理由がわからなくなった。どうして、兄のジェイシュではないのか？　兄は昔ながらの長子相続のしきたりに従って、村に残って先祖代々の農地を受け継いでいる。農業を営んでいて、牡牛《おうし》や牝《め》牛《うし》も飼っているのだから、象をどうしたらいいかもわかるはずだ。少なくとも、かわいそうな象を飼うための場所はあるんだし、ミセス・スブラマニウムという問題もない。

あの意地悪ばあさんが爪を研いでいることを考えると、チョプラは気分が悪くなった。

今日はもうずいぶん動きまわったから、休養が必要かもしれない。


夕食後、チョプラはまた、ガネーシャの様子を見にいった。赤ちゃん象はあいかわらず、なにも食べていないばかりか、誰か親切な住人が持ってきてくれたらしいタケノコの束の上に鼻を放り出している。タケノコは象の大好物だとチョプラも聞いたことがあるのだが。

チョプラは子象のそばにすわり、子象がどんな気持ちでいるか、想像してみた。どこから来たのかもわからないが、自分の家から離れ、慣れないもの、慣れない音、慣れないにおいに囲まれた、この見知らぬ、騒々しい場所に連れてこられたのだ。それから人間だ。こんなにもたくさんの人間！　かわいそうな赤ちゃん象がショックで打ちひしがれているのも、当たり前のことではないか。

チョプラは伯父の手紙を読み返した。この不思議な贈り物の謎を解くことができないかと思ったのだ。ガネーシャには、どんないわれがあるんだろう？　バンシ伯父さんはなぜ、ガネーシャは「ただの象ではない」と書いているんだろう？

チョプラ（元）警部はこれらの難しい問題にまったく答えを見出《みいだ》せないまま、ベッドに入った。

なかなか寝つけなかった。退職のことで頭がいっぱいになってくる。そんなことばかり考えて悲しい気分になるのは嫌だと思っているうちに、いつのまにか、サントシュ・アチュレカルのことを考えていた。ホミの検死結果が出て、この事件は一件落着となればいいと思う一方で、チョプラの中の反抗的な部分は自分がもう警察官ではないことを受け入れられずにいて、ホミの分析によって、少年の死の裏になんらかの不正行為が隠されているのが明らかになることをひそかに望んでいるようだった。

だが、もしそうだったら、どうしたらいいのか。それは彼にもまったくわからなかった。

いろいろな可能性を考えながら、寝返りを打ち、チョプラはやっとのことで眠りについた。

6 動物園訪問

次の日、チョプラ警部はポピーが支度してくれた量の多い朝食を断固たる決意でお腹におさめてから、家を出ようとした。いろいろな心配事はさておいても、伯父に信頼されたからには、託された小さな象の面倒をみるという責任を果たさないわけにはいかない。

「どこへ行くの？」ドアに向かうチョプラにポピーが尋ねた。

「いろいろ用があるんだ」

「あなたは退職したはずでしょ。用なんてないはずじゃない？」ポピーは近寄ってくると、サリーの縁をつまんで、チョプラの口ひげに付いていたパン屑を払い落とした。

「体調はどう？」

「まったく問題なしだ」チョプラは言って笑顔を見せた。「おまえは今日はなにをするんだね？」

「わたしは戸別訪問をするの。管理委員会が召集される前に支持基盤を固めておかなくちゃ。ミセス・スブラマニウムがガネーシャにひどいことをしないうちに、彼女の足場を崩しておかなくちゃ」

チョプラは顔をしかめた。「ポピー、そういうやり方はまずいんじゃないか？　成りゆきにまかせたほうがいいと思うが」

「だって、ミセス・スブラマニウムは間違ってるんですもの。それに、たとえミセス・スブラマニウムが正しいとしても、やっぱりミセス・スブラマニウムは間違ってるのよ」

チョプラは口を開けてなにか言いかけたが、そこで邪魔が入った。

「まあまあ、感動的なシーンじゃないの」

ポピーとチョプラが振り返ると、プルニマ・デヴィがよろよろと自分の寝室から出てきたところだった。「象のこととか、象と同じくらい元気そうな男のことを心配してやるなんて。誰もわたしの健康状態を思いやってはくれないのね」

「だって、お義母《かあ》さんはまったく元気じゃないですか」とチョプラは言った。

「まったく元気ですって？」老婦人はキーキー声で言った。「もう何年も前から、あの世の入口にいるじゃないの」

「どうしてそのまま、その入口から入ってしまわないんですか？」チョプラは心の中で言った。

「ヴァラナシに連れてってくれって、何度も頼んでるじゃないの。ヴァラナシに行けば、汚れなきガンジスの水を浴びて病気も治るっていうのに。どうして、誰も聞いてくれないの？　わたしのことなんてどうでもいいの？」

　健康のためにヴァラナシで水浴をしようなどという人は、政府が発表した最新の公害レポートを読んでいないに違いないとチョプラは思った。ヴァラナシにおける偉大なるガンジス川の汚染はあまりにも深刻で、聖者たちでさえも水浴をあきらめているというのに。

「そのうちに連れてってあげますってば、お母さん」とポピーが約束した。「アシュウィンも退職したから、きっと三人で旅行する計画を立ててくれるでしょ」

　チョプラは妻をにらみつけた。だが、妻の目の中にいたずらな光がチラチラしているのを見ると、表情をやわらげて、無理やり微笑した。「ヴァラナシに何年も住んでいるお年寄りも大勢いるそうだ。聖なる都市で最期を迎えて、即座に解脱《モクシャ》できるように」と彼はささやいた。「お義母さんを置いてきてあげればいいな」

「でも、そんなことしたら、あなたはきっと寂しがって、お母さんに会いたがるわよ」ポピーはにっこりして言った。それから、もう一度、いたずらな笑顔を浮かべると、打倒ミセス・スブラマニウムのゲリラ戦に出発するべく、外出の支度を始めた。

　チョプラの最初の立ち寄り先は、ジュフに新しくできた書店〈クロスワード・ブックストア〉だった。

ジュフはムンバイで最初にできた輝かしい郊外住宅地だ。今もなお、映画界の大スターたちはみな、この地区に豪華な屋敷を持っているし、彼らと隣りあって、厚かましいビジネス界の成り金や、クリケット選手も住んでいる。この地区にはいま流行の新しいサラダバーや、若者たちが集まるカフェもたくさんある。

リクシャの座席にすわって、有名なボリウッドの大スターの八階建てのお城のような屋敷を見上げながら、チョプラは思った。それでも、こんな場所でも街角には乞食が集まり、毛の抜けた野良犬が群れを成してうろつき、大量のゴミが外に捨てられてあるから、蠅にとっても、屑屋にとっても安息の地なんだろう。

〈クロスワード・ブックストア〉は輝くガラスに覆われた派手な建物で、チョプラの目にはまるで巨大な黄色いチョコレートの箱のようにみえた。ムンバイの郊外区では最大の書店で、まるで文字の世界に捧《ささ》げられた五つのフロアを占める大市場だ。チョプラは柄にもなく感心した。だが、書店があまりにも大きいことに不安になった。こんな大きい店で、どうやったら、必要なものを見つけられるのだろう?

しかし、いつのまにか、とても瘦せた若者が神経質な幽霊のようにチョプラの後ろに立っていて、問題を解決してくれた。どんな本が必要か、輝くばかりの黄色い制服を着た若い店員に説明すると、彼はすぐに店内の迷路を進んでチョプラを正しい場所に案内してくれた。

チョプラは老眼鏡をかけて、本棚を注意深く見ていった。『アジアゾウの病気と食物』、『北部インドの森林ゾウの隠された生活』、『アジアゾウの個体数と保護の問題』……。ああ、これだ！『決定版　インドゾウの生活と習慣』ハーパル・シン博士著。

ずっしり重いのにも安心感があるし、光沢紙を使った表紙は、豊かな緑の中の立派なインドゾウの姿だ。裏表紙はハーパル・シン博士本人の写真で、こちらも美しい青いターバンに伸び放題の濃いひげで、実に立派に見える。

チョプラは心強く感じた。この人は本物の専門家に違いない。

本を開いて、最初の段落を読んでみた。「インドゾウ、ラテン語学名エレファス・マクシムス・インディクスは、アジア大陸で最大の陸上哺乳類である。体高が二・五〜三メートル、体重は二〇〇〇〜三〇〇〇キロである。インドゾウは巨大な草食動物であり、一日に最大で一五〇キロの植物、一〇〇リットルの水を消費する。地上の草も、植物の高いところにある若芽もどちらも食べる……」その段落はずっとそんな調子で続いており、インドゾウについて、事実にもとづいた情報や、生物学、系統、動物分類学に関する簡潔にして直截《ちょくせつ》的な記述が、知りたいことならなんでも載っているようだった。

まもなくチョプラは本棚のところに戻って、象のコーナーにあるほかの本の背表紙に指を走らせながら見ていった。

一番下の棚の真ん中あたりで、彼の目はシンプルな茶色い表紙の薄い本に引き寄せられた。『ガネーシャ　インド象と暮らして十年』という本だ。著者はハリエット・フォーティンブラスという英国人の女性で、子どもの頃、インド北部の太守《ナワーブ》（イスラム教徒の藩王）のもとに英国の外交官として派遣された父親のヒューバート・フォーティンブラス卿《きょう》に連れられて、一九二〇年代のインドに移り住んだ。フォーティンブラス卿は熱心な狩猟家で、一人でも全生物を絶滅させそうなほどだった。一度の狩猟で、雄の象二頭、虎一頭、それにつがいのドルカスガゼルを虐殺したことさえある。

ある日、フォーティンブラス卿はインド北部の奥地に狩猟に行く際、娘を連れていった。その日は雌の象をしとめたが、その象は生まれたばかりの子象を守って死んだのだった。こんなやさしい動物を無意味に殺すことにショックを受けたハリエットは、アワド州（現在のウッタル・プラデーシュ州の一部）の首都ファイザーバードにあった屋敷に赤ちゃん象を連れて帰ると言い張った。

それから十年、英国人の少女と赤ちゃん象は驚くべき心の絆《きずな》で結ばれていた。「象といえば、人々はその動物の威厳、大きさ、力についてしか語りません」とハリエットは書いている。「でも、ガネーシャの目を見つめるとき、わたしはそこに人間と同じ魂、温かさ、そして知性を見出します。象は人間と同じように、自意識があるといわれています。彼らは自分が存在していること、一頭一頭が別の存在であることを理解しています。象は鏡の中の自分を見て、人間の子どもと同じように、それが自分だと認識できるようになります。人間の子どもと同じように、ガネーシャはわたしを絶対的に信頼しています。その信頼を失わせるようなことは絶対にしてはなりません。象の信頼は一度失われれば、二度と回復することはできません。象は絶対に忘れないからです」

チョプラはその英国貴族の女性の言葉を読んで、不思議なほど感動した。

十年後、ガネーシャは謎の病気で死に、ハリエットはインドを去った。その本によれば、ハリエットは一生、象やインドのあれこれを愛し、八十二歳まで長生きした。

チョプラは二冊とも買って、書店を後にした。

次の目的地に行くために、チョプラはタクシーをひろった。行き先はムンバイの南半分にある場所だ。海辺の高級住宅地バンドラをリクシャに乗って越えていくことはできない。ムンバイ南部はタクシー組合の縄張りで、彼らは縄張りには非常に厳しいのだ。

チョプラはバイクラ動物園でタクシーを降りた。

ここへはもう二十年近く来ていない。この辺にまだ英国の古い工場があった頃のことで、それらの工場はチェーンスモーカーのように空気を汚染しながら、だんだん死に絶えていくところだった。バイクラ動物園はヴィクトリア公園の中にあり、この公園はもともと、裕福なユダヤ人実業家のデイヴィッド・サッスーンが作らせたものだった。公園の入口には愛馬「カラ・ゴーダ」（マラーティー語で「黒い馬」の意）にまたがったエドワード七世の銅像がある。もとは繁華街の要塞地区《フォート》にあったが、かつての植民地支配者の名残りが目立つ場所にあるのはよくないということで、インド政府がここに移転させたのだ。

ここにいるほうが幸せそうにみえるな、と思いながら、チョプラは公園の中に入っていった。

それから、動物園の事務所に向かった。学校の生徒たちが入場券売り場のまわりに群がって騒いでいる。困り顔の教師たちはなんとか生徒たちを並ばせようと必死になっている。チョプラは彼らを避けて、事務所の入口を入っていった。

「サー、そこには入れませんよ」片手にバケツを持ち、もう片方の手には紐《ひも》でしばったファイルの束を持って、疲れ切った表情の男が言った。

「わたしはチョプラ警部だ」とチョプラは言った。「すぐに園長に会いたいんだが」

そして、園長室に案内され、そこで待つようにと言われた。外では、生徒たちが公園の奥に移動していくらしく、その騒がしい声もだんだん聞こえなくなっていった。

動物園長が現れた。キツネザルのように目のまわりが黒っぽい、真ん丸な悲しげな目をした、すごく濃い眉毛の小柄な男だった。「園長のラウジーです。なんのご用ですか、警部さん」

「象のことを知りたい」チョプラは答えた。

ラウジーは不機嫌な顔でチョプラを見ると言った。「象は大きい。象は危険だ。象は見知らぬ人間を簡単には受け入れない。ほかにまだ、知りたいことがあるんですか?」

チョプラは黙っていた。事務所の中を見まわしてみた。狭苦しくて、おんぼろで、まるでこの部屋の主と同じだ。ファイルキャビネットが部屋のほとんどを占め、その上には紙の束が危なっかしく載っている。壁の白い漆喰はあちこちで剝がれていて、腺病にでもかかっているみたいだ。全体的に、放棄されているという感じがする。

「動物園は昔ほどの人気はないのです」チョプラがあたりを見まわしているのに気づいたラウジー園長が言った。「今はほかに行くところがたくさんありますから。ショッピングモールとか、シネコンとかなんとか。動物園に来たがる人なんかいませんよ」園長はため息をついた。「おいでなさい」そう言うと、椅子を後ろに引きずりながら立ち上がり、チョプラを動物園の中に案内した。

二人はワニの囲いや、ニルガイ（インドに生息するウシ科の動物。首はウマに似ている）のいる場所を通り過ぎた。猿の仲間の檻《おり》まで来ると、学校の生徒たちがクスクス笑ったり、変な顔をしてみせたりしていて、猿たちが激怒して吠《ほ》えたり、キャーキャーいったりしている。囲いの中は掃除が行き届いていないことに、チョプラは気づいた。プラスチックのボトルや、グトゥカー（ビンロウジを主成分とする粉状の嗜好品で興奮作用がある）の空袋、腐った食べ物などが散らかっている。

象の囲いの前に来ると、ラウジー園長はチョプラにそこで待つように言って、くるりと向きを変えると前かがみになって歩き去った。

チョプラは錆びた囲いの鉄格子に近寄った。囲いの中には、目と耳のまわりに特徴的なピンク色の色素沈着のある二頭のおとなのインドゾウがいた。囲いに掲げられた札には、象の名前はシャー・ジャハーンとムムターズだと書いてある（ムガル帝国の第五代皇帝シャー・ジャハーンは、最愛の妃ムムターズの墓所としてタージ・マハルを建造させた）。二頭の象は疲れて年老いていて、伝説の高貴な恋人たちのようには見えないな、とチョプラは思った。

「離れてください、サーヒブ」

チョプラは振り返った。

カーキ色の短パンにぼろぼろの白いランニングシャツの小柄な男が囲いのほうに歩いてきていた。「去年、その二頭は人を殺したんですよ」

チョプラもその騒ぎを覚えていた。酔っ払いの男が後ろの芝生からよじ登って囲いに入ったのだ。そして、大きな声を出して歌いはじめた。雌の象が男に鼻を巻きつけて持ち上げると、壁に叩きつけた。それから、二頭とも怒り狂って、男が死ぬまで踏みつけた。そのうえ、雄の象は哀れな男の死体を牙で突き通したのだ。

その係員の名はマヒといった。かつては象使いだったが、今は動物園の飼育係の一員となっている。彼は動物の世話をする仕事の危険を身をもって証明していた。左手の指三本は虎に嚙《か》まれて失っている。耳は怒ったオナガザルが嚙み切ってしまった。片足を引きずって歩くのはずっと前に若い象がふざけて彼の腰を牙で突いたからだ。

「象は自分がどれほど力があるか、わかっていないんです」マヒは怨《うら》む様子もなく、そう言った。

チョプラは象の世話のしかたについて教えてほしいと言った。マヒは急に興味を覚えた表情でチョプラを見た。そして、警察は警察犬と同じように象を使う予定なのかと聞いた。そこで、チョプラは赤ちゃん象を引き取ってくれるところはないか教えてほしいと言った。動物園が家のない動物を引き取ってくれたりはしないだろうか。マヒは首を振った。「それは園長サーヒブに聞いてもらわないといけません。でも、ダメだと言うと思いますよ。動物園はお金がないから。象をもう一頭飼う余裕はありません。象の世話は手がかかるんです」

その夜、チョプラ警部は書斎にこもって象について学んだ。ハーパル・シン博士の簡明直截な文章を読み、ハリエット・フォーティンブラスの個人的な体験をつづった本を読み、動物園でマヒが与えてくれたアドバイスを思い起こすうちに、伯父から遺贈されたこの生き物の世話をするのがどういうことか、だんだん想像できるようになってきた。「ゾウが一部の人たちから神秘的な地位を与えられているのは、ヒンドゥー教のガネーシャ神と結びつけて考えられるようになったことが大きい」とシン博士は書いている。「そのせいで、ゾウは擬人化もされ、超自然的な能力をもつと誤って考えられるようになった。しかし、本当のところは、ゾウは非常に大きな陸上哺乳類に過ぎない、たんなる生身の動物である。体が非常に大きいという以外、ゾウにはなにも特別なことはない」

一方、「象はユニークな動物です」とハリエット・フォーティンブラスは書いている。「アレクサンドロス大王がヒュダスペス川の岸に到達して、インドのポロス王の軍勢と対《たい》峙《じ》していたとき、アレクサンドロス大王の軍の兵士たちは、ポロス王配下の象部隊が地響きをたててなだれ込んできたのに驚愕し、恐れおののきました。そうして、アレクサンドロス大王軍が小アジアに戻った際には巨大な象の伝説を広めました。彼らも無意識のうちに、象はただの動物以上の存在であると理解していたのです」

チョプラ警部はとりわけ、現在自分が保護している赤ちゃん象を苦しめている問題への答えを見つけたいと思っていた。この問題について、シン博士はこう書いている。「ゾウを捕食する動物は自然界にいない。したがって、ゾウは恐怖という感情を知らないと推測できる」

「象は感情豊かな生き物です」とハリエット・フォーティンブラスは書いている。「象が幸福、満足、不安、恐れを感じていることは、見ていればよくわかります。わたしたちはそのことを忘れてはなりません。象はまるで酔っ払いの人間のように、手がつけられないほど攻撃的になることがあり、インドの人々はこのような状態を〝マストゥ〟と呼んでいます。どうしてこのような状態になるのかはわかっていません」

読んでいくうちに、象には実にさまざまな病気や苦痛がありうることがわかった。口蹄《こうてい》病、象天然痘のような聞くだに恐ろしげな病気もあれば、炭疽《たんそ》病、狂犬病、結核のような、人間にもなじみのある病気にもかかる。象は肺炎、関節炎、腸の合併症、牙や爪からの感染、あらゆる種類の皮膚の問題、体が非常に大きいことから筋骨格の負傷などにも苦しめられる。さらに象は各種の蠅やブユ、アブ、白癬《はくせん》、ラセンウジバエの幼虫、サナダムシ、ダニ、耳ダニ、ノミ、吸虫、線虫にも悩まされる。無気力で痩せこけているのは健康状態に問題がある印だということもわかった。逆に、健康な象はしょっちゅう耳をパタパタさせ、尻尾を動かすらしい。そればかりか、象は加齢によって心臓の合併症を起こすこともあることがわかった。まるで人間と同じだ、とチョプラは思った。

チョプラがベッドに入ったとき、頭の中を象のさまざまなイメージが泳ぎまわっていた。高い声で鳴く象、食事をする象、水浴びをする象、そして群れを成してジャングルを進む象……。象たちはチョプラの夢の中まで侵入してきた。すっかり大きくなったガネーシャの夢も見た。チョプラの前に立ちはだかり、鼻をチョプラの胴に巻きつけ、チョプラを持ち上げて、何度も何度もアパートメントの塀に叩きつけている。バハドゥールはそれを見て拍手喝采し、ポピーは「ガンパティ・バッパ・モリヤ」（ガネーシャ神を称える言葉）と歌っている。

チョプラは汗びっしょりになって目を覚まし、それから一晩中、天井を見つめていた。エアコンのカタカタいう音が自分の心臓の鼓動と同じくらい大きく聞こえていた。

7　検死解剖の結果

「こっちに来てくれ。直接話したほうがいい」

チョプラは電話を置くと、口ひげをしごきながら、考えた。秘密めかすのはホミらしくもないことだ。いつも率直に歯に衣《きぬ》着せず話す男なのだから。とにかく、検死解剖の結果が出たということだ。

チョプラは朝食を終えた。また、ずいぶんな量だった。彼はお腹の上を軽く叩いた。そして、「毎日こんな調子だと、近いうちにものすごくデブな夫をもつことになるぞ」と冗談を言った。もっとも、半分は本気だが。

「はい、はい」レンジの上のお茶《チャイ》の鍋をいじりながら、ポピーは返事した。チョプラは、まるで最高の手品を見せたのに観客が驚いてくれなかったときのマジシャンのような気持ちになって、少しがっかりした。ポピーは昨晩、いとこのキランの家を訪問して帰ってきてから、どうも様子がおかしい。チョプラがいるのに注意散漫なのはポピーらしくない。結婚以来、いつも夫にかまい過ぎる傾向がある妻なのに。チョプラは妻にちやほやされるのがうれしいと認めたことはないし、そもそも、正直に言いたくてもどういう言葉にしたらいいのかわからない。だが、ポピーがいつもと違って、なにか別のことに夢中になって、自分に注意を払ってくれないときはすぐにそれに気づくのだった。ポピーはもしや、彼女の終わりなき正義の戦いの新しい目標を見つけたのだろうか？　そうか、きっとガネーシャを守るためのミセス・スプラマニウムとの戦いに違いない。

ホミに会いにいく前に、チョプラはもう一度、小さな象の様子を見にいった。夜の間にごく小さな糞《ふん》をしていたのを見て希望が湧いてきた。それは本当に小さい糞だったが、それでも、小さな一歩には違いない。

だが、バハドゥールに話を聞くと、ガネーシャはやっぱりなにも食べていないという。チョプラは象の糞のそばにしゃがんだ。蠅を追い払ってから、膝を地面につき、顔を近づけて息を大きく吸い、においを調べた。ハーパル・シン博士の本にそうしろと書いてあったからだ。

バハドゥールは興味津々で見つめていた。

空軍記念アパートメントの住人全員の中で、彼はチョプラ警部をもっとも崇拝しているのだ。

彼はアパートメントの入口のゲートの横に置いた小さな椅子にぼんやりすわっていると き、自分も警察官になりたいなと夢想していることもある。シャシ・カプールが演じた映画『ディーワール（壁）』や、アミターブ・バッチャンの『シェヘンシャー（皇帝）』の主人公のように、大勢の悪者を素手でぶちのめしてヒロインを救出し、もちろん、その後は彼女とロマンチックなダンスを一曲踊るに決まっている。

　チョプラは立ち上がった。いったい全体、自分はなにをしているんだ？　大のおとなが象の糞のにおいを嗅いでいるなんて、みっともない。そうだ、昔から言うじゃないか。船のことは船頭にまかせろって。

　チョプラはポケットからメモ帳を出した。バイクラ動物園の飼育係マヒから教えてもらった電話番号が書いてある。彼は携帯電話を取り出して、その番号に電話をかけた。

「はい？」ぶっきらぼうな声が返事をした。

「ドクター・ロヒット・ララですか？」

「そうだが」

「ドクター・ララ、わたしの名前はチョプラ警部です。とても体調の悪い象がいるんです。助けてください」

　チョプラはリクシャに乗って、病院に到着した。正面入口に彼と同時に救急車が乗りつけた。救急車の後ろから二人の男が飛び降りて、ストレッチャーを運び出した。その上に横たわる人は間にあわせの包帯を巻かれて、血を流していた。どうやら、両足の膝から下を切断されたようだ。「馬鹿なやつだ。かわいそうに線路に落っこちたんだよ」ストレッチャーを押す病院のスタッフはチョプラの横を通り過ぎながら、そう言った。どうしてそんなことになったのか、チョプラは聞いてみようとも思わなかった。電車にひかれる事故はムンバイでは日常茶飯事だからだ。

ホミは自分のオフィスにいたが、濡らしたハンカチで顔を覆っていた。「四十二度だっていうのに、こういうときにかぎってエアコンがぶっ壊れるんだから」と不平を言った。「この夏は史上最高の暑さになるらしいな。まったく、どこまでひどいことになるか、わかったもんじゃないな」

チョプラはホミの両目が血走っているのに気づいた。彼がウイスキーに目がないことは知っている。特にくたくたに疲れたときには。だが、ホミは完ぺきなプロだから、その仕事ぶりを悪く言う者はいない。

長年にわたって、二人は世を騒がせた多くの事件の捜査でいっしょに仕事をしてきた。なかでも、知りあってまもない頃に協力した「クリケット・バット・キラー」事件は有名な事件で、地元の新聞はずいぶん派手に書き立てたものだ。

クリケット・バット・キラーは、サハール地区で四人も殺した。犠牲者の全員が鈍器で殴られて死んだのだが、捜査の結果、凶器はクリケットのバットだったとわかった。捜査の指揮を執ったのは、当時は警部補だったチョプラだ。チョプラは、ホミが犠牲者のうちの一人の遺体から回収したごく小さな木片と、凶器で殴られたことで生じた痣《あざ》の状態を調べて、その傷がクリケットのバットによるものだと突き止め、バットの製造元も特定した。チョプラ自身も熱心なクリケットのファンだからこそ、そのバットがごく珍しいものであることと、そして、この地区でそのバットを売っている店は一軒しかないことに気づいたのだった。それから、そのバットを購入した少人数の地元民を特定するのは、それほど難しい仕事ではなかった。警察の要求に応じてバットを見せることができなかったのは一人だけで、その男は尋問されるとすぐに屈服して、犯行を自供した。

犯人がむごたらしい犯行を重ねた動機を知って、チョプラはあらためて人間の行動を単純に善と悪で説明することは不可能だと確信した。

クリケット・バット・キラーは怒りを募らせていた。自分の結婚生活や、先の見えない仕事、それに言うことを聞かない、期待のもてない子どもたち、そういうすべてにだ。犯罪学の本を熱心に研究していたチョプラは、道徳的な意味でも、宗教的な意味でも、はかり知ることの可能な人間の概念としての悪というものを信じてはいなかった。クリケット・バット・キラーのような者たちは、彼の考えでは、社会学的にみた場合の変種なのだ。彼らの場合、自分を取り巻く世界の見方がどこかおかしくなってしまったのだ。それは、必ずしも狂気とはいえないが、もちろん、正気ともいえないだろう。

チョプラはホミの後について、病院のモルグに行った。冷蔵室に入ると、ホミは金属のトレーの上に横たわったサントシュ・アチュレカルの死体を引き出した。若者のかつてはハンサムだった顔、今は蠟《ろう》のように青白い顔を見ると、チョプラはまたしても奇妙な動揺を感じた。

「重要なことから先に言う」ホミが話を始めた。「厳密に言えば、この少年は窒息が引き起こした脳の酸素不足で死んだ。つまり、死因は溺死だ。気管、胃、肺にも水があったからな。珪藻《けいそう》分析の結果では、水に入った瞬間には生きていたことがわかった。それに、肺の中に出血があったから、息を吸おうともがいたはずだ。だとすると、興味深いことだな。水の深さが二、三インチしかないなら、頑張ってもがくうちに体を水面の上に持ち上げることができたはずだからな。血液と胃の内容物、胃液も分析させた。確かに、体内には大量のアルコールがあった。死んだときに、酔っていたことには疑いがない。次に、血流の中に薬物もあった。ベンゾジアゼピンの混合物だ。よっぽど自暴自棄になっている薬物依存者でも、まず使わないようなものだ。ベンゾジアゼピンは鎮痛剤でもあり、同時に催眠効果もある。つまり、眠り薬として使えるわけだ。この少年が日常的に薬物を使用していたと考えられるような特徴はなかった」

チョプラは考え込んだ様子で、サントシュの顔を見つめていた。「そういうわけだから」ホミは結論を言った。「彼は酒に酔っていて、おそらく薬物も摂取していた。だが、わたしの考えでは、これは事故ではない」

チョプラは顔を上げた。

「ほら、ひっくり返すから、手伝ってくれ」ホミは少年の首の上のほうを指さした。二人は少年の遺体をうつぶせにした。「ここを見てくれ」ホミは少年の首の上のほうを指さした。髪の毛の生え際のすぐ下だ。体全体が灰色がかってきているが、そこには変色した部分があった。「痣だ。しばらくの間、手で首を強く押しつけていた痕《あと》だ。おそらくは、力の強い、右利きの男だろうな。それから、ここにも。もうひとつ痣がある。背骨の下のほうだ。たぶん、膝だと思うね。体重のある者が膝で押さえていたんだ」

少年が水溜まりに顔を伏せ、もがき、のたうちまわっているのを、大男がずっと押さえ込んでいる様子をチョプラは思い浮かべた。やがて少年の足がもがくのをやめ、動かなくなるまで。

「ほかにも見つけた物がある。爪の中にあった。皮膚片だ。本人のものじゃない。それから、血液少量に微細な繊維だ」

「繊維って、どんな？」

「ベルベットだ。色は赤だ」二人はまた遺体をひっくり返し、それから、ホミは遺体にシーツを元どおりにかけて、遺体安置棚の中に押し込んだ。

「まあ、こんなところじゃないかと思うんだ。少年は友だちと飲みにいった。もしかしたら、薬でハイになっていたかもしれない。道を歩くうちに、一人が、つまり、彼の友だちのほうだな、用を足す必要があると言いだす。少年は自分の家に連れていきたくはない。こういう友だちとつきあってることを、親に知られたくないからだ。だから、どこか近くの、そんな時間には誰もいない静かな場所に連れていく。その場所に着いてから、二人はケンカを始めた。少年は相手をひっかき、シャツを破く。赤いベルベットのシャツだ。だが、相手のほうがずっと力が強い。少年を水の中に引き倒す。そして、動かなくなるまで押さえつけている。それから、その場を去る」

「なぜだ？」チョプラがつぶやいた。

「そう、それが本当の問題だ。いったい、なぜだ？　女の子のことでケンカになったのか？　そして、抑えがきかなくなってしまったのか？　それとも、職場の同僚で、なにか、気に障ることがあったのか？　あるいは、二人とも酔っぱらっていたので、小便が靴にかかったかなにかでケンカになったのか？　わたしにはわからないよ。わたしの仕事はここで終わりで、ここからはきみの仕事だからな。いや、きみがもしまだ退職していなかったとしたら、ここからはきみの仕事だったと言うべきだろう」

チョプラはホミが自分をじっと見ていることに気づいた。「だが、友よ、ここでやめるわけにはいかないんだ」

「いや、できる」ホミは厳しい声で言った。「ここで手を引かなければダメだ。わかったことは、署のきみの後任に伝えるよ。彼が捜査をしなくてはならない」

「あいつは捜査しないさ。それに、たとえしたって、捜査は失敗に終わる」とチョプラは言った。

「後任のやつをあまりよく思ってないんだな？」

チョプラは一瞬沈黙し、それから言った。「アチュレカルの母親がわたしになんて言ったと思う？　退職の日に。自分のような者のためには正義はないと言ったんだ。息子のための正義はない、と。彼らが貧乏人だからだ。重要じゃない人間だからだ」

「もういい。きみまで本当にそうだと思ってるわけじゃないだろう？」

「わたしがどう思うかなんて、もう関係ない。きみの言うとおり、もう、退職したんだからな」

8 ポピーの考え

ポピー・チョプラの人生で最大の失望は、子どもがいないことだ。ポピーとチョプラ警部は、結婚後二十四年たっても子どもができないので、今では子どもをもつことはとうにあきらめている。まあ、少なくとも、うわべではそういうことだ。

最初のうちは医者に診てもらったこともあった。なかには、まあまあ立派な医者もいた。ポピーにとっては実に恐ろしいことだったが、医師たちが言うには、問題は彼女の体内の謎に満ちた、深遠なるしくみの中に深く根ざしているらしい。彼らはそう言って、可能性があるという治療法をあれやこれや、いろいろ紹介した。そして、複雑な図表を見せ、いかにも重要そうに聞こえる技術的方法を説明した。そうして、彼女に希望を与えたのだ。

しかし、それもすべて、ぬか喜びに終わった。

医学が失敗に終わると、ポピーは伝統に目を向けた。スワミ（ヒンドゥー教の学者）やサドゥ、ヴエジ（伝統医学アーユルヴェーダの医者）たちに会いにいった。多くの聖人の墓に巡礼にも行った。母親の助言に従って、カッテージチーズやアルファルファもやしをたくさん入れた献立にしたこともある。そういうことに詳しいと噂《うわさ》される人たちが推薦する謎の女たちが売る不思議な瓶入りの薬を試してみたこともある。だが、どれも効き目がなかった。

これはチョプラの立派なところだが、彼はポピーが自分のために子どもを産んでいないとか、まして、息子を産んでいないからといって落胆する様子など見せたことはない。ポピーを責めたりしないのはもちろんのこと、あのとき、彼女に結婚を申し込んだことは間違いだったなどとほのめかすこともなかった。世の中には、子どもを産めない妻を捨てて、別の女性と結婚する男もたくさんいることを、ポピーもよく知っている。だが、チョプラはそんな男たちとは違う。だからこそ、彼女はますます深く夫を愛している。それほどまでに愛情を表現しなくていいとチョプラが感じるほどに。

チョプラのそんなところが、ポピーが結婚式の夜に抱いた確信は正しかったのだと証明してくれる。いくら強がってみせても、あのとき、ポピーはまだおとなになりきっていない十八歳の怯えた女の子に過ぎなかった。チョプラがやさしく接してくれたので、自分は本当によい人と結婚したとポピーは確信したのだった。

この国では、泥棒やいかさま師がますます増えて、特に政府の最上層部ではそれが当たり前になっている。大金を盗み取って逃げおおせる高官たちを人々は公然と称賛するありさまだ。だが、チョプラはインドの正義と善のために戦う人だ。ポピーは彼の揺るぎない清廉潔白さをもっとも崇拝している。どんな人間でも結局は金次第だという人もいる。だが、ポピーの夫は違う。

ポピーはだんだんに自分の運命を受け入れるようになった。「自分の子どもがどうしても必要だなんて思わない」と友人たちにも言っている。「インドは子どもに恵まれているでしょ。どっちを見ても、子どもだらけ。うちのアパートメントだけでもすごくたくさんいて、名前も覚えきれないくらい！」

二人は養子を迎えることを考えたこともあった。だが、ポピーは、チョプラがあまり乗り気でないことを感じとっていた。あのときだけは、彼女も夫の態度に気を悪くしたが、彼は孤児を養子にすることになぜ乗り気でないのか、はっきり説明してはくれなかった。その後も彼女はしばらくは養子のことを考えていたが、結局はあきらめてしまった。それは結婚後十年くらいのことだった。その頃にはもう、彼女も世間知らずの十八歳の女の子ではなかった。だから、夫の気が進まないことを無理にやらせれば、彼の愛情を失うことになりかねないこともわかっていた。

今ではポピーも割り切っている。自分は一生、天使のようにかわいらしい幼子から「マミー」と呼ばれることはないだろう。モンスーンの季節に友だちと外で遊びまわった腕白小僧が服を泥だらけにして帰ってくることも、立派になった息子がクラスで一番の高等学校卒業試験の成績を見せに来て、うれし涙を流すこともないのだ、と。

ときおり、チョプラが仕事に出ていて、家でなにもすることがない日などに、生まれてこなかった自分の子どものことを夢みる日もある。そんなとき、彼女は自分の中のどこか深いところに鋭い痛みを感じる。もしかしたら、それはかつて子どもができない原因だと医師たちが言った場所の痛みなのかもしれない。そんなときには必ず、頬を涙が伝っていく。彼女はそのままじっとすわって泣いている。涙が枯れはてるまで。それから、立ち上がって顔を洗い、自分の愚かさを叱り、自分がいかに恵まれているか考えながら、警察から戻ってくるチョプラのために夕食の用意をする。

こんなふうにして、もう思い出せないほど長い年月が流れてきた。子どもができないことで彼女を責めるようなことをチョプラが絶対に自分に許さない以上、ポピーのほうも子どものいないことで自分たちの生活が暗くなってしまうことは絶対にないようにしようと決意していた。

さて、チョプラが象のことを学ぶために外出した朝、ポピーのいとこキラン・マルホトゥラが電話をかけてきた。キランはポピーの家からそれほど遠くない、裕福な人たちの住む郊外住宅地バンドラに住んでいる。

キランとポピーはずっと仲がよかった。それに、二人の人生は似たところがある。

二人とも親戚の間では美人で有名だった。それに、どちらも結婚によって、村を出て大都会に移り住んでいる。キランの場合、夫はパンヴェル（ムンバイから遠くないマハーラーシュトラ州の都市）出身の若い実業家で、銀行から借金をしてプネ（マハーラーシュトラ州第二の都市で、大学が多い）にボールベアリングの工場を建てていた。一九八〇〜九〇年代にインドの工業化が進むと、彼のビジネスも発展した。やがて、製品ラインを重工業にも拡大し、ムンバイにおしゃれなオフィスを設け、それと同時にバンドラの北西の海岸地区カール・ダンダに大きな屋敷を買った。

それからというもの、キランは偉そうな態度をとるようになり、夫の成功と豪華な新しい家を自慢するので、ポピーはずいぶんしゃくにさわった。それでも、ポピーはそんないとこの態度を我慢してやった。キランは根はいい人だし、自分が嫌な人間になっていることにもじきに気がつくだろうとわかっていたからだ。

リクシャはカーター・ロードを進み、海岸沿いに並ぶ大きな屋敷をポピーは興味津々で眺めていた。通るたびに思うのだが、なかでも一番大きい屋敷は映画スターのシャー・ルク・カーンの家だったはずだが、彼は今ではもっと南の海岸沿いにある、同じバンドラでももっと高級なバンドラバンドスタンド地区に移ったと聞いている。

通りを人の群れが歩き、海の風にあたっている。カーター・ロードにはいろいろな人たちがやってくる。ヘッドバンドで汗を抑えてジョギングする太ったランナー、星空の下で愛を語る恥ずかしがり屋のカップル、たまに寄せてくる大波を緩衝するために遊歩道の下に設置された巨大な石のテトラポッドの上で鬼ごっこするすばしこい子どもたち、などなど。魚を干すにおいがして、道路に沿って並ぶ椰子の並木から落ちた椰子の実が割れて歩道に散らばっている。通りの下に絡みあうマングローブの上では猿たちがあくびし、くず拾いたちは不注意な人々が海に投げ込んだゴミを調べている。そういうゴミはまた波に洗われて藪の中に戻ってくる。

キランの家に到着すると、ポピーはすぐに、いとこがなにか悩んでいる様子なのに気づいた。顔を見ると、それまで泣いていたことがわかった。いつもは完ぺきなメイクなのに、ちょっと乱れてくずれていたからだ。キランは生まれつきの美人で、楕円《だえん》形の顔の形、優雅な首、陶磁器のような肌を見ると、ポピーはいつもちょっと残念な気がする。映画スターにだってなれたはずだと思うのだ。身長もあって、ほっそりしているから、なにか重要な場合のために適切な衣装を選ぶ必要すらない。なにしろ、なにを着ていても美しいのだ。今のように、カジュアルなパンツに昨夜からのしわくちゃなTシャツを着ているときさえも。

今こそ、自分の十八番《おはこ》であるタマリンド・ティー（酸っぱいマメ科の植物タマリンドを煮出した飲み物）をご馳走《ちそう》してあげるときだとポピーは思った。キランの家の男性の使用人が気分を害した様子なのにもかまわず、台所から追い払っておいて、手ずからタマリンド・ティーを作り、キランの舶来のティーカップで飲ませてやった。その茶器セットは何週間か前のポーカー・パーティーのとき、キランがさんざん見せびらかしたものだが、彼女はそのときがこれまでで一番、鼻持ちならない態度だった。

「さあ、いったいなにを悩んでいるの？」ポピーは単刀直入に聞いた。

「プラタナよ！」キランは泣きじゃくった。「プラタナが大変なことに！」

キランの娘のプラタナ・マルホトゥラは十六歳で、最近、バンドラに開校した授業料の高い大学受験準備用のインターナショナルスクールに転校したばかりだった。キランは娘におおいに期待していて、できれば外科医になってほしい、それがダメなら、ファッションモデルになってほしいと思っている。プラタナは母親似で、確かに美人だ。

「あの学校が娘のためには一番いいと思ったの。先生は全員、外国人なのよ。英国人とか、スイス人とか、フランス人とか、いろいろ。アナンドは年に百万ルピーも授業料を払ってるの。生徒はみんなセレブの息子や娘ばかり。知ってる？　アンバニ家の息子も来年、入学するかもしれないんですって！」キランの顔は一瞬明るくなった。インドでもっとも裕福な財閥の一族の御曹司が娘の同級生になったら、問題などなにもなくなるとでもいうように。だが、彼女の表情はまた暗くなった。「問題は何カ月か前から始まったの。プラタナはお友だちの家にお泊りしたいって言い出して。わたしは賛成じゃなかったんだけど、でも、プラタナは父親に泣きついたの。同じクラスのクールな子たちがみんなやってることを、自分だけやらせてもらえないと、仲間はずれにされるって。アナンドの性格はあなたも知ってるでしょ。自分の子どもにはいつも一番でいてほしいのよ。それから、夜にもよく外出するようになって。今週はレヌーのお誕生日だとか、来週はエシャのなんとかだって。もう、誰が誰だかもわかんなくなっちゃったけど！

やっぱり、わたしが悪かったんだわ。アナンドがなんと言おうと、あんなに好き勝手にさせるんじゃなかった。断固として許すべきじゃなかった」そこまで言うと、キランは涙を流しはじめた。「ああ、ポピー！」

ポピーはいとこの肩に腕を回して、彼女が泣き止むまでそうしていた。キランはまた話しはじめた。「二週間くらい前、娘の性格が変わったような気がしたの。なにを聞いてもはぐらかすし、まっすぐわたしの目を見ないのよ。あからさまに嘘をついたこともあったし。それで、ある朝、トイレのドアの向こうで吐いてるような音を聞いた。それに、気分がすごく変わりやすいの」キランは黙り込んだ。マントルピースの上の高価なスイス製の箱型時計がカチカチと苦しい時を刻んでいる。

「たんなる気のせいかもしれないわ」ポピーがやさしく言った。

「母親ですもの。わかるわよ、ポピー。母親なんですもの」

やれやれ、とポピーは思った。いつもつまらないことで騒ぎ立てるキランだが、今度の問題は本物らしい。

強い同情の思いが湧き上がってくるのをポピーは感じた。なんという、恐ろしいことになってしまったのだろう！　インドは変化している、インドは輝いている、インドは今やとても現代的な国になった……。そうは言われるが、それでも、人々が神聖だと考え、タブーだと考えることはまだ残っている。十代の娘が未婚で妊娠したというのは、ちゃんとしたインドの家庭にとっては最悪の事態だ。

「それで……。父親は？」ポピーは気をつかいながら質問した。

「いなくなっちゃったの！」キランはすすり泣いた。「ジュフの実業家の息子なんだけど。プラタナがその子に事実を告げたら、彼の責任だと言ったら、その子は偉いパパに泣きついて……。それから、わかっていることは、その子は学校をやめさせられて、外国に留学させられたってことだけ。

もちろん、わたしはその実業家に会いにいった。だけど、はっきり言われたわ。彼の側ではそのことはもう片づいているって。そのうえ、なんて言ったと思う？　そもそも、片手で拍手できないのと同じことだ、息子が一人でやったことではないですからな、ですって！　ポピー、わたし、本当に頭にきて、そのとき、その場で引っぱたいてやりたかった。だけど、わたしになにができる？　もし、アナンドに話したら、すぐにあの男を殺しにいくかもしれないわ。かっとなるとなにをするか、わからない人だもの」

「それなら、方法は……」ポピーは言いよどんだ。質問しようにも、あまりにもデリケートな問題なので、どういう言い方をしたらいいかわからなかったのだ。

「それはダメ」ポピーの言わんとしていることを察して、キランは言った。「かわいそうなプラタナは聞く耳をもたないわ。まだ生まれていない子どもを殺すなんて絶対に許さない、って言ってるの。よくあることだって話そうとしたのよ。世間には知られないように、安全にすることもできるはずだ、って。助けてくれるお医者はたくさんいるし、誰にも知られないですむ、って。そうしたら、まるで連続殺人鬼を見るような目でわたしをにらんでた。欧米の映画ばかり見てるから、そんなことばかり考えるの」

「それでも、自分で育てようとは思っていないんでしょ?」ポピーはショックを受けていた。自分の一族に未婚の母親がいるなんて、そんなスキャンダルはポピーには考えることもできない。

「思ってないわ。少なくとも、そのくらいはわかるみたい。娘は高い目標をもってるの。でも、赤ん坊を育てなければならなかったら、そしてどこに行ってもスキャンダルがついてまわったら、自分の目標を達成するなんて絶対に無理だって、それはわかっているのね」

「それなら、プラタナはどうするつもりなの?」

「養子に出すつもり」

今度はポピーのほうが深くすわって、考え込んでしまった。「それなら、産むつもりなのね。みんなに知られてしまうわ」

「いいえ！」キランは力をこめて言った。「誰にも知られないようにする。計画があるの。二カ月もたてばお腹が目立ってくるから、その前に学校をやめさせる。わたしの主治医に頼んで、娘は珍しい病気にかかっていて、健康的な、環境のいい場所で静養する必要があるっていう診断書を書いてもらう。その後、何カ月か、二人で北西部の海沿いの町スィルヴァーサに行く。そこで赤ん坊を産んで、すぐにサイババ孤児院（サティヤ・サイババは有名な霊的指導者）に引き取ってもらうのよ。プラタナは来年、学校に戻る。今度はわたしが選ぶ女子修道院付属学校にね」

「でも、アナンドになんて言うの？」

「なにも言わない」キランは断固として言った。「絶対になんにも。向こうも聞きもしないはずよ。アナンドはいつも、自分のことしか考えてないんだから。朝から晩まで仕事漬けで、わたしもめったに会ってないわ。今年はデリーに新しい工場を建てるから、ますます忙しいの。家にはめったに帰ってこないわ。わたしとプラタナが半年いなくたって、気がつきもしないでしょうね」

彼女の声ににじむ苦いものにポピーは気づいた。これまでキランが自慢していた完ぺきな生活も、本当のところはそれほど完ぺきではなかったということだろう。それでも、それは自分がどうこう言うべきことではない。どんな結婚にも、失望と、小さな試練と、悲しみが隠されているのに違いない。

　スイス製の箱型時計が突然大きな音で時を知らせた。アルプスの娘が時計の文字盤から姿を現し、その後を熱心に追いかけるのは革のズボンを穿いた若者、それから、途方にくれたような顔つきの牛も出てきた。ポピーの頭の中にあるアイデアが浮かんだのは、まさにその瞬間だった。まるまる一分間、ポピーは息も止めて、そこにじっとすわっていた。その間に、そのアイデアはまるでバターを塗った生地のように輝きながら、彼女の心の中に根を下ろしたのだ。

「ほかの方法もある」ポピーはついに口を開いた。

　惨めな気持ちでいっぱいのキランが顔を上げた。「どんな方法？」

　ポピーはいとこの顔を見つめた。これから言うことを彼女はどう思うだろう？　正気じゃないと思うだろうか？　それとも、素晴らしい考えだと思うだろうか？　ついにポピーはそのアイデアを口にした。ごくシンプルな言い方で。それから、深くすわりなおして、じっとキランの返答を待った。

9　殺された少年の家へ

病院を訪れた後、チョプラはサハール警察署に戻ってみることにした。ホミと話したことで、彼は少なからず動揺していた。少年の死が事故によるものではないとはっきりしたからには、そのことをスーリヤヴァンシュ警部に知らせる必要がある。

新任の警察署長は自分のオフィスにいて、パティル警部補を怒鳴りつけていた。パティルは控えめな性格だが、有能な警察官だとチョプラはずっと思ってきた。チョプラは新署長のオフィスの外で待機しているラングワラを見つけた。それから、びくびくしているスラ巡査も。

「どうしてあんなにパティルを怒鳴りつけてるんだ?」とチョプラは尋ねた。チョプラ自身は部下を怒鳴りつける必要を感じたことはなかった。彼らが間違いを犯したら、チョプラは自分が不満であることをはっきりと言う。しかし、怒鳴ったりするのは非生産的だと思っている。一方的に話していたら、過ちの原因がなんだったのかを突き止めることができなくなる。それに、自分の経験からわかったことだが、上司から怒鳴られると、それから後は、調べてわかったことを上司に報告することに慎重になる。ときには、それが事件を解決できるか、できないかの分かれ道になることもある。

それに、スーリヤヴァンシュ警部がパティルに投げつけた罵り言葉にもショックを受けた。スーリヤヴァンシュはパティルの家族までも、生きていると死んでいるとにかかわらず、侮辱しまくったばかりでなく、パティルが荷役用の家畜と不自然な行為に及んでいるとまで言ったのだ。もしも、スレシュ・ラオ警視が自分にそんなことを言ったとしたら、自分はどんな反応をしていただろう。

「かわいそうなパティル」ラングワラが言った。「あいつはハヤットの放火事件の捜査をしてるんです。ほら、ブラフマン・ワディ（マハーラーシュトラ州プネの村）で近所の店に放火した容疑をかけられて逃亡した男の事件ですよ。その悪党の隠れ場所について通報があったらしいんです。それで、パティルは今朝、チームを組んで逮捕に向かったわけです。何時間も見張っていたんです。それから、パティルは用を足しにいく必要があって、ほんの五分ばかり、その場を離れたそうです。彼が戻る前に、部下の一人が放火犯を見つけたんですが、あんまり長い間じっとしていたので、立ち上がった拍子にこむら返りを起こして、運転席から転げ落ちてしまい、悪党に気づかれたんです。彼らが体勢を立てなおして、後を追いはじめたときには、悪党はとっくに街の中に姿を消していたわけです」

チョプラはラングワラに検死解剖の結果を話した。ラングワラは興味を示したが、とても熱心というわけではなかった。「サー、これは申し上げておかなければなりませんが、スーリヤヴァンシュ警部はあなたがいろいろ調べているのを知ったら、喜ばないと思いますよ。彼に言わせれば、この事件はすでに解決済みなんです。わたしにはっきりそう言いましたよ。そればかりか、遺族が火葬を終えたら、自分に知らせるようにと言われました。そうすれば、最終報告書を書くことができるから、と」

チョプラの額に皺が寄り、しかめ面になったが、口は開かずに我慢した。

スーリヤヴァンシュ警部のオフィスのドアが開いて、虚《うつ》ろな目つきのパティルがふらつきながら出てきた。

チョプラは招待を待たずにさっさと入っていった。

チョプラが入っていくと、署長はこいつが誰だったか思い出せないというような目つきでチョプラをにらんだ。ちょっとして、やっと誰だか思い出した様子で、チョプラに椅子をすすめた。その顔にはまだ怒りがくすぶっていた。チョプラは自分が歓迎されざる弔問客になったような気がした。

スーリヤヴァンシュ警部は、チョプラがこれまで会ったうちで一番体の大きい警察官だ。色がとても黒くて、ごわごわした口ひげに真っ白な歯で、なんだか南部出身の映画スターみたいだ、とチョプラは思う。その声は、腹の底から出てきて、胸まで上がってきて肺によって増幅されるらしく、口から発せられるときにはまるで音の雪崩《なだれ》のように、行く手にあるものをすべてひっくり返しそうになる。

スーリヤヴァンシュの前のポストはムンバイ南部のビジネス地域であるナリマン・ポイント地区のとても待遇のよい職だったと聞いている。そこから、この郊外区の警察署に追いやられてくるとは、いったいなにをやらかしたのだろう。もしかしたら、飲酒問題が原因かもしれない。

「まったく、こんなやつらといっしょで、どうやって仕事をしてきたのかね」スーリヤヴァンシュは頭を振りながら怒鳴った。「あいつらを叩きなおしてやるには、かなり時間がかかりそうだ」

暗に侮辱されて、チョプラは内心で毒づいたが、口には出さずに我慢した。スーリヤヴァンシュ警部と意地を張りあうなど、バカバカしいことだ。いらだちを声ににじませないように気をつけながら、チョプラは自分がホミ・コントラクターに依頼した検死解剖の結果をてきぱきと説明した。

すると、スーリヤヴァンシュ警部はあからさまに激高した。「いったいどういう権限があって解剖を要求したりしたんだ！」スーリヤヴァンシュは問いただした。「親愛なるチョプラよ、あんたはもう退職したんだ。これはもうあんたには関係ない。これは警察の仕事であり、あんたはもう警察官ではないんだ。そんな勝手なことをされると迷惑だ。本当に迷惑だよ」

チョプラは説明した。たとえ、一市民であっても、警察の捜査に協力することは義務であるはずだ、と。

「あんたの手伝いなど必要ない！」スーリヤヴァンシュは反論した。「みんながみんな警察に協力なんて始めたら、いったいどうなると思ってるんだ？　いいかい、頼むよ、この事件に首を突っ込むのはもうやめろ」

「この事件をちゃんと捜査すると約束してくれれば、首を突っ込むのはやめる」チョプラもとうとう厳しい声になっていた。

「あんたに約束などする筋合いはない」とスーリヤヴァンシュは答えた。なんとか、冷静さを保とうと苦労しているのは明らかだった。「それどころか、わたしにはあんたのことを訴える権利がある」いったい誰にチョプラのことを訴えるつもりなのだろうか、それはよくわからない。

「あの少年は殺されたんだ」チョプラははっきり言った。「問題は、警察がこの事件についてなにをするつもりなのかということだ」

「それはあんたの推論だろう！」スーリヤヴァンシュは大声を出した。「解剖の結果、酔っぱらっていたことが証明されたと、たった今、自分で言ったじゃないか。しかも、死体のそばにウイスキーの瓶があった。これで一件落着だ」

「ほかの証拠はどうなんだ？　指の爪の中に入っていた血は？　首の痣は？」

「そんなの知ったことか！」スーリヤヴァンシュはチョプラをにらみ返した。「つきあってた女の子とケンカでもしたのかもしれない。女のほうが首を絞めようとしたので、振り払ったのかもしれない。そんなことがあったから、酒を飲んでたのかもしれないじゃないか」

「そうだとしたら、被害者の家に誰か行かせるべきだ。つきあってた女の子というのが誰か、わかるはずだ」

「俺の手下どもがそんなつまらないことをするほど暇だとでも思ってるのか？」

俺の手下ども、ときたか！　チョプラは自制心の強い男だが、事《こと》ここに至っては、怒鳴り声をあげずにいるのは難しくなってきた。彼は両こぶしが白くなるまで、椅子の肘掛けを握りしめた。それから、とうとう立ち上がった。「つまり、この事件の捜査をこれ以上進める気はない、ということだな？」

「俺が正しいと思う程度に捜査する、ということだよ」スーリヤヴァンシュも立ち上がった。巨体がチョプラにのしかかってくるようだ。しかし、彼はそこで突然、声をやわらげた。「ふん、どういうことなのか、俺はわかってるよ。あんたは退職した。そのことに適応するのは難しいだろう。だが、俺の助言を聞くがいい。もう、あきらめろ。警察の仕事のことは忘れろ。隠居生活を楽しむんだ。奥さんをシムラー（インド北部の有名な避暑地）にでも連れてってやれ。クリケットの試合でも見にいけばいい。そのほうがずっと幸せだぞ。でないと、死ぬまで犯罪の夢を見ることになる。解決できない事件の夢をな」

チョプラはすっかり希望を失って、警察署を後にした。彼は確信していた。スーリヤヴァンシュは少年を殺した犯人を見つけるためになんの手も打たないだろう。この事件はあの男の考える優先事項ではないからだ。あの母親はなんと言っていた？「わたしのような貧しい女の貧しい息子のためには、正義なんてないのよ！」そう言っていたではないか。

そのとき突然、チョプラは自覚した。この事件をこのままにしておくわけにはいかない。スーリヤヴァンシュ警部が言うように簡単に忘れてしまうなんて、できるはずがない。自分には絶対無理だ。

チョプラは細心な警察官だった。きちょうめんで、綿密な捜査手続きを大切にしていた。通常、事件の解決に必要なのは細部に注意を払うことであり、チョプラはそれを徹底することで同僚たちからも評価されていた。だが、ときには、警察のもっとも古い手段に頼るべきときもある。それは直感だ。警察官の勘だ。チョプラの勘が、この気の毒な少年の事件の謎を解かないわけにはいかないと言っている。警察がやるつもりがないなら、誰かがその責任を引き受けなければならない。

ムンバイには二千万人が暮らしている。その人間たちは互いに結びついているとチョプラはいつも感じていた。まるで巨大な蜂の巣のように。そのうちの一人が不自然な死に方をしたら、その事件を解決することは巣の責任だ。チョプラは信心深い人間ではないが、事件の謎を解くことができなければ、殺された少年の魂は解脱《モクシャ》に至ることはないと確信した。その魂は生きることもできず、安らかに死ぬこともできず、いつまでも死と再生の間の辺獄《リンボ》をさまよい続けるだろう。

マロル・マヤヴァティ住宅地は簡単に見つかった。サハール署から徒歩で二十分ほどの貧しい人たちの住む地区だ。家々は見捨てられた荒れ地のまわりに建てられていて、その荒れ地にはモンスーンの季節になると小さな池がたくさんできる。だが、今は暑さが続いているから、荒れ地には亀裂が入って砂漠のようになっていた。

荒れ地の片隅のゴミの山から腐ったような強い悪臭が立ちのぼっている。豚たちがゴミを漁り、野良犬たちが興奮して豚に吠えている。チョプラはよく思うのだが、野良犬も野良豚もムンバイにはたくさんいるから、市の非公式のマスコットにしたらいいのではないだろうか。

崩れかかったようなその家のドアを叩くとき、チョプラはあのとき署の前で会った、少年の母親とまた対峙しなくてはならないと思って緊張した。だが、ドアを開けたのは年配の男性だった。白いクルタ（インド風の襟のない、長いシャツ）に黒いズボン、つま先の開いたサンダルを履いて、眼鏡をかけている。やさしげな、善意のあふれた顔で、落ち着いた感じの人だ。手には新聞を持っている。「はい？」

「わたしの名前はチョプラ警部です。亡くなった息子さんのことで、お話を聞きにきました」

男性は一瞬、黙ったままだったが、やがてうなずいた。「どうぞ、お入りください。警部さん」

その家には部屋が三つしかなかった。リビングは寝室と台所も兼ねている。それから、シャワー・トイレ、もうひとつの小さな寝室だ。レンジには汚れた鍋が載っている。男性はチョプラの視線に気づいて、「妻が寝込んでるものですから」と言いわけした。「体調がよくないのです。お察しください」

チョプラはうなずいた。わかっている。彼女の怒りはわかっている。だが、彼女の悲しみをどうしたら理解できるのだろうか。

「おすわりください。なにか、飲み物でも？　レモン水はいかが？　それとも、コカ・コーラがいいでしょうか？」

「いいえ、けっこうです」

男性の名前はプラモドといった。少年の父親のプラモド・アチュレカルだ。

彼はチョプラに写真を見せた。少年が中等教育修了試験（SSC）に合格した日に両親と撮影したものだ。「クラスで上位三名に入ったんですよ」アチュレカルは誇らしげに言った。チョプラは写真を見つめた。彼の第一印象は正しかった。サントシュは本当にハンサムな若者だった。若くて、清潔感があって、この年頃の若者らしい自信に満ちている。彼の前には大いなる未来があったのだ。

チョプラは訪問の理由を説明した。それから、検死解剖を頼んだこと、そしてその結果を少年の父親に話した。息子は事故で死んだのだとその警察官は言いました。「警察署から電話が来たのです。息子は事故で死んだのだとその警察官は言いました。酔っぱらっていたのだ、自分の愚かな行為によって死んだのだ、と言われました。そんな話は信じたくない。サントシュがもし酒飲みだったというのなら、わたしたちはもっと前に気づいていたはずです。そうはいっても、人は自分の子どものことをどれくらい理解しているでしょう。妻は納得していません。事故なんてありえないと最初から言っています。それでも、母親というものは自分の息子にはなんの欠点もないと信じているものですからね」

「あなたはあったと思いますか？　つまり、息子さんにはなにか問題があったと思いますか？」アチュレカルは眼鏡をはずして、鼻柱をさすった。「完ぺきではありませんよ。頑固なところがありました。SSCの試験が終わった後には、もうわたしの助言は聞かなくなりました。勉強を続けてほしかった、大学に行ってほしかったのです。しかし、息子は働きたい、お金を稼ぎたいと言いました。おかしなものですね、子どもというものは。小さいときには、なにもかも面倒をみてやらなくてはならない。だが、独り立ちできるようになると、その途端に親の手助けなど、なにひとついらないと言うのですから」アチュレカルは悲しげに微笑した。「息子はごく小さいときにマラリアにかかったことがあったのです。一週間ほどは本当に病が重くて、もう助からないだろうと思いました。お医者たちもあきらめていたのです。わたしは一家の主《あるじ》として強くあろうと思っていました。しかし、心の中では、まるで神様がその拳でわたしの心臓を握りつぶそうとしているように感じたものですよ」

チョプラは、父親の静かな、高貴な悲嘆が致死性のあるガスのように小さな家を満たしているのを感じた。「息子さんは、どこで働いていたのですか?」

「輸出業の会社に就職しました。地元の有力なビジネスマンの会社です。社長が自分の熱心な働きぶりを喜んでいるとサントシュは言っていました。すぐに昇進して、本社直属で働くことになりました」

「そのビジネスマンはなんという人ですか?」メモ帳を取り出しながら、チョプラは質問した。「その人に話を聞きたいので」

「ジェイトリーという名前です。ミスター・アルン・ジェイトリー」アチュレカルは答えた。「本社はこの近くで、アンデリ・クルラ・ロードにあります。コイヌール・コンティネンタル・ホテルのそばです。社長については、あまりよく知りません。もともとこの地域の出身だとサントシュから聞いた以外は。もっと詳しく話してくれとサントシュに何度も言ったのですが、社長は自分のプライバシーを人に話すなと社員に言いつけているそうで」

「その人はここでいったいなにをしているの？」

チョプラは声のしたほうを振り返った。隣の寝室のドアのところに、少年の母親が立っていた。顔は悲しみで腫れ上がり、目は虚《うつ》ろだった。

アチュレカルは立ち上がって、妻に歩み寄った。妻とチョプラの間に立って、チョプラがなんの用で来ているのか、説明した。彼女が先日のように自分を罵りはじめるのではないかとチョプラは思った。しかし、彼女はその場にくずおれそうになり、レンジのそばの椅子にすわり込んだ。そして、顔を両手で覆い、体を震わせてすすり泣いた。

「失礼をお許しください」とアチュレカルがチョプラに言った。「妻は息子を本当にかわいがっていたのです。サントシュは一人息子でした。姉が二人いるのですが、どちらも結婚して、遠くへ行ってしまいました。ここには、わたしたちだけが残されたのです」

「いや、気にしないでください」とチョプラは言った。子どもを育てて、世界のなによりもその子を愛しているのに、その子のために火葬の薪を燃やすとはいったいどんな気持ちだろう。チョプラには想像することもできなかった。子どもは親より先に死んではいけない。それが自然のルールだ。「すまないが、サントシュが寝ていた部屋を見せてもらえますか？　衣類を入れていたところ、引き出しや衣装ダンスも」

「いいですよ、どうぞ」

　アチュレカルはたった今妻が出てきた部屋にチョプラを案内した。「ここはサントシュの部屋だったのです」

　それはごく小さな部屋で、簡易ベッドと灰色のスチールの衣装ダンスだけがあった。壁のポスターはボリウッドの大スターのサルマン・カーンで、トレードマークの白いランニングシャツを着て、ヒーロー・ホンダ（本田技研工業とインドのヒーロー・サイクルの合弁企業）のオートバイに乗っている。

「息子さんの持ち物を調べてもいいですか？」

「もちろんです」アチュレカルは答えた。「わたしは向こうに行っていましょう」

　チョプラは衣装ダンスの戸を開けた。棚には少年の衣類がきちんとしまわれていた。シャツ、ズボン、ジーンズ、靴下、それから下着。

　チョプラは一枚一枚衣類を取り出しては、ポケットの中を探った。なにも見つからない。

　次に、衣装ダンスの中に取り付けられている小さな引き出しを開けてみた。中にあったのは筆記用具、ひとつかみの硬貨、輪ゴムでまとめられた名刺の束、それに手帳だった。

　チョプラは簡易ベッドにすわって、束になった名刺をパラパラ見ていった。気になるものは一枚もないと最初は思ったが、もう一度反対側から見直して、金色の縁取りをした白いカードを抜き出した。見ると、こう印刷してある。

ラム・リーラ国際輸出会社

取締役
スレシュ・ソランキ

ムンバイ 400059　アンデリ・イースト
J・P・ナガール　アンデリ・クルラ・ロード
コイヌール・コンティネンタル・ホテルそば

これがサントシュが働いていた会社に違いない。チョプラはその名刺をポケットに入れた。それから、考えなおして、名刺の束全部をそのままポケットに入れた。もしかしたら、このほかにも役に立つ情報を拾えるかもしれない。

次に、手帳にぱらぱらと目をとおした。書いてあることは少ない。サントシュは自分の考えたことなどを記すためにこのノートを使っていたのではなく、予定表として使っていただけらしい。人と会う約束や、その他の重要な予定だけが書いてある。それも読みにくい走り書きで、チョプラは解読することができなかった。サントシュはまた、略号を多用する癖があった。最後の一カ月には、「SNBO」という略号の登場が増えている。「SNBO——やつらのことをどうやって暴けばいいのか？」と書いてあるのは、非常に気になる。

「SNBO」とはなんだろう？　それに「やつら」とは？　サントシュはなにを暴こうとしていたのか？

最後の書き込みは、サントシュが死んだ日のことだった。この日については、このひとつしか書き込みはない。「午後九時　Moti'sで、Sに会う」

Moti'sとはなんだろう、とチョプラは考えた。モティという名の友人の家か？　それとも、バーとか酒屋のような、しょっちゅう行っていた店の名前か。少年はその場所で友人たちと酒を飲んでいたのかもしれない。あの夜、いっしょに飲んでいた友だち（おそらく、その「S」という友人）と会った場所なのだろうか。

これは非常に重要な手がかりだとチョプラは感じた。

Moti'sを見つけることができれば、サントシュが友だちといっしょにいたのを見た人を見つけられるかもしれない。そうすれば、その友だちが誰かもわかるかもしれない。

チョプラがリビングに戻ると、プラモド・アチュレカルは先ほどと変わらず、妻を慰めていた。「もうひとつ、お聞きしたい」とチョプラは言った。「サントシュにはガールフレンドがいましたか？」

ミセス・アチュレカルがぱっと顔を上げた。「サントシュはよい子でした」彼女は悲しみにしわがれた声で言った。「将来はわたしが選んだ娘さんと結婚したはずです」そんなことを考えたせいで、また新たに涙が湧き上がってきたようで、彼女は再び両手で顔を覆った。アチュレカルは妻の肩を抱き寄せ、それから、チョプラを小さな家から送り出すために立ち上がった。

外に出ると、容赦なく照りつける太陽の熱を感じたが、その明るい光も今このときには、アチュレカルの家には一筋も入っていかないのだとチョプラにはわかっていた。

「サントシュはハンサムな子でしたからね」アチュレカルは眼鏡をはずして、クルタの裾で拭きながら言った。「ガールフレンドがたくさんいるとよく携帯で楽しそうに冗談を言ってました。サルマン・カーンより多いくらいだ、などと言っていました」アチュレカルは笑顔になり、首を振った。「若い者たちは自分たちの話していることなど年寄りにはわからないとでも思っているのでしょうか、平気で大きな声で話していましたよ。しかし、そういう話を聞いていたので、真剣につきあっている女の子がいるとは思っていませんでした。息子はまずはなんとか出世したいと頑張っていたと思います。まずは一人前になって、結婚とか家庭などはその後で考えるつもりだったのでしょう」

「友だちは多かったですか？　特に親しくしていた友だちに話を聞く必要があるかもしれません」

「友だちは、もとは大勢いたのです。だが、息子はこの半年、仕事のことばかり考えていました。以前の友だちもあまり息子に会いに来なくなっていました」

そのせいで、友人たちとうまくいかなくなっていたのだろうか、とチョプラは考えた。サントシュが相手にしてくれなくなったので、腹を立てた者がいたのだろうか？　もっと些細《ささい》な理由でも殺人が起きたことはあるとチョプラは知っていた。

「『SNBO』という言葉に心当たりはありますか？　それから、『Moti's』は？」

アチュレカルは首を振った。

「サントシュはオートバイを持っていましたか？」

「いいえ。運転免許の試験には合格していて、バイクを買うと言って貯金していましたが。とうとう、買わずに終わりました」アチュレカルはまっすぐチョプラの顔を見た。そして、「息子のことでもうひとつ、お話ししておきたいことがあります」と言った。「サントシュは誠実であること、公平であることが重要だという気持ちの強い子でした。これからのインドは、金持ちだけでなく、みんなにとってチャンスのある国になるはずだと考えていました。心の底から、新しいインドを信じていたのです。この国から、犯罪や汚職、自己満足を追放し、新しい未来を築くために一人ひとりが努力するなら、インドは真に偉大な国になるはずだと信じていました」

チョプラはじっと考えてから、口を開いた。「サー、息子さんの死はけっして、些細な、どうでもいいことではありません。少なくとも、わたしはそう思います。どんなに困難でも、必ず息子さんを殺した犯人を見つけ出します」

チョプラは悲しみに打ちひしがれた父親を彼の家のポーチに残して歩きだした。殺された彼の息子には輝かしい未来があった。今となっては失われてしまった、その長い長い未来の道を思いながら、チョプラは歩いた。

10　ラム・リーラ国際輸出会社

今日はすでにいろいろな収穫があったが、チョプラはこれで終わりにする気はなかった。前から知っているあの感じ、事件を理解できそうなあの感じがしてきて、元気が出てきたからだ。それは、初めのうちは真相を暴くことなどまったく不可能だと思われた犯罪が少しずつほどけはじめ、明らかになっていくときのあの感じだ。チョプラは論理的な人間であり、関係のない情報で気をそらされることはない。明白で理性的な考え方で、捜査で得られた情報のかけらを並べ、やがてそれらをジグソーパズルのように組み合わせていく。そのジグソーパズルの欠けているかけらがどこにありそうか、組み合わされたどの部分が真相を見抜くための洞察を与えてくれそうか、はっきり見きわめる感覚を彼はもっていた。

アチュレカル事件で進展があったことがあまりにうれしかったので、チョプラは昼食をとりに家には帰らないことに決めた。ポピーはがっかりするだろう。チョプラのために特製のチキン・マカニ・カレー（バター・チキン・カレー）とお得意のブンディ・ライタ（揚げたスナックをヨーグルトや香辛料で和えた料理）を作ると言っていたから。だが、それは後で食べることにしよう。

ラム・リーラ国際輸出会社のオフィスが入ったビルの前で、チョプラはリクシャを降りた。

ずいぶん、見た目のいい建物だ。正面には輸入物の白い大理石を使っている。賃料はずいぶん高いに違いない。

ロビーにはもっと大理石があって、〈TOPS〉（ムンバイの有名な警備会社）の警備員が二人、退屈そうに任務についていた。ラム・リーラ国際輸出会社は十階建てのビルのうちの上層の四フロアを借りている。

チョプラは十階の受付までエレベーターで上がった。黒い花崗《かこう》岩のカウンターの向こうに、長い爪にマニキュアを塗り、口紅をつけすぎた若い美人がすわっていて、キーボードを叩いている。彼女は顔を上げると、チョプラに笑顔を向けた。「サー、なにかご用でしょうか？」

「ああ」チョプラは答えた。「わたしの名前はチョプラ警部です。ミスター・アルン・ジェイトリーにお会いしたいんだが」

「ああ」と受付嬢は当惑の表情を浮かべて言った。「サー、ミスター・ジェイトリーとお約束がありますか?」

「いいや、ありません」とチョプラは答えた。「それでも、お会いしたいんだが」

「でも、ミスター・ジェイトリーはここにはいませんよ、サー」

「どこに行けば、会えるのかな?」

「サー、ミスター・ジェイトリーは外国に行ってるんです」

「外国? 外国のどこ?」

女性は困っているようだった。「サー、どこにいるか、人に話してはいけないとミスター・ジェイトリーから言われてるんです」

「大丈夫ですよ」チョプラは言った。「わたしは警察官ですから」

女性は唇を噛んだ。チョプラは自分のせいで彼女が困った立場になっていることを理解したので、「こうしたら、いいのではないかな」とやさしく言った。「ミスター・ジェイトリーがお留守の間、その代わりを務めている人を呼んでくれればいい」

女性の顔が明るくなった。「サー、それなら、ミスター・クルカルニです」

「その人にチョプラ警部が会いたがっていると伝えてください」

「あら」女性はまたがっかりした顔になった。「でも、サー、ミスター・クルカルニもここにはいないんです」

チョプラは顔をしかめた。「どこに行ったのかな? それとも、彼の居場所も国家機密なのかな？」チョプラは自分の声に皮肉が混じるのを止めることができなかった。

女性はくすくす笑った。「いいえ、サー。ミスター・クルカルニは仕事でチェンナイに出張してるんです。来週には戻ってきますよ」

「それなら」チョプラは言った。「ジェイトリーさんでも、クルカルニさんでも、どちらでもいいから、電話で話をすることはできないかな？」

「それはできません」女性は断固として言った。「ミスター・ジェイトリーの携帯番号も、ミスター・クルカルニの携帯番号も、絶対に人に教えてはならないと厳しく言われています」

チョプラはその女の子に小言を言ってやりそうになったが、それはあまり賢いやり方ではないと思いなおした。なんといっても、自分はもはや警察官ではない。それなのに、その疑わしい身分で権威を振りまわしすぎると、あとでまずいことになるかもしれない。とりわけ、スーリヤヴァンシュ警部がそんな話を小耳に挟んだりしたら大変なことになる。

「実は……」チョプラは歯を食いしばって言った。「亡くなったサントシュ・アチュレカルの件で調べているんだ。ここで働いていたと聞いたんだが。彼を知っていましたか？」

それを聞いた女性の顔は悲しみに曇って、今にも泣きそうになった。メロドラマの女優にでもなれそうだな、とチョプラは思った。「もちろんです、サー。サントシュは本当にいい人でした。やさしくて、ハンサムで。よくおやつを買ってきてくれました。チョコ・

エクレアとか、マリー・ビスケットとか。事故で亡くなったって聞いてショックでした。本当にショックで……」

「サントシュが特に近くで仕事をしていた人はいるだろうか。たとえば、この人とか」チョプラはサントシュの家で見つけた名刺を取り出した。

彼女はすぐにっこりした。悲しみの表情は訪れたときと同じくらいすばやく消滅した。

「はい、サー。サントシュはミスター・ソランキといっしょに仕事をしていました」

「まさか」チョプラはつい言った。「ミスター・ソランキも出張中だとは言わないだろうね？」

彼女は不思議そうな顔をした。「いいえ」チョプラの皮肉には気づかなかったらしい。

「どうして、そう思うんですか？　ミスター・ソランキはいますよ。あなたがいらしているって知らせますね」

よく表情の変わる受付嬢がチョプラ警部を案内した会議室に、スレシュ・ソランキが入ってきた。身長が高く痩せた男で、顔色が悪く、目のまわりに濃いくまができていて、まるで長い間よく眠れていないようにみえる。パリッとした白いシャツにネクタイを締め、黒い靴はよく磨かれて輝いている。三十代の半ばだろうとチョプラは思った。

ソランキは握手の手を差し伸べはしなかった。それどころか、ひどい不快感と不信の念をこめてチョプラを見た。「シーマの話では、警察官だそうですが。サントシュのことでなにか質問でもあるんですか?」

「そうです」チョプラは答えた。

「それなら、最初に言っておかなければなりませんが、サントシュは死んだときにはすでにわが社の従業員ではありませんでした」

「おや」チョプラは言った。「それは初耳だ。サントシュの家族に会ってきたんだが、会社を辞めたのであれば、家族は知っていたはずだと思うのだが」

「家族には言わなかったのかもしれない。恥ずかしいことですからね」

「恥ずかしいというのは、なぜです?」

「なぜって、彼は解雇されたんですよ」

「ああ、そういうことでしたか」チョプラは言った。「で、なぜ解雇されたんです?」

「自分の仕事がちゃんとできなかったからです」

「父親の話では、サントシュは社長のミスター・ジェイトリーに特別に褒められて昇進したということだったが……。父親はなぜ、そんなことを言ったんでしょうね?」

ソランキは肩をすくめた。「知りませんよ。父親だから、なにも自慢することがなくても、自慢に思っていたんじゃないですか?」

チョプラは腹が立ったが、我慢した。一瞬でこの男が嫌いになった。ソランキは傲慢で不愉快な男だ。それだけではない。なにかをごまかそうとしていることが、彼の態度からわかる。「教えてください。サントシュはこの会社でなにをしていたんですか？　あなたとの関係は?」

「サントシュは経営管理アシスタントでした。わたしの部下として、データの入力を担当していました。社のシステムに会計記録などのデータを入力してたんです。そのほかに、供給業者に会いにいくこともありました。注文の処理についてチェックするためです」

「御社ではなにを輸出しているんですか?」

「衣類です。おもに国内の中小業者から買い付けて、中東や、アジアの比較的近い国、マレーシアなどに輸出しています。ケニアや南アフリカにもね」

「そんなに多くの国に輸出しているのなら、仕事は忙しいでしょうね」

「うちは大きい会社なのですよ。ここにあるのは本社だけです。ほかに、デリー、バンガロール、チェンナイ、コルカタにも支社があります」彼は恥ずかしげもなく、自慢げにそう言った。

チョプラはこの情報を考えに入れた。「最近、サントシュの行動で普通でないところがあると思いましたか?」

ソランキは目をぱちぱちさせた。そして、しばし躊躇した後で、こう答えた。「ずいぶん酒を飲んでいるようだとは思いましたね。それも、解雇の理由のひとつです。酒のにおいをさせて遅刻してくるようでは困ります」

「両親の話していたのとはずいぶん違いますな」チョプラはソランキの半分閉じられた両目をまっすぐに見つめた。ソランキは視線に耐えようとしたが、すぐに目をそらした。

チョプラはメモ帳を取り出して、熱心にページをめくるふりをした。それから、ゆっくり言った。「『SNBO』とはなんのことだか、ご存じですか？」

ソランキは平然としていた。「知りません」

「『Moti's』はどうです？」

「知りません」

ソランキが嘘をついているかどうかはわからなかった。サントシュの手帳には「午後九時　Moti'sで、Sに会う」と書いてある。ソランキがその「S」だということはありうるだろうか？　チョプラは注意してソランキの顔を見た。ひっかき傷はないようだ。それを隠すためにじっと見られて、背の高い男はあきらかに居心地の悪さを感じていた。チョプラに、視線を落として時計を見ている。

知っていることを全部話したわけではない。それは確かだ。「ついでにお聞きしておくが、四日前の夜、どこにいましたか？」

「家で家族といっしょにいました」とソランキは言ったが、返事が早すぎた。

「オートバイを持っていますか?」

「そんなこと、なんの関係があるんです?」

チョプラはその質問には答えなかった。

「ああ、オートバイなら持っていますよ」とソランキは腹立たしげに言った。「ムンバイにオートバイを持ってる人間は何百万人もいますがね」

チョプラはまたメモ帳に目を落とした。そして、とうとう、こう言った。「サントシュの解雇についての書類があるはずですね?」

「法的な命令でその書類を出せと言われたら、そのときには提出します」ソランキはぶっきらぼうに言った。

この男からはもうこれ以上なにも聞き出せないとチョプラにはわかった。

そのビルを出たときには、答えよりも質問のほうが増えていた。さっきまでの楽天的な気分は消え失《う》せ、自分にはもう無理なのかもしれないという心配も感じはじめた。これまでにわかったことにもとづいて捜査を進めようにも、自分にはそのための人員もいなければ、その権限もない。スレシュ・ソランキからもっと情報を絞り出そうにも、これ以上できることはなにもない。

チョプラにできることは、本当にこれ以上なにもないのだ。

11 チョプラ警部、動物病院に行く

次の朝、チョプラ警部は再び、ガネーシャの問題に注意を向けた。獣医師のドクター・ララとの約束は十一時だったが、ドクターは往診をしてくれない。だが、動物病院はサハールとM・V・ロードのなかほどにあり、歩いてもすぐだということがわかったので、苦しそうな子象を連れて歩いていくことにした。もしかしたら、小さな象にとっても、少し歩くのはいいかもしれない。

警備員室のところまで来ると、義母のプルニマ・デヴィが空軍記念アパートメントに住む別の二人の白髪頭の御婦人とともに、象のそばにいるのが見えた。そのうちの一人は、ミセス・スブラマニウムだった。

「いったい、ここでなにをしてるんです？」

ミセス・スブラマニウムは振り返ってチョプラを見ると、眉を吊《つ》り上げた。「チョプラさん、あなたの象が敷地内の環境を汚染しているという情報が入ったものですからね」

「汚染している？」

「どうやら、そこらじゅうで用を足しているようなのよ」

「誰がそんなことを言ったんですか?」チョプラはそう言って、プルニマ・デヴィをにらんだ。

隻眼の魔女はチョプラをにらみ返した。「わたしが言ったのよ。わたしが今朝、その動物の散らかしたもので滑ったのよ」

「バハドゥール、それは本当か?」チョプラは聞いた。

警備員のバハドゥールは困りはてて、ニヤニヤ笑うばかりだ。対抗する二つの勢力の板挟みになってしまって、自分にできる最善のことは口を閉じていることだと本能的にわかっているからだ。

「もちろん、本当よ」プルニマは言った。そして、白い寡婦のサリーの下から、サンダルを持ち上げた。「これがなんだと思うの? チョコレートだとでも言うつもり?」

「もう少し、自分の歩くところに注意したほうがいいんじゃないですか?」

チョプラがそう言うと、プルニマは激怒した。「あなたの象がそこらじゅうに糞をするのがいけないのよ!」

「だって、ほとんど食べてないんですよ。お義母さんが言うほど、腸が活動してるはずはありません」

「それじゃあ、これは誰の責任なの?」プルニマはまた、サンダルをチョプラに突きつけた。「バハドゥールのせいだって言うの？」

チョプラはこれ以上、姑と言い争っても無駄だと悟った。「わかりました。そのサンダルはわたしがなんとかします」

チョプラは三人の老婦人が声をそろえて文句を言いながら歩き去るのを見つめた。

三人が階段のほうに入っていくのを見届けて、バハドゥールがやっと沈黙の砦《とりで》から姿を現した。「すみませんでした、サーヒブ」

「なにがすまないって言うんだ？」とチョプラは言った。そして、ガネーシャのそばにしゃがみながら、「ぼうや、あんな婆《ばあ》さんたちのことは気にしなくていいぞ」と言った。「あの婆さんたちはほかにすることもないんだ。よし、これから出かけるぞ。さあ、行こう」

ガネーシャをなだめすかして立ち上がらせるのはなかなか大変だった。しまいには、チョプラとバハドゥールと二人で、小さな象の首に巻いたチェーンを引っ張らなければならなかった。

簡単なことではなかった。赤ちゃん象、しかもガネーシャのように弱々しい赤ちゃん象であっても、体重は二百キロを超えている。しかし、いったん立ち上がると、ガネーシャは運命に抗《あらが》わないことにしたらしい。文句を言うことなく、下を向いたまま、無気力な様子で鼻をぶらぶらさせ、まるで刑場に連れていかれる既決囚のように世界を見つめながら、チョプラの後をついていった。

さて、歩きだしたはいいが、到着するまでにはいろいろあった。チョプラはパトロールの任務につかなくなって、もうずいぶんたつが、それでも、この地域に作りあげた人脈は維持している。これこそが、あるべき警察の仕事のやり方なのだとわかっているからだ。彼はラングワラのような部下をもって本当に幸運だった。ラングワラはストリートで育った人間だから、必要なときには招集できる目や耳を組織しておくことが重要だと本能的に理解していた。もちろん、それは双方向の合意にもとづくものである。

ムンバイには、誰も見返りを求めることなしに人のためになにかしてやることはないという都会の暗黙の掟《おきて》がある。チョプラはそういう不文律は好きにはなれなかったが、それでも彼は実際的な人間だった。最善の仕事をするために、ときには躊躇せず、情報提供者に情報料を払ってやったし、軽率な行動に気がつかないふりをしてやることもあった。それでも、どうしても越えてはならない一線があると考えている。それが同僚の多くと彼自身の決定的に違うところだった。

最近の中央捜査局（ＣＢＩ）の報告書によると、ムンバイ警察の腐敗の程度はこれまでと同様、内国歳入庁の腐敗具合に肉薄しているという結果だった。この報告書が公表されると、大騒ぎになり、チョプラの上官たちは面目を失った。それでも、それはまったくの事実だった。上官たちは恥ずかしいと思うべきだし、それだけでなく、怒るべきだとチョプラは思った。しかし、上層部はいつもと同じことをしただけだった。つまり、内部告発者を裏切り者と非難したのである。

またしても、並はずれて暑い朝だった。シャツはすぐに背中に貼り付いてきた。はたから見れば奇妙な組み合わせだったろう。もみあげの白くなった中年の紳士と意気消沈して栄養不足の象の子どもがいっしょに歩いているのだから。埃っぽい混雑した道を子どもらがついてきた。一人のいたずら小僧がガネーシャの背中に飛び乗り、最近のボリウッドのヒット映画のヒーローを気取っている。チョプラがやっと気づいて、追い払ったが。ガネーシャはそんなことにも気づいてさえいない様子だった。

チョプラは狭苦しい時計修理屋を営むチャナキヤのところで立ち止まった。「ラム、ラム、警部サーヒブ」（「ラム」はヒンドゥー教の神の名、ヒンドゥー教徒が挨拶として言う）腰巻《ルンギ》にランニングシャツといういでたちの小柄で皺だらけの時計屋は足を組んだまま、店の中から、うなずいてチョプラに挨拶した。

チョプラは数日前にチャナキヤに預けてあった腕時計を受け取った。もう二十四年も使ってきたもので、彼が結婚したときの父親からの贈り物だった。ポピーはずっと前から新しいのを買ったらいいと言っているが、チョプラは聞く耳をもたなかった。その時計は今はすでにこの世の人ではない父の思い出の品だったからだ。チョプラはチャナキヤに二十ルピー払うと、再び歩きはじめた。

ラリット・モディ・マルグ通りのアル・ヌール・モスクを通りかかると、導師《イマーム》ハイダー（「イマーム」はアラビア語でイスラム教の指導者のこと）が声をかけてきた。「サラーム、警部バブ、サラーム！（「バブ」はヒンディー語で英語の「ミスター」に相当）」イマーム・ハイダーはたくましい熊のような男性で、いかにもメッカに礼拝に行ったハッジ（メッカ巡礼をすませた男性の敬称）らしい燃えるような赤いひげをはやし、眉毛はまるで海賊の刀のようだ。白いゆったりしたクルタ・パジャマ（小さな立襟か、襟なしの丈の長いシャツとズボンの上下）を着て、頭に載った房付きの縁なし帽はチョプラの知るかぎり、被っていなかったことは一度もない。

チョプラはイマーム・ハイダーをおおいに尊敬している。もう長いつきあいで、友人になったのは一九九三年の暴動のときのことだ。ヒンドゥー教徒がインド北部のアヨーディヤーのバブリ・モスクはラーマ神の生誕の地に立っていると主張して、これを破壊すると、インドの各地に暴動の炎が燃え上がった。怒ったイスラム教徒は抗議のデモ行進をおこない、その一部は暴徒化した。暴力は暴力を生み、なにがどうなっているのか、誰もわからないでいるうちに、至るところで暴徒が街に繰り出し、相手かまわず暴力を振るいはじめた。

ムンバイの普通の市民にとってはまったく恐ろしい日々だった。しかし、混乱と恐怖の中で、イマーム・ハイダーは冷静さを失わず、何百人という、この地区の怯えたムスリムたちを冷静にアル・ヌール・モスクの地下に避難させ、暴動の最悪のときを乗り越えたのだった。

その後、最初にその場に到着した警察官がチョプラだった。ラングワラといっしょに、頼りになるリボルバーを携えていた。

イマーム・ハイダーとチョプラはしばしの間おしゃべりし、最近の出来事を伝えあった。チョプラが退職したと聞いて、イマームはおおいに残念がった。最近ではこのあたりでも、ヒンドゥー、イスラム双方の原理主義者が増えているから、チョプラのような警察官はますます必要になっているのに、と彼は言った。

「まったく難しい時代だよ、チョプラ」イマーム・ハイダーは言う。「扇動者が増える一方で、無関心な人も増えている。その中間の人たちはもういないんだ。中庸というのは許されないんだろうか。原理主義者たちは人の言うことに聞く耳をもたないし、聞く耳をもつやつはもうどうでもいいと思ってるんだ。どっちがもっと悪いかわからないよ」

「息子さんたちは元気かい？」話題を変えたくなったチョプラが尋ねた。この話題になれば、イマームはいつまでも話したがるはずだと思ったからだ。

「今のは息子たちの話をしてたんだよ」イマームは嘆いた。「上の息子は夜には信仰の勉強をしてる。それはいいことだ。だが、勉強したことを使って扇動的な演説をするときもある。下の息子はクリケットと映画にしか興味がない。なあ、チョプラ、世界はどんどん変わっていくよ。それも悪いほうに」それから、イマームはチョプラの連れに目をやった。

「この若いお友だちは誰だい？」

「ガネーシャって名前だ。わたしが面倒をみているんだ」

「退職した途端にいろいろ変わった趣味を始めるやつがいるとは聞いてるが、なあ、友よ、象を育てるっていうのは初耳だな」

スワップナディープ社の水牛舎とゴカルダス氏の銅製品の店の間の小さな自動車修理工場の入口から、油染みだらけの服を着た、大柄で色の黒い男がチョプラに挨拶した。「ほう、警部サーヒブ、売る気になってくれたかい？」

チョプラは首を振った。「前から何回も言ってるだろう、〝バサンティ〟（一九七五年の映画『ショーレー（炎）』に登場する野性的な美女の名）を売る気はない」

「警部、あんたは変わり者だな」カピルは笑った。ジェルで固めて大きく膨らんだ前髪が頭の上で震え、両耳から下がった海賊のイヤリングが上下に揺れている。カピルのオーバーオールは両袖が切り落とされていて、レスラーのような太い腕を出している。カピルは腕組みをすると、潰れた鼻の上からチョプラを見下ろした。「もう十年も、時計のように正確に毎月整備させてるのに。俺の車庫から外に出すこともない。保管料をたくさん払ってくれてるからいいけど、でなかったら、あんたは頭がおかしいって言うところだね」

「サー、これは典型的な自殺願望の象というやつです」

チョプラは驚愕して獣医の顔を見つめた。すると、ドクター・ララは笑いだした。「冗談ですよ、警部」

電話で話したときの印象とは違って、とてもよい先生だとチョプラは思いはじめていた。ドクター・ロヒット・ララは太ったマルワーリー（インド北西部のラジャスタン州に多い民族）だ。チョプラに話したところによると裕福な家の出身で、家業の宝石の商売を継がずに獣医学を学ぶと決めたとき、家族はあきれかえったという。父親は亡くなるまで、一人息子がちゃんとしたマルワーリーの若者らしく金儲けもしないで、水牛の糞をひっかきまわしていると嘆いていたらしい。

動物医院はサキナカ電話交換局の後ろの廃業した古い織物工場の敷地内にあった。荒れ果てた工場の入口を抜けていくと、小さくて乱雑な事務室があり、肌が荒れて、おかしな口ひげをはやした、やる気のありそうな若い男性が一人だけいた。事務室の奥の部屋からは、囲いに入れられた多くの犬たちの吠え声が聞こえてきた。

チョプラはガネーシャをひきつれ、その若い男性の案内に従って、横の廊下を通って工場敷地の裏側の広い場所に出た。そこには、たくさんの馬、水牛、山羊が金属の網の囲いの中にいた。ドクター・ララは毛皮のあちこちが禿《は》げた小さな熊を診察していた。その熊は、なんの知識もないチョプラの目から見ても、ひどい栄養失調で、重い病気だとわかった。

「親切な女性が移動サーカスから救出したんですよ」ララは説明した。「命を救うことはできないだろうが、尊厳のある死に方をさせてやることはできるかもしれない。獣医というのはまず、博愛主義者でなければならないのです。太陽の下のあらゆる動物を神にしたがる国なのに、動物の幸福を優先するとはどういうことなのか、インド人はさっぱりわかっていないのですよ。さあ、それでは、あなたの小さな象を診てみましょう」

ドクター・ララが診察する間、チョプラはじっと待っていた。

ドクターはガネーシャの両目に光を当て、次に耳も調べた。助手の助けを借りて、ガネーシャの口もこじ開け、奥までよく見た。特に、舌、歯、歯茎には注意を払っている。長い鼻の穴の中もよく見た。尻尾を持ち上げ、ガネーシャのお尻も調べた。熱をもった脇腹に聴診器をあて、真剣に聞いている。そうやっていろいろ調べながら、この小さな象はこれまでどんな体験をしてきたのかと尋ねたが、自分でも思いがけずに飼い主になってしまったチョプラはほとんどなにも知らないのだった。

「うーん」ドクターは両頰を膨らませて、やっと言った。「正直言って、あなたの象はいったいどこが悪いのか、わたしにはわかりません。わたしの見たところでは生まれて八カ月くらいだが、月齢のわりに成長が遅いようだ。しかし、そのほかには特に病気ではないようです。ものを食べないそうだが、問題はなぜ食べないのかということだ。もっと詳しい診断をしてほしければ、血液と唾液をとって分析を頼まなければなりませんが」

そうしてくださいとチョプラは言った。

「もちろん」ララは続けて言った。「問題はまったく身体的なものではないという可能性もあります。象は非常に感受性の強い動物なんです。おそらく、あなたが世話するようになるより前に、このかわいそうな象になにかが起きたのでしょう。それがこの象の頑固な行動の根っこにあるのです」ララは自分の顎を搔いて言った。「そういう点では、象というのはわたしたちと変わらないんですよ、警部さん。わたしたち人間は辛いことがあればがっくりして、元気がなくなり、感情のバランスを失います。もしかしたら、この小さな象は母親が恋しいのかもしれない。あるいは自分の群れが。象はとても社会性の高い動物ですからね。新しい環境に連れてこられたというだけで動揺しているのかもしれません。適応することができれば、落ち着いてくるかもしれません。あまり時間がかからないといいのですが」

「適応できなかったら、どうなるんです？」

「黙って横たわり、死んでいった象も見たことがありますよ」とドクター・ララは答えた。「人間と同じです。象は生きるのをあきらめてしまうこともあるんです」

チョプラが見下ろすと、ガネーシャは腹ばいにすわり込んで、鼻の下の泥をじっと見つめている。まさに、ドクター・ララが今話したとおりの哀れなありさまだ。

チョプラは突然、大きな無力感に襲われた。

このかわいそうな動物を世話するために、自分にいったいなにができるというのだろう！　自分がこの小さな象のよい友だちになれるはずだとバンシ伯父さんが考えたのなら、伯父さんはまったく間違っている。

「ドクター・ララ、こういう小さな象が住める所はないんでしょうか？　安心して住める所が」

ドクター・ララは考え込んだ様子でチョプラを見た。「象を飼うというのは大きな責任ですよね？」

チョプラは無言だった。

ララは口をすぼめた。「ヴィシャーカパトナム（インド東海岸、アーンドラ・プラデーシュ州）に保護区があります。わたしの古い友人が運営しています。獣医大学の同級生でした。電話をしてみます。二日ほど待ってください」ヴィシャーカパトナムか、とチョプラは考えた。そこはインドの反対側だ。何千キロも離れた東海岸にある。

バンシ伯父はなんて言うだろう？　いや、とにかくバンシ伯父はチョプラにこの小さな象を託したのだ。きっとそれが最良の解決策に違いない。保護区なら、ここで自分が世話するよりずっとよくガネーシャの世話をしてくれるだろう。

チョプラは子象を見た。ガネーシャの目のまわりには蠅がたかり、蟻《あり》の一群が軍隊の作戦のように毅然《きぜん》と行進して鼻を登っている。ガネーシャは気づいていないのか、それともどうにかしようという気力もないのだろうか。完全に打ちひしがれた様子でいる。

チョプラは正しいことをしなければならないと思っている。そして、今この瞬間、自分の肩から重荷が下ろされたのを感じた。ヴィシャーカパトナムの保護区の人たちは、元気をなくした赤ちゃん象をどうしたらいいのか、ちゃんと知っているに違いない。

動物病院を出て、チョプラは額の汗を拭こうと立ち止まった。ズボンのポケットに手を入れてハンカチを探した。ハンカチを引っ張り出したとき、うっかりして、前の日にサントシュ・アチュレカルの家から持ってきた名刺の束を落としてしまった。名刺は埃っぽい地面の上に散らばった。チョプラは悪態をつきながら、しゃがんで名刺を拾いはじめた。ガネーシャは後ろでおとなしく待っている。悲しげな顔から鼻をだらんとたらしている。

チョプラは干上がった地面の上をしゃがんだまま動きまわって名刺を集めた。そのとき突然、彼はビクッとした。そして、注意をひきつけたその名刺を拾うと、立ち上がった。名刺をもう一度読んでみた。

MOTILAL'S　皮革専門市場

400017 ムンバイ　ダラヴィ　カラ・キラ
ゴールド・フィールド・アーケード　No.5

MOTILAL'S。これが、Moti'sだ。つながりができたので、チョプラはスリルを覚えた。どうして、今まで気がつかなかったのだろう。この店こそ、サントシュ・アチュレカルがこの世で最後の日に訪れた場所に違いない。そして、謎の人物「S」と会った場所だ。おそらく、その男が彼を殺したのではないか。つい昨夜には、この事件の捜査は煉瓦の壁にぶち当たったと思ったのに、また、自分の前に道が開けている。これはどう考えても、見逃すことのできないチャンスだ。

12　地上最大のスラム

ダラヴィのスラムの一部であるカラ・キラはここから六キロ先だから、炎天下を相当歩くことになる。だが、チョプラはたった今つかんだ手がかりをたどっていこうと決心していた。

カラ・キラへ行くにはM・V・ロード沿いを行くことになるが、この道路はチャトラパティ・シヴァージー国際空港（マラーター王国初代君主の名を冠している）の東端に沿って、南に向かってぐねぐね続き、やがてにぎやかなラル・バハドゥール・シャストリ・ロードにぶつかる。そこからはその道に沿って進み、チュナバッティを過ぎれば、いよいよ、ダラヴィのスラムだ。

チョプラはそのまま、ガネーシャを連れていくことにした。一度、家まで戻れば、ずいぶん時間が無駄になるからだ。彼はもう、一分たりとも無駄にしたくなかった。

今からやろうとしていることは無謀だとわかっていた。ひそかに事件の捜査をしていることをスーリヤヴァンシュが知ったら、再び、彼と一戦をまじえなくてはならないだろう。チョプラはスーリヤヴァンシュを恐れているわけではない。だが、スーリヤヴァンシュに捜査の邪魔をさせるわけにはいかない。それから、ポピーのことも考えなくてはならない。チョプラが退職してから何日もたたないうちに、またもとの仕事のようなことをやっていると知ったら、彼女はなんと言うだろう。そもそもチョプラが退職したのは、そういうことをすっかりやめて、ただでさえ調子の悪い心臓が止まってしまうような興奮を避けるためなのだから。

　しかし、もう決心したんだ、とチョプラは思った。男が一度決心したら、あとは運命にまかせるだけだ。

　半分も行くと、空腹でお腹が鳴った。チョプラは道端の中華料理店に寄ることにした。卵チャーハンを食べながらも、ラル・バハドゥール・シャストリ・ロードの激しい交通に気をつけていた。通りの反対側では、低予算の安っぽいボリウッド映画の撮影がおこなわれていて、ちょっとした人だかりができている。太り過ぎで、年を食っている主役の俳優はメッシュのシャツを着て、黒髪のカツラをつけ、ピチピチのミニスカートを穿いた若い女優に言い寄っている。集まった群衆はひっきりなしに口笛で冷やかしたり、演技についてあれこれ言ったりしているが、女優は気にもしていない。いろいろな仕事をする使い走りたちにでっぷりした監督がメガホンで怒鳴り散らしている。

見ていると、主演の俳優が突然つまずいて転び、テーブルに倒れかかったので、熱いお茶がこぼれ、テーブルの下ではあはあ言っていた犬にかかった。犬は主人公の相棒役らしい。主役のカツラがはずれて、犬の頭に落ち、その目をふさいでしまった。犬のほうはたまったものではない。前は見えなくなるわ、火傷《やけど》して痛いわで、ものすごい声で吠えながら、道を駆けていく。群衆はそれを見て大笑いし、これも筋書きのうちかと勘違いしているらしい。

チョプラはふと気の毒なサントシュ・アチュレカルの両親のことを思った。そして、また、自分がもし、子どもに先立たれた父親だったら、と考えた。子どもの未来が突然奪われる、それも事故ではなくて、他人の悪意によるものだったら……。

チョプラは自分たち夫婦の人生に子どもがいないことをどう感じているか、ポピーに話したことはない。自分の痛みと挫折感を誰かに聞いてほしいと思ったことは何度もあった。しかし、自分の落胆をポピーに対してちょっとでもほのめかしたりしたら、二人の間の信頼は傷つき、永遠にもとに戻らないだろうと直感でわかっていた。だから、彼は涙をこらえ、跡継ぎがいるかどうかは自分にとってはどうでもいいことだというふりをしてきた。

警察署の誰かが子どもの生まれた内祝いにお菓子を配ったりしたときには、おめでとうと言ったあとはすぐに机に戻って仕事を始め、それ以上の話にはつきあわなかった。

それでもときおり、夜更けにポピーがまるで死んだように眠っているときなどに、ベッドで一人目覚めたまま、自分にもし息子がいて、クリケットの前方へのディフェンスの正しい打法の基本を教えてやるのはどんな気分だろう、チョプラ・ジュニアがオートバイに初めて乗るとき、ヒーロー・ホンダのクラッチのいれ方を教えてやるのはどんな気分だろう、と想像してしまう。

いや、もしかしたら、娘かもしれない。娘に求婚する若者が自分の前に列を作って、チョプラの警察官の制服に怯えてぶるぶる震えながら並んでいるところを想像すると、思わずくすくす笑いしてしまう。逮捕してやるぞと脅かし、一晩じゅう牢に入れてぶちのめしてやれば、そいつらは恐怖のあまり、本当の人柄をさらけ出すだろう……。

バナナ売りの手押し車が通りかかったので、ガネーシャのためにひと房買ったが、ガネーシャはあいかわらず、自分で決めた断食の誓いを破る気はないらしかった。

チョプラが最後にムンバイのダラヴィのスラムに足を踏み入れたのは、二年ほど前のことだ。そのとき、彼はある誘拐事件の捜査をしていたのだが、その事件は結局、迷宮入りになってしまった。このスラムに入るのはそのときが二度目だが、最初のときと同じく、ダラヴィはそれまでの自分の経験からはかけ離れた場所だと実感した。

要するに、このスラムは都市の中の都市である。といっても、そこに住む人の数は、人口調査では把握できていない。とにかく、ムンバイの主要な二路線の郊外電車であるウェスタン線とセントラル線の間に挟まった、その狭苦しい、息のつまるような、迷路にしか見えない地域には百万人近くが住んでいると言われている。

かつてここに足を踏み入れた二回とも、チョプラが驚いたのは、ダラヴィの住人たちが貧困を断固として恥じていないということだ。彼らは地上でもっとも密集した場所に住んでいて、そこでは不衛生で病気のはびこる貧弱な家や、困窮が日常生活になっている。その一方で、このスラムには何千というビジネスが繁栄している。インドの起業家精神の本当の姿を知りたければ、このスラム都市に来ればいいのだとチョプラはしばしば考える。ここには外国資本の投入もなければ、MBAを取得した外国人もいないが、それでも、琺《ほう》瑯《ろう》のポットから観光客向きの土産物、バービー人形、ジーンズ、カクテルドレス、消毒用石鹸《せつけん》の生産と販売、全国でも最大のリサイクル事業に至るまで、ワン・マン、あるいはワン・ウーマンのさまざまなマイクロビジネスが繁栄している。チョプラが最近読んだある記事によれば、ダラヴィで生み出される収入は年に六億ドルを超えるという。そんなわけで、ダラヴィは新聞などでは、〝世界でもっとも偉大なスラム〟と呼ばれている。

チョプラもまったく同意見である。ダラヴィは魔法のような、謎に満ちた場所だ。その一帯にはオートリクシャさえも入ることができない。トタン板、ベニヤ板、古風な煉瓦、アスベスト、段ボールなど、なんでもいいから手に入るもので建てられた家々が並んでいる。何十億というゴキブリが何百万というネズミと追いかけっこをしている。陶器職人の窯から沸き上がった黒い雲が上空に人工の雲を創り出している。何十万人という商店主、路上の物売り、ゴミ拾い、よろず修理屋、仕立て屋、故買屋、それから、自治体の管理の及ばないところで活躍している、ごく小さな縄張りの顔役たち……。金属加工職人のカンカンというハンマーの音が日常のＢＧＭになっている。ダラヴィという光と闇の中間地帯で、人間の精神は変わらずに栄えている。

　このスラムの中のカラ・キラ地区一帯が皮革製品の店が多いことで有名なのはチョプラも知っている。皮なめしから美しい皮革製の衣類の販売と輸出に至るまで、皮革産業はダラヴィでもっとも伝統ある産業のひとつだ。

　このあたりを歩いてみて、いつものことながら、なにもかもがぎっしりと密集していることに驚かされる。ダラヴィはムンバイ全体を小さく縮めたひな形のような場所だが、大きなムンバイで重要だと考えられることは、ここでもやはり重要なことらしい。何千という一部屋だけの住居からテレビのアンテナが芽を出し、ボリウッドの新作映画のポスターがペンキのはげた壁に貼られ、老人たちはビディ（葉一枚巻いただけの安価な煙草）を吸っては煙草の葉のかすをどぶに吐き出しながら、選挙について議論し、女たちは共同蛇口から水を汲《く》みながら、近所の亭主どもの噂話をしている。乞食たちまでも、ここにはいる。つまるところ、どこへ行ったって、人生は同じということだ。

チョプラは埃っぽい商店街の両側にひしめきあっている小さな店のひとつの前で立ち止まった。このアーケード商店街に並ぶ店は、〈ナンバー・ワン・レザー　イタリアーノ皮革輸出〉とか、〈最高級ファッション　レザー・ハウス〉などという名前だ。チョプラは自分が立ち止まった店の名前をじっと見た。〈MOTILAL'S《モティラルズ》　皮革専門市場《レザー・エンポリアム》〉。アーケードのほとんどの店と同様に正面はガラスになっている。ウインドウの中には棚がいくつもしつらえてあって、たくさんの革の財布が陳列されている。その隣には、茶色い革のコートを着た頭のないマネキン人形がいる。

チョプラはまわりを見まわした。商店街の端には椰子の木が生えている。ストリートの子どもたちが騒々しくクリケットをやっている。子どもたちはスタンプ（バッツマンと呼ばれる打者の後ろに立てる三本の柱）を立てるかわりに、椰子の木の幹にチョークでスタンプのような線を描いている。ボールはフェルトの剝がれかかったテニスボール、古いバットはぼろぼろで、テープで補修してある。子どもたちはガネーシャを連れたチョプラを見つけると、赤ちゃん象に触ろうとクリケットのゲームは放り出して集まってきた。ガネーシャが自分にすっと身を寄せたことにチョプラは気づいた。「かわいそうな象に触るんじゃないぞ」とチョプラは子どもたちに警告した。

ガネーシャを木の幹に鎖でつなぐと、念のためにもう一度、象にかまうなよ、と言った。そのとき突然ひらめいて、もっといい方法があることに気づき、財布から二十ルピー札を出して見せた。「これをやろう。わたしはチョプラ警部だ。わたしの助手になってくれ。この象に気をつけていてほしい。すごく重要な事件の捜査中で、この象は捜査に欠かせないんだ」

子どもたちは新たな興味を引かれた様子でガネーシャを見た。そのうちの一人、メッシュのベストを着て、破けたショートパンツを穿き、髪の毛がだらしなく伸びた少年が言った。「サーヒブ、今どき、二十ルピーじゃ、なんにも買えないや」なんて生意気な子だと思いながらも、チョプラは微笑せずにはいられなかった。「二十ルピーだ。嫌なら、なしだぞ」

子どもらがまたクリケットのゲームを始めたのを見て、木の陰から不安そうに顔をのぞかせているガネーシャを残し、チョプラは店に入った。

なかにはマネキン、コートやジャケットの衣装掛け、それにバッグ、財布、ベルト、ナイフの鞘《さや》、ワイン・カスクなどをぎっしり陳列した棚がたくさんあった。店内の空気には新しい皮革の麝香《ムスク》のようなにおいが充満していた。壁を飾っているのは、店の顧客たちの額入りの写真だ。ムンバイのマイナーなセレブたち、それにお買い得な品物を求めてダラヴィに足を踏み入れた勇気ある外国人も何人かいる。品物の多くにイタリアの有名ブランドのマークが付いている。しかし、チョプラは今、ダラヴィで毎年生産されている大量の偽造品の取り締まりに乗り出すためにここに来ているわけではない。

店の奥にカウンターがあって、その前に使い走りらしい男が一人、スツールにすわってこっくりこっくり居眠りをしている。

チョプラがその男のほうに歩いていくと、男は突然、目に見えない目覚まし時計が作動したかのように飛び起きて、ぱっと立ち上がったので、スツールは派手な音をたててひっくり返った。

「店主はどこかな?」とチョプラが質問した。

「サーヒブ、すぐに呼んでまいります!」使い走りの男はカウンターにある跳ね上げ戸を上げてくぐると、後ろの壁のドアの中に姿を消した。

ほんのしばらくして、ドアから姿を現したのは、団子鼻、がっしりした顎にカールしたごわごわの黒髪の太った男だった。その男もまた、昼寝から起こされたように見えた。

「ハロー、サー、いらっしゃいませ!」男はぽっちゃりした手で揉《も》み手をしながら、熱心に尋ねた。「今日はなにをお求めで? 新しいジャケットをお求めでしょ? 背が高くて、素晴らしい肩をしていらっしゃる。お客様にぴったりのがありますよ! イタリア風で、最新のデザインです」

「新しいジャケットはいらない」チョプラは厳しい声で言った。「わたしの名前はチョプラ警部だ。おまえが知ってる若者のことで話を聞きに来た」

「若者？　若者ってなんです？」男の表情が曇った。お客に皮革製品を売ろうと意欲満々の、儲かっている店主の顔ではなくなった。男の声に恐れがにじんでいるのをチョプラは感じとった。アチュレカルから渡された写真を取り出すと、どうやらモティラル本人だと思われるその男に見せた。

モティラルはぽっちゃりした手で写真を持ってよく見た。指は指輪だらけで、両方の手首に金の鎖がジャラジャラしている。やがて、彼はこう言った。「サー、この若者を見たことはありませんね」

チョプラはこれまで大勢の人間が嘘をつくのを聞いたことがある。嘘つきの達人もいて、何年もの経験のある警察官でさえ、そいつらがこっちを騙《だま》そうとしているのかどうか、わからないこともある。だが、嘘つきの達人ではない人間もいる。モティラルのようなやつらだ。嘘をつけば、一目瞭然に顔に出る。

「警告しておくぞ」チョプラは厳しい声で言った。「この若者がおまえを知ってたことはわかってるんだ。おまえと会ったときの記録を残してるんだ。この子は五日前に殺された。協力する気がないなら、署にしょっぴいていって話を聞こう。そうすれば、おまえの知っていることも全部わかるだろうからな」

モティラルは青ざめた。「殺された？　シヴァの神様！　わたしは人殺しなんかとは関係ありません。全然ありません。しがない革製品の商人にすぎませんってば」

チョプラは店の中をぐるっと見まわした。「ＩＲＳ（内国歳入庁）に来てもらえば、おまえの記憶もはっきりするかもしれないな」

モティラルはますます青白くなった。ムンバイには、殺人に関与していると疑われることより、税務署の強制捜査のほうを怖がるやつらがいるものだ。「もう一度、写真を見せてください……」男は写真をよく見なおすふりをした。「ああ、はいはい、言われてみれば、この若者は最近何度かここに来ましたね。ただの事務員で。つまらないやつですよ」

つまらないやつか……。チョプラは思った。そして突然、激しい怒りが湧き上がってきた。だが、その思いを焦る店主にほんの少しでもぶつける暇もなく、店主の後ろのドアがバンと開いた。

あばたのある頭を剃った背の高い男が入ってきた。半袖のシャツの襟は胸まで開けて、濃い胸毛と金のチェーンを見せている。狭い店内で、その男は巨人のようにみえた。

チョプラはその男の顔を見た。細い目、濃い眉の上の額には皺を寄せている。肉付きのいい鼻の下に厚い唇がのさばっている。がっしりして、筋肉が付いていて、顔つきは凶悪だ。考えるまでもなく、頭に浮かんだのは〝グーンダ〟という言葉だ。つまり、雇われた悪党、ならず者だ。こういうやつらはこれまで大勢見てきた。

男は敵意のこもった目でチョプラを見返してきた。それから、視線をモティラルに移した。モティラルの汗ばんだ手にはまだ写真が握られている。「いったい、何事だ？」

「いや、なんでも、なんでもないです」モティラルの返事は性急に過ぎた。「こちらの警部さんが、ある若者についてお尋ねで」

「若者ってなんのことだ？」

「殺されたんだそうで」

「殺された？　ムンバイでは毎日人が殺されてるぞ。それがここらの商売みたいなもんだ。このムンバイで、殺されたやつの心配を始めた日には、ほかの仕事はなんにもできなくなるな」男はチョプラのほうを向いた。「目撃者を探してるなんて言うんだったら、警部さんよ、そいつは時間の無駄だな。なにしろ、ここはダラヴィだからな。ここでは誰でも、余計なことに口をつっこまないことにしてるんだよ」

「そうです、そうです」歌うようにモティラルが言った。「わたしなんぞは、余計なことに口をつっこまない教の信者ですって。ハ、ハ、ハ！」男にぎろりとにらまれて、モティラルの顔色は黄色くなった。その両目には本物の恐怖があるのにチョプラは気づいた。ここでは誰の立場が上なのか、わかった。それにしても、モティラルはなぜ、こんな悪党といっしょにいるんだろう？　たんに、みかじめ料ってやつを脅し取られているだけだろうか。それとも、もっとなにか大きな話か？　このゴロツキは、偽造品を輸出しているここらの組織から来ているのだろうか？　そういう男たちをチョプラは知っていた。これは悪い兆候だ。

「その若者はマロルで殺された」チョプラは冷静に言った。

「それなら、あんたの管轄外だろうが?」そう言うと、大男はモティラルのほうを向いた。

「おまえに用がある。あんたには関係のないことだ、警部さん」

二人は裏のオフィスに姿を消した。

チョプラは二人を待ちながら、これからどうすべきか考えた。このまま、はったりを通して、あのならず者とモティラルに正面からぶつかるか。だが、チョプラが警察官だと言っても、あいつは動揺したようにはみえなかったし、はったりがばれたら、大変なことになる。もうひとつの方法は、あの悪党がいなくなるまで待って、モティラル一人に対処することだ。仮に店主がなにか役に立つことを知っていたとしても、あの悪党がいるかぎり、なにも聞き出すことはできないだろうとわかっていた。自分の勘に従ってここに来てみたが、勘が毎回報われるのは映画の中だけの話だ。ほとんどの場合、勘はなにも収穫をもたらさずに終わる。

店の使い走りは、チョプラをどう扱ったらいいかわからず、まわりをうろうろしている。明らかに警察官なのだから、用心して扱う必要があると思っているらしい。だが、この警察官は自分の主《あるじ》の心配の種になってもいるようだ。結局、チョプラは店を出ることで、彼の悩みを解決してやることにした。

チョプラは商店街を向こう側に渡って、ガネーシャをつないだ木のほうへ歩いていった。子どもたちはクリケットのゲームを終えて、スラムの中へ姿を消していた。近寄っていくと、象はゆっくりとチョプラの足に寄ってきた。ガネーシャがチョプラを知っている素振りを見せたのはこれが初めてのことで、鼻を伸ばして、チョプラの手に触ってきた。これはうれしい兆候だ。「まだ、帰るんじゃないんだ、ぼうや」チョプラは言った。

二人は待った。まわりでは、いつもと変わらぬダラヴィの生活が続いている。住民たちが商店街を歩いている。自分の用事を足している者もあれば、いろいろ並ぶ皮革製品の店のどれに入ろうかと考えている人たちもいる。ライム水売《すい》りの手押し車がガラガラ音をたてて通りかかった。チョプラは十杯買った。一杯は自分のため、九杯はガネーシャのためだ。ガネーシャは冷たいライム水を鼻で吸い込み、それから、口の中に注ぎこんでいる。小さな象でさえも、この異常な暑さを感じているらしい。

とうとうあきらめそうになったとき、ようやく、あの大男が店から姿を現した。

チョプラが木の陰に隠れて見ていると、男は店の外に停めてあったオートバイにまたがり、キックスターターのペダルを踏んだ。が、何事も起こらない。男は悪態をついて、もう一度踏み込んだ。また、ダメだ。男はバイクを降り、しゃがみ込んで、バイクを調べはじめた。エンジンキャップをはずして、中をいじっている。それから、もう一度、バイクをスタートさせようとした。しかし、まったく応答なしだ。男が腹を立てて強く蹴りつけたので、バイクは横に倒れた。男は大きな声で罵りながら、地面に倒れたバイクをなおも蹴り続けた。

やがて、まっすぐ立つと、空を見上げた。剃り上げた、あばたのある頭の汗を毛深い腕でぬぐった。それから、ジーンズの尻のポケットに手を突っ込むと、なにかを引っ張り出した。帽子だ。軍隊用のベレー帽のような形だが、鮮やかな赤で、光沢のあるベルベット素材でできている。赤いベルベットだ。

チョプラは木の陰で凍りついた。若者が殺された場所のオートバイの轍《わだち》を思い出した。その轍から、乗っていたのは二人らしいとわかったことも。おそらくはサントシュともう一人、もっと体重の重い男だ。大きな男……。ホミ・コントラクターは、サントシュの指の爪から見つかった繊維は赤いベルベットのシャツだろうと推測していた。それは推測にすぎない。シャツだとはかぎらない。

男は帽子を被り、ジーンズの前のポケットに手を突っ込むと、茶色い紙に包んだ物を取り出した。それに触って確かめると、またポケットに戻した。それから、道を歩きはじめた。チョプラとガネーシャは男を追った。

13 アトラス・メガ・モール

あの大男がタクシーに乗らずに歩くことを選んだのは、チョプラにとってありがたいことだった。到着してみれば、目的地は遠くなかった。

ステーション・ロードをてくてく歩いて、シオン・バンドラ・リンク・ロードまで行った。この道はマヒム・クリークという入り江にかかった橋の役割を果たしている。入り江を向こう側まで渡ると、すぐに道からはずれて、入り江の岸に沿って新しく開発されたビジネス地区に入っていった。さらにバンドラ・クルラ・コンプレックスという、グーグルなど巨大な世界的企業の並ぶ一帯まで歩いていった。このあたりでは埋立地が整地され、整備されて、広い道路や巨大な駐車場、超大型店舗の並ぶ、新しいショッピング地区が開発されている。

その新しいショッピング地区の中心にあって、目玉ともいえるのが、アトラス・メガ・モールで、なんでもアジアで最大のショッピングモールだといわれている。売り場面積は九万平方メートルを超え、店舗は千以上もあり、ひとつ屋根の下で「すべてのお客様のために、ショッピング、レジャー、エンターテイメント、ライフスタイル、食のニーズにワンストップで応える」とうたっている。

遠くから見ても壮大な建物だ。一度も中に入ったことのないチョプラは思った。実は彼は近年ムンバイに増えている新しいショッピングモールのどれにも行ってみたことがない。傲慢といえるほどの巨大さ、「ホスピタリティー」と口では言いながら、ベルトコンベヤーに載せられたようなサービスからして、なんだか下品に思われ、自分とは異質なものだと感じるからだ。彼はこれまでずっと贔屓にしてきた小さな店を大事にすることに決めている。しかし、そういう店は新しい巨大企業によってどんどん市場から追い出されていく。

チョプラがいつも頼んでいる仕立て屋のラメシュも、顧客が減っていくと嘆いている。「もう、誰もわたしの作るシャツなど欲しがらないんでしょうよ、警部サーヒブ」と彼は愚痴をこぼす。「今はみんなモールに行って、ヴァン・フセインさんだの、ルース・フィリップスさんだのが作ったシャツを買うんでしょうよ」

チョプラはヴァン・フセインだの、ルース・フィリップスだののシャツはいらない。アップルのアクセサリーだの、レイバンのサングラスだのも使う気はない。この国はまるごとブランド替えしているみたいだとチョプラは思う。彼はこんな光景を思い浮かべてしまう。インド人が列を作って、外国から来た多国籍企業の店員のいるブースの前を過ぎていく。通り過ぎるたびに、着ている伝統的な衣装や、伝統的な価値観をはぎ取られ、新しく着る衣服、新しく考えることを与えられていく。新しいブランドを与えられ、新しい配線に組み替えられ、新しいモデルのインド人になって、家に帰るときには、自分は本当に現代的なインド人に生まれ変わった、なんて素晴らしいことだ、と思っているのだ。だが、チョプラの目に映るものは、彼がずっと誇りを感じてきた素晴らしいインドという国の文化が徐々に死んでいく様子なのだ。

もちろん、ポピーは彼と同じ考えではない。

ポピーは早いうちから、ショッピングモール・マニアになった。明るい照明、けばけばしいディスプレー、派手な色の制服を着て、髪を後ろになでつけた、無頓着な感じの若い男の店員たち、そういったものに彼女はすぐに魅了された。彼らが自分のまわりをうろうろして、この服や、あの服を着たら、きっと映画スターの誰それみたいに見えるだろうなどと言うのを聞いているのが好きなのだ。

モールの入口前は広場になっていて、ライオンの形をした噴水があらゆる方向に盛大に水を噴き出している。色とりどりの三角旗が四十メートルの高さのポールの上ではためいている。モールの正面はステンレスのパネルで覆われていて、反射した眩《まぶ》しい日光が、大理石の階段の上にずらりと列になって並んだ入口ドアをくぐってレミングの群れのようにぞろぞろ歩く買い物客の目をくらませる。

ターゲットの男を見失わずに尾行するのが、ますます難しくなってきた。だが、幸い、男の身長が非常に高いうえに派手な色のベレー帽を被っているので、なんとか見失わずにすんでいる。見ているうちに、男はモールの中に姿を消した。

チョプラはガネーシャを引っ張りながら、緩い階段を急いで上がった。入口ドアのところで、制服を着た警備員に止められた。「サー、この敷地に入ることはできません」

「いったい全体、どうしてダメなんだ？」チョプラは苛立《いらだ》って言い返した。

その質問への答えは一目瞭然だとでもいうように、男の視線はチョプラの後ろへと移動した。

ガネーシャ！　尾行に熱中するあまり、自分が今、体重二百キロほどの象を連れていることをすっかり忘れていた。

チョプラはまわりを見まわした。人々が集まってきた。夢の劇場であるショッピングモールに入ろうとしていた足を止めて、男と象の奇妙なコンビに好奇の視線を投げかけている。ガネーシャがすっとチョプラに身を寄せた。小さな象が不安を感じているのがよくわかった。どう考えても、見知らぬ人ばかりたくさんいる、モールの外にガネーシャを置いていくわけにはいかない。ドクター・ララも言っていたように、象は非常に感受性の強い動物なのだから。人間の小さな子どもが人混みの中に置いていかれたら、どんな気持ちになるだろう。ダメだ、そんなことはできない。

「そこをどけ」チョプラは警備員に言った。「警察の正式な任務中だ」

「困ります、サー」チョプラはガネーシャをひきつれて、警備員の横をすり抜けた。幸い、ドアはとても幅が広かったので、象でもなんなく通ることができた。後ろから、警備員が同僚にぼやく声が聞こえた。そして、トランシーバーのバチバチいう雑音を交えて、応援を要請する声も。

建物の中に入ると、そこには騒音と動きまわる人間があふれていた。隠されたスピーカーから、騒がしいロック・ミュージックが響く。ガラスの壁の中をエレベーターが昇り下りしている。巨大な熱帯魚の水槽もある。水のカーテンが岩のプールに注いでいる。人々もまるで魚の群れのようにあらゆる方向に動きまわっている。十代のグループ、カップル、赤ん坊やお年寄りも交えた大家族もいる。ジャグリングの芸人もいれば、お客の顔に絵を描いてやるフェイスペインティングのアーティストや、体にぴったりした派手な赤い革の衣装を身につけた火吹き芸人までいる。これでは、買い物の場所というより、カーニヴァルじゃないか、とチョプラは思い、ぞっとした。

突然、誰かが腕を引っ張った。見下ろすと、鮮やかな黄色のナイキのTシャツを着て、靴底の縁が赤く光るスニーカーを履いた小さな子どもが生意気な顔つきでチョプラを見上げていた。「この象に乗りたい」

「この象は乗るものじゃない」チョプラは言った。

色違いの派手な赤いナイキのTシャツを着て、パーマをかけてぎとぎとした黒い髪にデザイナー・サングラスを載せた太い男が、チョプラの前に立ちふさがった。「おいおい、頼むよ、息子があんたの象に乗りたいって言ってるじゃないか。いくらだ?」

「この象は乗るものじゃない」チョプラはさっきよりもっと不機嫌な声で繰り返した。

「ふざけるなよ」太った男は大声を出した。「いくら欲しいんだ? 五十ルピーか? 百か? うちの息子は欲しい物はなんだって手に入れるんだ。さあ、いくらだ? 吹っ掛けようなんて思うなよ。俺は観光客じゃないんだからな」

「そこをどけ」チョプラは怒鳴ると、太った男を押しのけて進んだ。

ロビーの真ん中には長いエスカレーターが何本も舞台の主役のように並んでいる。赤い帽子の男がそのうちのひとつに乗って上の階に上がっていくのが見える。

チョプラは真ん中にあるエスカレーターの乗り口まで進んで、足をのせた。すると突然、後ろに引っ張られた。後ろでは、ガネーシャが動く階段なんぞに乗る気はないという意思をはっきり示して、足を踏ん張っていた。

「さあ、ぼうや、来るんだ」チョプラは鎖を引っ張りながら、促した。そして、どんどん上がっていくエスカレーターの段の上でバランスを崩さないように、必死になって後ろ向きのまま段を降り続けた。ガネーシャは一歩も譲らず、すばやく首を振ったかと思うと、えいっとばかりにチョプラをエスカレーターから引きずり下ろした。警部はひっくり返った。ガネーシャは鼻を鳴らして、さらに後退した。

まわりでは、人々の笑い声がする。

「いいぞ、もう一回やれ！」チョプラが立ち上がって服の埃をはたいていると、誰かがゲラゲラ笑った。

「もう一回！」明るいオレンジ色のサリーを着た、ぽっちゃりした女性が言った。「象が転がすところをもう一回やって！」

「われわれは芸人一座の仲間ではない」チョプラは顔をしかめて、文句を言った。それから、ガネーシャのほうにかがむと、その目をまっすぐに見た。「よく聞いてくれ」チョプラは言った。「協力してくれないと困る。怖くないから。怖いことは起きないから。わたしを信じてくれ」

彼はガネーシャの頭をやさしくポンポンとたたくと、前に向きなおって歩きだした……。そして、あっという間に、床に引き倒された。

チョプラは小さな声で悪態をついた。

赤い帽子の男は上の階に姿を消した。ガネーシャをロビーに置いていくわけにはいかない。それは絶対無理だ。尾行をあきらめるしかないのだろうか。

「ほら、これを試してごらん」

チョプラは振り返った。年配の紳士がキャドバリーのデイリーミルク・チョコレートを一本差し出している。

「チョコレートはいりません」チョプラは堅苦しく言った。

「あなたにあげるんじゃないよ」紳士はやさしい笑顔で言った。「わたしが子供の頃、父親がグランド・コイヌール・サーカスで働いていたんだ。象の調教師だったんだよ」

チョプラはチョコレートを受け取り、疑わしげに見た。年配の紳士は励ますようにうなずいた。チョプラは半信半疑ではあったが、チョコレートを一かけら割ると、ガネーシャに差し出した。ガネーシャはチョコレートのにおいをかいでいたが、やがて、鼻でつかむと、口の中に入れた。目をぱちくりさせた。尻尾がピクピク動いた。耳をパタパタ動かした。それから、頭を振って、鼻を伸ばすと、残りのチョコレートを全部取ろうとした。チョプラはチョコをガネーシャから遠ざけながら、エスカレーターまで後退していった。

「さあ、欲しければこっちへおいで」

この方法で、チョプラはガネーシャをなだめすかし、エスカレーターに乗せた。なにしろ、巨大ショッピングモールのエスカレーターだから、この建物内にあるほかのあらゆる物と同様に巨大で、不安そうな赤ちゃん象の一頭くらい簡単に乗せることができるのだ。チョプラとガネーシャがエスカレーターを上がっていくと、その周囲では笑い声が起きた。

上の階に行くと、チョプラはカーブを描いて並ぶ商店や、デザイナー・ブティックの列に沿って進んだ。ベネトン、ナイキ、バーバリー、マークス＆スペンサー、ザ・ボディ・ショップ……。気がつくと、ウインドウの中におしゃれな革のコートを着たマネキン人形が並んでいる店の前にいた。中をのぞくと、あの赤い帽子の男がカウンターに寄りかかって、若くて美人の店員たちとだらだらおしゃべりをしている。チョプラが見ていると、店の奥から仕立てのよいスーツを着た男が現れた。赤い帽子の男はその男を脇に引き寄せると、ジーンズのポケットから包みを出して手渡した。

あの包みがなんだかわかったぞ、とチョプラは思った。現金《キャッシュ》だ。ずっしりと厚い札束だ。チョプラの勘では、これはきっと賄賂の受け渡しだ。だが、なんのために？　二人の男は用事をすませた。赤い帽子の男は最後にもう一度店員に流し目をくれると、店を出た。

チョプラは向きを変えて、後ろの店の中を見ているふりをした。個性的なケーキの店だ。すぐに中から店員が出てきて尋ねた。「サー、なにか特別なことのためのケーキがお入り用ですか？　ご希望なら、どんなケーキでも作れますよ。どんな形のケーキでも。象の形のケーキだって！」

「いや、けっこう」チョプラはうなるように答えた。

14　死んだはずの男

チョプラ警部とガネーシャが赤い帽子の男を追うと、男はショッピングモールから出ていった。正面ロビーを通るのではなく、後ろのドアから出たのだが、そこは駐車場のある広場だった。

赤い帽子の男はタクシー乗り場に向かい、運転手に話しかけた。乗ろうとしたところで、携帯電話が鳴った。男は身振りで待ってくれと運転手に合図すると、電話で話しながら、煙草に火を点けた。チョプラはまわりを見まわした。あまり時間はない。これ以上、この男の尾行を続けるのは不可能だろうか……。いや、方法はある。

それほど遠くないところに、荷台の後部の柵が倒せるようになっている小さなトラックが停めてあって、その傍らに灰色のユニフォームにショートパンツを穿いた痩せた男がぼんやり立っている。トラックの車体の横にはこうあった——アトラス・メガ・モール配送車。

チョプラは配送トラックの運転手のそばに行ってこう言った。「警察の御用だ。きみのトラックを徴用する」

運転手も世間知らずの間抜けではないらしく、すぐに疑いの念を抱いた。「あんたがほんとに警察官なら、なんだって象を連れてるんだ？」

「これは警察の象だ」チョプラは答えた。

「冗談言っちゃ困るよ、サーヒブ」運転手は言い返した。「警察は象なんか使わないでしょ」

「警察犬なら、聞いたことがあるだろう？」チョプラは厳しい声で言った。「これは警察象なんだ」

小型トラックの運転手は興味深げにガネーシャを見なおしている。チョプラはまわりを見まわした。赤い帽子の男はすでに電話を終え、通りかかった若い女の子にいやらしいことを言ったりしながら、のんびりと煙草を吸い終えた。

「よく聞け」チョプラは言った。「この車両は徴用する。協力しなければ、逮捕させることになる。わかったか？」

運転手は青ざめた。「オーケー、オーケー。怒らなくてもいいじゃないすか、警部さん。あとで上司に報告しなくちゃいけませんけどね。ほんのちょっとでも、車に傷をつけたら、首になっちゃうんで。警部さんが行けと言うなら、どこにでも乗せてきますよ」

「後ろの荷台に象を乗せよう」チョプラがそう言うと、運転手は尾板《テールゲート》を下ろした。チョプラはチョコレートの残りを使ってガネーシャをなだめすかしながら、トラックの後ろに乗せた。ぎりぎり間に合った。

追跡していくと、タクシーは郊外区のほうへ向かい、アムベドカール・チョーク（「チョーク」は市のたつ広場）を抜けて、ウェスタン・エクスプレス・ハイウェイに乗った。速度を上げてバンドラ、サンタクルス、ヴァイル・パールを通過し、サハールに戻ってきた。高速を降りて、サハール・ロードに入ると、清涼飲料水〈ゴールド・スポット〉の廃工場の後ろにある古い工業地帯に曲がっていった。

放棄された建物が延々と続くこの一帯は、再開発されて高級住宅地や、国際空港とハイウェイを直接つなぐ高架道路が作られる予定になっていたのだが、その大プロジェクトはだらだらしたお役所仕事と政治家たちの恥知らずな陰謀のせいですっかりいきづまっている。

荒れ果てた工場地帯の中へ入り込んでいったタクシーは、おんぼろの倉庫のような建物の前で停まった。その倉庫の向かいにはもう一棟、同じくらいおんぼろの建物があった。

赤い帽子の男はタクシーを降り、運転手に支払いをすると、倉庫に入っていった。

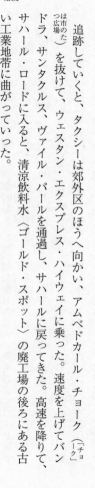

チョプラは、その倉庫のあたりからは見えないはずの角にトラックを停めて待っているよう、運転手に言いつけた。そして、運転手とガネーシャをトラックに残し、自分は小道の角に陣取って、倉庫の正面を監視しはじめた。

もっと近づいても大丈夫だろうと思ったそのとき、近づいてくる車の音が聞こえたので、チョプラはその場で動きを止めた。じっと見ていると、窓の黒い、大きな白いメルセデスが轍のある道を弾みながら走ってきた。

メルセデスは倉庫の前に停まり、エンジンを止めないまま、じっとしている。しばらくすると、赤い帽子の男が同じように粗暴な感じの二人の男をひきつれて倉庫から出てきた。染みひとつない白い制服の運転手がメルセデスから飛び降りると、後ろのドアを開けた。男が現れた。パリッとした白いスーツを着て、サングラスをかけている。背が高く、肌は小麦色で、黒い髪を短く刈っている。その顔の特徴になっているのは長い顎で、その顎の一部は短い顎ひげに覆われている。男は前に歩きだした。ステッキを使っている。右の足が不自由らしく、引きずって歩いている。男はサングラスをはずして、空を見上げた。チョプラは凍りついた。

あの顔は！　知っている顔だ！　もうこの世に存在しているはずのない顔、チョプラの宿敵、カラ・ナヤックという名で知られていた暗黒街の帝王の顔……。チョプラが九年前に殺した男の顔だ。

ポピーはお菓子を作っていた。本人が真っ先に認めるところだが、彼女はこういう焼き菓子を作るのは得意ではない。それでも、お菓子作りが好きなのは、作っている間にものを考えることができるからだ。心配事があるときは特にお菓子作りがいい。

そして今、ポピーはまさにこれまでの人生になかったほどの心配事を抱えている。

彼女がバンドラにあるキランの豪邸で、キランと話していたときに浮かんだ考えは、これまでにずいぶん大きく膨れ上がっていた。その考えをもう一度検討しながら、小麦粉ミックスをかき混ぜ、かき混ぜ、かき混ぜているうちに、腕がすっかりだるくなってしまった。

子どもがいたら！　もしも、自分の子どもがいたら！　それこそまさにポピーがずっと、世界の何ものにもまして望んできたことだ。そして、今、そのチャンスが自分の懐に転がりこんできたのだ。

だが、そんなことができるだろうか！　そんなことが本当にうまくいくだろうか？

その考えをキランに話したとき、そしてその後でキランの娘のプラタナに話したとき、ポピーは不安で息が止まりそうだった。賛成してくれるはずはない、そう思った。

だが、それは筋の通った考えではあるのだ。今、目の前にある事実を考えるなら。キランの娘は未婚なのに妊娠している。中絶をするのは嫌だが、自分で育てる気もない。だから、赤ん坊は養子に出されることになる。ポピーには子どもがいないし、きっとこれからもできないだろう……。それなら、ポピーがキランの娘の赤ん坊の母親になっていけないことがあるだろうか？

そうしたほうが、貧しい孤児院で他人に育ててもらうよりずっといいのではないか？それに、なんといっても、ポピーは赤ん坊の大おばなのだ。家族の名誉を救ってくれる計画にキランは飛びついた。キランの娘は母親に説得されて、気が咎めてはいるようだが、間違いなく現実的な助けであるこの解決策に同意した。

問題は、そう、チョプラだ。

ポピーの夫は養子を迎えることには賛成でないと態度を明らかにしていた。理由はわからないが、どんなことであれ、一度考えを決めたら、変えることのない人だということはポピーにもよくわかっていた。もし、キランの孫を養子にすることを夫に話したりしたら、自分の計画はすっかり駄目になってしまう。なぜって、ポピーは自分が妊娠していることにしようと考えているからだ。

これからの九カ月間、妊娠している芝居をする。そして、赤ん坊が生まれたら、自分が産んだと言ってみんなに見せるのだ。

最初はとんでもない考えだと思った。考えてみるたびに、胸の中で心臓が飛び跳ねた。だが、落ち着いて考えてみると、実は見かけほどとんでもない考えではないという気がしてきたのだ。

チョプラは刑事だ。だが、こういう問題になると、男というものは無知だと決まっている。少し体重を増やして、朝には吐き気がするふりをしたり、ときどき不機嫌になったりしてみせれば、きっと妊娠していると信じるだろう。なんといっても、インドは欧米とは違う。欧米では、女性だけの経験であるべき、どんなことにでも、男性たちが関わっているらしく、出産にも立ち会ったりするらしい。そんなことをするのは、男性にとっても、女性にとっても、品のないことだとポピーには思われるのだが。

母親を騙すのは難しいかもしれない。だが、母のプルニマなら、なんとかできる。必要となれば、母親は文句を言いながらも、共犯者になってくれるだろう。なにしろ、娘に子どもができないことで文句ばかり言っていたのは彼女なのだから。

お産については、病院で産むのは嫌だ、昔ながらの優秀な産婆さんのところでないと嫌だと言い張ろう。予定日直前の三週間ほどは、いとこであり、親友でもあるキランに付き添ってもらいたいと言う。キランはすでに、〝病気〟から回復しつつある娘の面倒をみるために、ムンバイから遠くない海辺の街スィルヴァーサの小さな別荘に移っているはずだ。早産赤ん坊は予定日だとみんなに言っておいたよりも三週間は早く生まれているだろう。

だということにする。そして、ついに、ポピーは母親になるのだ。

ポピーはこの頃、夫との関係がうまくいかなくなったと感じているのだが、母親になることで、それも解決できるのではないだろうか。

ポピーは夫を心から愛している。だが、心臓発作を起こしてから、夫は心ここにあらずといった感じだし、ときには、夫との間に距離を感じることさえある。それも、彼の人生に起きた激動を考えれば、当然のことなのかもしれない。だが、夫の行動にはなにか別の変化もあるようで、ポピーにはそれが理解できないのだ。

たとえば、ここ何カ月かの間、謎めいた電話がかかってくる。その電話がかかってくるたびに、チョプラはたとえ夕食の真っ最中であっても、ちょっと失礼すると言って、書斎にこもってしまう。ポピーが質問しても、「警察の仕事だ」で片づけられてしまう。だが、家にまでしょっちゅう電話がかかってくるような、そして、なにか秘密にしなければならないような、そんな警察の仕事はこれまではなかったはずだ。

ポピーは心配でならない。そして、その心配の解決策がプラタナの赤ん坊によってもたらされたという気がしている。

ポピーは手を休めて、壁にかけられた、花輪を飾った額の写真を見上げた。彼女の父とチョプラの父が並んで写っている写真だ。「わたしは正しいことをしようとしているでしょうか?」――彼女は、もうずっと前にこの世を去った、尊敬すべき二人の紳士にそう尋ねた。

しばらくすると、彼女はまた泡だて器を動かしはじめた。

ナレンドラ・〝黒い《カラ》〟・ナヤックは一九九〇年代前半にムンバイの暗黒街を支配した犯罪者の一人だ。その頃のギャングたちは警察など怖いとは思っていなかったらしく、おおっぴらに悪事を働いていた。セレブが脅されて金を払うのを拒絶したために街で撃たれたこともあったし、不正な取引がこじれて各地の政治家たちが殺されたこともあった。

ムンバイの暗黒街の基準で言えば、カラ・ナヤックは起業家だった。最初にハシッシュから卒業して、まずはコカイン、後にはエクスタシー、アシッド、バタフライなどのデザイナー・ドラッグの大規模な輸入に手をつけて、郊外のおしゃれな街で遊ぶ流行に敏感な若者たちという急成長する新しい市場に供給するようになった。乞食や、ヒジュラー（「第三の性」とされる両性具有者やトランスジェンダーから成るコミュニティーの人）たち、社会の底辺から採用した者たちを集めて、急速に売人のネットワークを築き上げた。そして、信じられないくらいの金持ちになった。ほとんど一夜のうちに。

だが、それほどの金を持っていれば当然、人目をひく。ナヤックが四方八方の敵と戦わなくてはならなくなるまでにそれほど時間はかからなかった。警察、ライバルのギャングたち、毎月の賄賂の支払いに満足できない悪徳政治家たち、それに自分の組織内の部下の中にも野心的な者たちがいた。

ナヤックは古い秩序をひっくり返した。古い秩序というのは、恐喝、ギャンブル、売春、密輸など昔ながらのシノギから利益を得て、横暴な手段で地元の縄張りを支配している親分たちのことだ。ナヤックは大胆に新しい事業に進出した。不動産、映画製作、湾岸貿易などで、どの商売もナヤックの金庫に金を流し込むようになっていた。ナヤックは大胆不敵で、ほかのギャングのボスたちとの縄張りの交渉にも応じる気がなかったから、ムンバイで力をもつほとんどすべての人間を怒らせた。敵の数があまりにも多くなって、しまいには敵の敵までもが彼の敵になった。

それでも、まったく気にする様子もなく、ナヤックはさらに組織を広げ、不正に得た利益をばら撒《ま》いた。金で思いどおりにできない場合は暴力に及んだ。一九九〇年代半ばには凶悪犯罪者リストのトップになり、ムンバイでも、全国でも、真の脅威だと考えられるようになっていた。

こうして、カラ・ナヤックを逮捕するために、ムンバイ全市の警察から成る特別捜査チームが結成された。彼の拠点はサハール地区とマロル地区にもあったから、チョプラはこの特別捜査チームに配置された。チームはある事件の捜査を進め、逮捕状が発行された。しかし、ナヤックは急いで地下に潜ってしまった。それでも、まだムンバイ市内にいるという噂だったので、捜索が続けられた。

ある晩、チョプラが警察署で残業していると、ヒジュラーのアナルカリが会いに来た。ナヤックに関する情報をもってきたのだ。

チョプラは長年ここで働くうちに、このあたりで起きていることでアナルカリが知らないことはめったにないことに気づいていた。アナルカリは紫色のサリーを着た、身長百八十センチの筋肉質のトランスジェンダーで、頭がよくて思いやりがあり、自分の置かれた境遇の中で精一杯生きていた。ほかの多くのヒジュラーがそうであるように、アナルカリも軽犯罪に関わって暮らしている。だが、チョプラは、ときおり役に立つ情報を提供してもらうかわりに見て見ぬふりをしてやることにしている。

チョプラがこういう妥協をすることはめったにない。こういうことで妥協をするべきではないというのが彼の信念だからだ。

それでも、彼にはもうひとつ、この幻想的な大都市に初めて足を踏み入れて以来、ずっと心に抱いてきた別の信念もある。その信念とは、アナルカリがそういう生活をしていることは、ほかの何百万人という、ムンバイの社会の底辺に生きる人々と同様に、生まれながらの絶望的な貧困のせいに過ぎないというものだ。もう何年も前のことになるが、アナルカリは空港行きの高架道路の下に住んでいて、酔っ払った男たちに暴行され、さらに死ぬほど殴られて倒れていたところをチョプラに助けられた。チョプラは彼女を病院に連れていき、嫌がる医者と口論し、治療費も払ってやった。

アナルカリの情報を得て、その晩、チョプラとサハール署の警察官のチームは、〝MIDC－SEEPZ〟と呼ばれる地区の真ん中にある古い衣料品倉庫の周辺で張りこみを開始した。〝MIDC－SEEPZ〟とは、〝マハーラーシュトラ工業開発会社サンタクルス電子輸出加工区〟の略称だ。この地区には小規模な企業が集中していた。また、年を追うにつれて、現金集約型の宝飾品産業が優勢になったため、犯罪行為の温床になってきていた。チョプラと部下たちもこの活気のある一帯には以前にも来たことがあった。

張りこみを開始して一時間、倉庫の窓のうちのひとつに誰かの顔が現れた。カラ・ナヤックだ！

チョプラは時間を無駄にしなかった。チームを率いて、その建物に総力をあげて突撃した。すぐにナヤックの手下たちと長く激しい戦いに突入した。銃撃戦はその倉庫の四階全体で繰り広げられたが、突然、どこからともなく火の手が上がった。警察官たちは退却して、建物が燃え落ちるのを見守った。

やがて、焼け跡を徹底的に調べると、焼け焦げた大勢の遺体を発見した。その中には、ナヤックのものとして知られていた宝飾品を身につけた遺体もあった。

事件は終了し、チョプラ警部はそれによってキルティ・チャクラ勲章を授与された。

やがて、ほかのギャングたちがナヤックの後釜にすわるようになったものの、チョプラ自身は、カラ・ナヤックを追い払ったことにおおいに満足していた。それは、ナヤックがチョプラが住む地域に犯罪を増やした張本人であったからというだけではない。サハール署の同僚であり、チョプラの親友でもあったペレイラ警部補の死をもたらした人間であったからだ。ペレイラ警部補はナヤックの死の二年前に彼の手下によって撃たれて死んでいた。チョプラとペレイラは警察学校をいっしょに卒業した。ペレイラは妻と十代の二人の子どもを残して死んだ。

チョプラはカラ・ナヤックと思われた男が倉庫に入っていくのを見ていた。今すぐに獲物に飛びかかりたいという衝動に突き動かされていたが、なんとか、我慢した。

何分かの時が流れた。チョプラの額に玉のような汗が浮かび、背中にも汗が流れていた。ガネーシャがトラックの荷台の上で行ったり来たりしている音が聞こえた。トラックの運転手がチョプラの後ろに近づいてきてマッチを擦る音が聞こえ、強いビディ煙草のにおいがしてきた。

チョプラは腕時計を見た。十五分たった。

もうこれ以上待てないと思ったとき、ナヤックが再び姿を現した。その後に赤い帽子の男が続いている。

二人は短く言葉を交わし、ナヤックはすぐにメルセデスに乗り込んだ。車は埃を巻き上げて去った。赤い帽子の男は倉庫からオートバイを引き出してきて乗った。

チョプラはトラックのほうを振り返った。そして、「さあ、行くぞ！」と運転手に言った。しかし、運転手は前の右のタイヤのそばにしゃがみ込んでいる。

「すみませんね、サーヒブ。もう、どこにも行けませんよ」運転手は申し訳なさそうに言った。「パンクです」

見下ろすと、タイヤはぺちゃんこになっている。チョプラは小声で悪態をつくと、角まで小走りで戻った。メルセデスはすでに姿を消していた。

しまった！　チョプラは車のナンバーすら記憶しておかなかった。警察で部下がこんなミスをしたら、きつく叱っていただろう。それなのに、ナヤックが現れたという事実にすっかり動揺して、まともにものを考えることさえできなかったのだ。もう、これ以上できることはなにもない。今はなにも。だが、少なくとも、この倉庫の場所は突き止めた。ナヤックがそれをなにに使っているのかはわからないが。

チョプラには今、考える時間が必要だった。

15　待望の雨

チョプラ警部は夢を見ていた。夢の中で彼はショッピングモールの中にいた。そのモールはあまりにも大きくて、世界全体がモールになっているらしい。モールの内部は明るい。壁も、床も、天井も、真珠のような白っぽい灯りで輝いている。

モールの中を歩きまわっていると、信じられないようなお買い得品を売ろうと大勢の人がチョプラに飛びついてくる。「サー、ぴかぴかの新しい魂はいかがでしょう？　お店のポイントカードをお持ちなら、一〇％オフですよ！」

チョプラは長いカウンターのところにやってきた。カウンターの遠い向こう端に、一人の男の輪郭が小さく見える。チョプラはその男のほうに歩きはじめるが、たどり着くには永遠のように長い時間がかかりそうだ。

やっとのことで、その男のところまでたどり着いた。その男は彼のほうに背を向けている。男の向いている側には縦方向にどこまでも続いている棚があって、その棚には光り輝く、あらゆる形、大きさ、色の、区別のつきにくいパッケージがぎっしりと置かれている。

男は白い服を着ているが、髪の色は黒い。「すみません」とチョプラは話しかけた。「わたしはいったいどこにいるんでしょう?」

男は振り返った。なんとそれはカラ・ナヤックだった。ナヤックはにんまりと笑った。すると、彼の体の輪郭が炎に包まれた。しかし、燃えてしまうことはない。火の真ん中でにやにや笑いながら、まるで導師《マハリシ》様かなにかのように厳《おごそ》かに言った。「知らなかったのか? 俺は神になったんだ。新しいインドの神だ。おまえは俺を殺すことはできない。何者も俺を殺すことはできないんだ」

チョプラは目を覚ました。胸の中で心臓がハンマーを打つようにガンガンいっている。一瞬、また心臓発作が起きたのかと思った。それから、なにか打ちつけるような音がしているのは自分の心臓ではないと気がついた。寝室の窓に雨が激しく打ちつけているのだ。エアコンの騒音もかき消すほどに大きな音だ。

雨だ!　長いあいだ待ちわびていた雨季《モンスーン》がついにやってきた!　チョプラは安堵《あんど》感に包まれた。彼は田舎の農園で育った。今ではすっかり都会人になっているものの、農地の生物の心が今でも彼の中にはあって、年に一度の大水を待ち焦がれている。このような古代から続く原始のリズムとのつながり、つまり、種まき、洪水、収穫のサイクル、インド亜大陸の生命のサイクルは、きっとすべてのインド人の中にあるに違いないとチョプラは思う。

彼は起き上がって、リビングルームへ行った。リビングでは、雨がますます激しく窓に打ちつけている。こうなると雨とはいえないな、とチョプラは思う。これではまるで上から縦に押し寄せる洪水だ！

水の膜が窓ガラスを流れ落ちていく。素晴らしい、命を与えてくれる奔流が長すぎた夏の熱気と湿気を吹き飛ばしてくれる。

水を見ているうちに喉が渇いたので、冷蔵庫からオレンジジュースを出してグラスに注いだ。

チョプラは今日の特別な一日に思いをはせた。足の筋肉が痛む。なにしろ、あれほど歩いたのだから！　こんなに歩いたことは、もう何年もなかった。そして、一日中、いろいろなことが次々に明らかになって、驚き、ショックを受けた。なかでも最高にショックだったのは、信じられないことに、カラ・ナヤックが生きている可能性があるということだ。

真夜中になった今、チョプラは自分の目は確かだったのだろうかと考えていた。これまで自分を疑ったことなど一度もないが、それにしても……。あれは本当に、カラ・ナヤックだったのだろうか？　本当にあの警察の手入れをナヤックが生き延びていたのだとしたら、今日までの間に街の情報源のネットワークから情報が入らないはずはない。それに、いったい全体、どうやって生き延びたというのだろうか。それなら、警察が発見したナヤックの指輪やゴールドのチェーンを身につけた死体は誰のものだったのか？　その死体はあまりにもひどく焼けていたので、身元を明らかにすることはできなかったのだが。いや、身元がわからないくらい焼けていたのは、ナヤックにとって都合のいいことだったのか？　今になって、チョプラはそれを考えた。

そして、もし、今日見た男がナヤックだとしたら、やつは殺されたマロルの若者といったいどういう関係があるのか？　それとも、ナヤックと若者にはまったく関係がないのか？　二人を結びつけるものがなにかあるだろうか？　名刺？　赤いベレー帽？　自分はまるでよくあるボリウッドの安物映画のように、穴だらけの証拠を無理やり結びつけようとしているだけなのか？

チョプラは首を振ると、窓に歩み寄った。窓の一枚は換気のために少し開けたままにしてある。彼はそこから外をのぞいた。あまりにも激しい雨で、ほとんどなにも見えない。下を見ると……。変だな。十五階下の地面が動いているようにみえる。窓にもっと近づいてよく見た。いや、動いているんじゃない。渦を巻いている！

水位はどんどん上がっており、警備員室に向かって不規則な下りの傾斜のあるアパートメントの敷地の裏側は水没し、浅いプールと化している。かわいそうなバハドゥール、とチョプラは思った。もう、警備員室にはいられなくなって、地階の階段の上で震えながら、いつになったら、警備員室に戻れるだろうと考えているに違いない……。

チョプラは凍りついた。まさか！　もちろん、ババドゥールはちゃんと……？

チョプラは部屋の中を走り、アンティークのサイドボードの上にオレンジジュースのグラスを叩きつけて、少しこぼし、表のドアから飛び出した。そして、ショーツに袖なしの下着という恰好《かっこう》のままで、エレベーターに突進した。

エレベーターは故障していた。

彼は悪態をつきながら、階段へ向かった。十五階分の階段！　チョプラはちゃんと体を鍛えていることを自慢にしているから、それが大変なことだとはこれまで一度も思ったことがなかったが、今回ばかりは永遠のように長く感じられた。

チョプラは息を切らし、あえぎながら、地階に到達した。今や、心臓は本当にドキドキしている。これは危険なことだ。

ババドゥールは地階の階段の上で壁に寄りかかり、まるで催眠術にかけられたかのように、水位を増す水の流れを呆然《ぼうぜん》と見つめている。水は真っ黒で、すでに階段の四段目まで達している。「ババドゥール！」チョプラはあえいだ。「ガネーシャはどこだ？」

ババドゥールはなんのことかわからぬといった顔でチョプラを見返した。それが答えだった。「馬鹿者！」チョプラは怒鳴った。見下ろすと、水は今や五段目に達し、どんどん上昇している。つまり、約六十センチだ。さらに裏庭の下りの傾斜の分が六十センチある。一メートル二十センチ……。ガネーシャの身長はどれくらいだったか？　一メートルくらいではないか？　それとも、一メートル二十センチくらいか？

もう時間がないとチョプラは思った。

「鎖の鍵を寄こせ」

バハドゥールはぶるっと震えて我に返り、ズボンのポケットを探った。顔が青ざめた。

「サーヒブ、鍵は警備員室に置いてきました」

チョプラは罵り声をあげた。そして、正面に向きなおると、躊躇せず、水の中に足を踏み出した。

彼が建物の玄関から出たときには、水の深さは脚の付け根あたりだった。水が体のまわりで渦を巻いているので、しっかり立っているのも難しい。前方の視界は一メートルもない。

象は水の中にいて、どれくらいの間、呼吸ができるのだろう？

チョプラはなんとか、建物の裏庭まで進んだ。突然、傾斜が急にきつくなったので、滑ってよろめき、水の中へつんのめった。あえぎながら、両腕を振りまわして派手に水しぶきを上げ、なんとか立ち上がった。水はもう胸のあたりまで来ている。チョプラはパニックを起こし、全身の筋肉がちゃんと動かなくなった。今まで無理をして気づかないふりをしていた事実を否応《いやおう》なく認めざるをえなくなった。チョプラは泳げないのだ。

自分のアパートメントの裏庭で溺死するなんて、ありうることなのだろうか？

チョプラは大きく息を吸い、前方に体を沈めた。頭の上で、ビーム・シンとバハドゥールが裏庭に吊り下げた青い灯籠《ランタン》が光を投げかけ、うねる水の流れを怪しい光で照らしている。突然、奇妙な物が彼の目に入った。どう見たって、尻尾でバランスをとりながら水の中を動く蛇のようだ。蛇はまるでなにかを探しているように、あるいはダンスでも踊っているように、右、左と動き続けている。

いや、蛇ではない、とチョプラは気づいた。ガネーシャだ。鼻が水面の上に出ているということは、小さな象はまだ生きているということだ。

そう思った途端、麻痺《まひ》状態になっていたチョプラは体を動かすことができた。次の瞬間、頭に浮かんだのは、ハーパル・シン博士のこの言葉だ。「一般に考えられているのとは反対に、ゾウは非常に泳ぎがうまい。体が大きいので、素晴らしい浮力を得ることができるし、筋肉の発達した足で長距離でも簡単に泳ぐことができる」この考えに勇気づけられて、チョプラは流れに逆らい、力強い腕でしっかり水をかきながら、前進した。水は今、脇の下まで来ている。

チョプラは警備員室にたどり着き、水をかき分けて中へと進んだ。バハドゥールはガネーシャの鍵をドアを入ってすぐの壁の釘《くぎ》にかけておいたはずだ。チョプラは急いで鍵を捜した。ない。チクショウ！　だが、バハドゥールは鍵を持って出たわけではない……。とすると、可能性はひとつだけだ。チョプラは大きく息を吸うと、水に潜った。水の中でしゃがんで、壁の下の床を手探りした。なにもない。彼は向きを変えると、壁の下を反対側に向かって進んだ。手がなにかに当たった。冷たい金属製のなにかに。鍵だ！

チョプラはぜいぜいあえぎながら、水面の上に躍《おど》り出た。それから、水をかき分けて警備員室の外に出ると、ガネーシャがつながれている金属のポールのほうへ進んだ。象の鼻が伸びてきて、彼の顔に触った。そして彼の首に巻きつこうとしたが、チョプラはそれを押しのけると、また、大きく息を吸って、水の中に飛び込んだ。両手が鎖を捜しあてた。鎖はピンと伸びきっていた。ガネーシャが逃げようと頑張ったのだろう。だが、鎖を切るだけの力はなかったのだ。チョプラは手探りして南京錠を捜した。目に見えないままで鍵を差し込もうとして、なかなかうまくいかず、貴重な数秒が失われた。それでも、ついに開けることができた。錠は水の中に落ち、ガネーシャはこっちに向かって浮き上がった。

今はもう首の高さまで来ている水の中を、チョプラは必死で進んだ。つま先立ちになり、水を跳ね上げ、滑りながら、アパートメントの入口にたどり着いた。

チョプラはあえぎ、震えながら、ガネーシャを鎖で引っ張り、アパートメントの地階の入口の段に這い上がった。

しばらくの間、彼はそのままそこに横たわっていた。自分の心臓の不安定な鼓動と水面に打ちつける雨の音を聞きながら。心配げなバハドゥールの顔が自分の顔の上のほうで行ったり来たりしているのは見えたが、彼が言っていることはなにひとつ聞こえなかった。まるで誰かが耳に綿でも詰め込んだように、羊膜に包まれたかのような静けさに包まれていた。チョプラは首を回してみた。傍らで、ガネーシャが壁に寄りかかり、足を投げ出してすわり込んでいた。ガネーシャは目をつぶり、鼻は顔の下できっちりと丸められていた。体が震えている。恐怖のせいか、寒さのせいか、チョプラにはどちらともわからなかった。

しばらくして、彼はよろめきながら、立ち上がった。「おいで、ぼうや」チョプラは言った。「暖まらないと」バハドゥールはなにか文句を言いそうにしたが、すぐに考えを変えたらしかった。

チョプラはガネーシャを連れて、エレベーターのほうに歩いた。ありがたいことに、エレベーターはちゃんと動いていた。このアパートメントのエレベーターがこれほど大きいサイズなのも、本当にありがたいことだ。

チョプラとガネーシャは十五階まで上がった。玄関ドアを開けて、ガネーシャを中に入れた。象はドア枠につかえてしまった。先ほどの怠慢を許してもらえるかもしれないチャンスだと思ったのか、バハドゥールが肩を子象のお尻にあてて押した。ガネーシャはぐんと前に進むと、ドア枠の右側のかけらといっしょにアパートメントに飛び込んだ。

「こっちだ、ぼうや」チョプラは言った。ガネーシャはリビングルームの真ん中にのびている。ソファーの前の、ポピーのお気に入りの模造ペルシャ絨毯《じゅうたん》の上で。

チョプラはソファーの上に倒れ込んだ。精も根も尽き果てていた。目の前が暗くなった。

次の瞬間には、人間も象もすっかり眠りこんでいた。

16 象の飼育は絶対禁止

次の朝、目を覚ましたポピーは、自分の家に象が引っ越してきたことを知った。

「でも、そんなの絶対に変よ」と彼女は夫を叱った。アパートメントの敷地内に象を置いておくために戦ったポピーだったが、自分の家のリビングの真ん中のお気に入りの絨毯の上にまるで彫刻かなにかのように野生動物が居座っているとなると、話は別である。

「頭がどうかしてるんじゃないの？」ポピーの母親は言った。彼女はその朝、リビングルームに入っていって、象につまずき、びっくり仰天したのである。「頭が変、まったく頭が変よ」もちろん、この言葉は彼女の娘婿のチョプラに向けられたものである。娘の婿が、昔、求婚してきた大地主のジャギルダール・モハン・ヴィシュワナス・デシュムクでないことが、彼女はずっと悔しくてならないのだ。

このような大騒ぎの元凶は、昨晩あれほど興奮する経験をしたにもかかわらず、あいかわらずの様子で、ポピーの一番暖かいキルトにくるまって、床の上に丸くなっている。小さな象はときおり身震いしたり、鼻をくすくすいわせてから、大きなくしゃみを部屋にまき散らしたりしている。そのまわりには、まるで子どものパーティーの後かなにかのように、デイリーミルク・チョコレートバーの包み紙が吹き溜まりになっている。

チョプラは妻と姑に向かってしかめ面で言った。「この象を守ることは、あなた方を守るのと同様にわたしの責任だ。この象が幸せでいるために二、三日ここにいることが必要であれば、そうするだけだ。この件については、これで話は終わり」チョプラは不機嫌にそう言うと、書斎に引きこもった。

朝早く、チョプラはバハドゥールを使いに出して、道路の向かい側の小さな食料品店からチョコレートを買ってこさせたのだ。バハドゥールはチョコレートを持ち帰っただけでなく、息せき切ってムンバイの街で起きていることをチョプラに報告した。

集中豪雨のせいで、ムンバイのあちこちで洪水が起きていた。遅れてやってきたモンスーンの雨があまりにも激しかったので、あちこちで鉄砲水が発生し、百人を超える人の命を奪った。まるで忘れられた戦争によって空から降ってきた死人のように、通りには膨れ上がった死体が横たわっている。車が交差点や、道路の真ん中で置き去りにされている。車のなかには、運転席にあの世を見つめているかのような虚ろな表情で死体がすわっている車もある。水位があまりにも急速に上がったので、水に飲み込まれる前にシートベルトを外す暇もなかったのだ。ムンバイ全市がショック状態だった。ショッピングモールも、コールセンターも、ガラスの壁のオフィスビルも、おしゃれなレストランも、奇妙な静けさに覆われていた。人々が知るかぎり、初めてのことだが、ムンバイは完全に停止していた。当局の反応は遅かった。後に甚《はなは》だしく無能であると非難されたが、そのような非難は厳しすぎるとして免責されてしまった。とにかく、ムンバイがこれほど甚大な洪水の被害を受けるのは滅多にないことだった。

窓のはるか下の裏庭では、照りつける太陽がすでにコンクリートを乾燥させていた。バハドゥールが裏庭の真ん中に自分の簡易ベッドを引っ張り出して乾かしている。簡易ベッドから盛大に蒸気が出ていることからも、前の晩の雨がどれほど酷《ひど》かったかがわかる。チョプラのところには友だちが何人も電話してきた。雨の話をしたがっているのだ。だが、チョプラ自身は友人たちほどには雨の話に興味をひかれなかった。彼の心は前の日に起きた出来事でいっぱいだった。すなわち、カラ・ナヤックと赤い帽子の男だ。

最初はよほどのこと、警察の元同僚たちに連絡しようかと思った。特に、犯罪捜査課《ディテクション・オブ・クライム・ブランチ》（DCB）のアミット・ゴシュだ。ムンバイの組織犯罪と戦うことがDCBの任務だ。マスコミはDCBを「ムンバイ遭遇戦部隊《エンカウンター・スクウオッド》」などと呼んでいる。銃撃戦になると、ギャングたちを容赦なく射殺するという意味だ（「エンカウンター」とは、正当防衛を理由に警察官が容疑者を射殺すること）。カラ・ナヤックが再び現れたという噂があるかどうか、ゴシュに聞いてもいいかもしれない。だが、そんなことを尋ねれば、どうしてそんな質問をするのかと聞かれてしまう。元の同僚たちの間で笑いものになるのは絶対に嫌だ。どんな会話になるかはわかりきったことだ。

「カラ・ナヤックを見たって言うのか?」

「そうだ」

「九年前にやつの死体が見つかって、火葬されたことはわかってるな?」

「わかってる」

「そいつがナヤックだって証言できる者はほかにいるのか?」

「いない」

「なにか物的証拠は手に入れたか? たとえば、写真とか」

「いや」

「車の番号は控えたのか?」

「いや」

彼らが視線を交わす様子が目に見えるようだ。彼らがどんなことを考えるかもわかる。

「チョプラはいい警察官だった。誠実で、任務に忠実で。定年前に退職したやつにはありがちなことだが、新しい境遇に慣れなくて苦しんでるんだろうな。みんなに注目されたいんだろう。まだ、警察に関わっていたいんだろう……」

嫌だ。元同僚たちにそんなふうに思われるのは耐えられない。そんなことになったら、これまでの人生でやり遂げたことが、すべて駄目になってしまう。自分がこれまで立派な警察官だったことは忘れられ、カラ・ナヤックの亡霊にとりつかれた哀れな男だと思われてしまう。


もうすぐ昼食という時間に表のドアを強く叩く者がいる。チョプラがドアを開けると、ミセス・スブラマニウムが目の前に立ちふさがっており、その後ろからバハドゥールが心配そうに顔をのぞかせている。

「チョプラさん」ミセス・スブラマニウムがきつい声で言った。「実に憂慮すべき話を聞きました。あなたは裏庭に無理やり象を置かせていましたね。それはもちろん、このアパートメントの規則に違反しているわけですがね。その象を今度は居住スペースに持ち込んだというではありませんか。それどころか、その動物は今、あなたの家の中にいるんですって？」彼女の声にはチョプラに対する不信感がにじみ出ていた。

「まったく、お聞きになったとおりです」チョプラは静かに言った。これが初めてのことではないが、チョプラはミセス・スブラマニウムの短い髪ときつい態度を見ると、インディラ・ガンディーを思い出す。

チョプラは若い頃、ミセス・ガンディーをおおいに尊敬していた。しかし、一九七一年の選挙で選挙違反の有罪判決を受けたガンディーは辞任を拒否し、そのかわりに大統領令を出させて反対派を逮捕し、非常事態宣言（一九七五年〜七七年）を発令した。それは暗黒の時代であり、中央政府の立場を守ることが使命となった警察は異常に強い権限を与えられて、多くの一般市民を勾留し、夜間外出禁止令の徹底に努めた。警察官の中には、新しく与えられた権限を享受して、恐ろしい不正行為を犯した者がたくさんいたことをチョプラは知っている。そんなことをしても許されると彼らは知っていたのだ。この時期、まだ若かったチョプラ自身も自分の理想を汚していると感じることが何度もあった。彼はあの時代を忘れたことがないし、ミセス・ガンディーを許すこともできない。

ミセス・スブラマニウムは、怒鳴り散らすのではないかというチョプラの予想に反して、唇を引き結んでから、こう言った。「そこをどいてくださいな」

チョプラは反射的に横にずれて道を譲った。

ミセス・スブラマニウムはチョプラのアパートメントに乗り込んだ。そして、ガネーシャが目に入ると急停止した。体はキルトにすっぽりくるまれているので、その上から象の頭だけが見える。ミセス・スブラマニウムは子象の前に立って見下ろした。ガネーシャは老婦人の否定的な目つきに真っ向から対決しようというように、しっかり頭を上げて見返した。

「チョプラさん、こんなこと、絶対に許せませんよ」とうとう、ミセス・スブラマニウムは言った。「絶対ダメです。この建物の規則にいくつ違反しているか、数え切れないくらいです」

「どうぞ、この人に言ってやってくださいな」ミセス・スブラマニウムの肩越しに突如、プルニマ・デヴィが顔を出して言った。「わたしたちの言うことなんか、聞きもしないんですから。この動物は今朝、わたしを踏み殺しかけたんですよ！」

「ミセス・スブラマニウム、この象は昨日溺れ死にそうになったんです」チョプラは姑を無視して言った。「水のあふれている裏庭に置いておくわけにはいかないから、ここに連れてきたんです」

「これは動物じゃありませんか」ミセス・スブラマニウムはきつい声で言った。「口もきけない動物です。雨の中で死ぬのが運命なら、それでいいじゃありませんか。象のいるべき所はわたしの建物の中ではありません」

「いいえ、ミセス・スブラマニウム。そんなのダメです！　ここにいさせます！」寝室からポピーが現れた。目を細め、腕を組み、宿敵ミセス・スブラマニウムをにらみつけている。「この象は生きていて息をしている動物です。しかも、ガネーシャ神の化身です。このかわいそうな赤ちゃん象は昨夜死にそうになったんですよ。今もとても、とても具合が悪いんです。わたしの家ではこの子を歓迎しています。この子がいたいだけ、ずっとわたしのうちにいさせます」

「でも、ミセス・チョプラ、わたしは歓迎してないわ」ミセス・スブラマニウムはうなるような声で言った。「この象は子どもたちにとっては危険であり、衛生を脅かすものであり、この建物のインフラの安全に対する脅威です。この象は……」

「ハックショーーーン！」

大きなくしゃみの音が部屋じゅうに響き渡った。ミセス・スブラマニウムは凍りついた。やがて、巨大なくしゃみの反響がだんだんにフェイドアウトしていった。ミセス・スブラマニウムは自分の着ているサリーを見下ろした。その目に映ったものは彼女のお気に召さなかった。「汚い！　なんて汚い動物なの！」彼女はうめいた。それ以上は言わずに、くるっと向きを変えると部屋を出ようとしたが、一瞬立ち止まるとこう言った。「これですむと思わないことね、チョプラさん。まったく、あんまりだわ」

ミセス・スブラマニウムが去った後、ポピーは昼食を出した。チョプラは注意深く彼女を見ていた。そして、しばらくするとこう言った。「本当に、さっき言ったとおりなのか？　ガネーシャは必要なだけずっといてもいいのか？」

「ええ、わたしの家でどうすべきか、もし、ミセス・スブラマニウムがわたしに命令するつもりなら、それは大間違いよ」ポピーはドンと音をたてて、湯気のたつ茄子《なす》のカレーの皿を置くと、キッチンに戻っていった。その後ろ姿を見つめるチョプラは、彼女がこれほど神々しく見えたことはないと思った。

昼食後、チョプラは書斎に入った。そして、陳列キャビネットから、九年前、カラ・ナヤックの死で終結した突入捜査の後で授与されたメダルを取り出した。いや、死んだと推定された、というべきかもしれない。キルティ・チャクラ勲章はすべての警察官にとって素晴らしい名誉だ。その頃のチョプラのように若い警察官にとっては、特にそうだ。しかし、この受賞はナヤックがムンバイにとって、州全体にとって、そして国全体にとっても、どれほど深刻な問題になっていたかの証《あかし》でもある。チョプラの性分として、勲章をもらったこともそれほどたいしたことはないという態度をとってはいたが、本当のところはとても誇りに思っていた。自分がナヤックとその一味にとどめを刺すのにおおいに貢献したこと、愛するムンバイをより安全な街にしたことが誇りだった。だが、今、チョプラは自分がペテン師になったような気がしてならなかった。

彼はあの夜に思いをはせた。あの十月の暑い、湿気の多い夜。雨季が終わったばかりだった。ヒジュラーのアナルカリの情報にもとづいて、彼らはそのビルの外で、ナヤックとその手下たちが姿を現すのではないかと見張っていた。ナヤックの顔が窓に現れたのをよく覚えている。だが、今考えなおしてみると……。なぜ？　ナヤックが潜伏中だったとすれば、彼はなぜ、わざわざ窓際に来て、そこでのんびり煙草を吸っていたのだろう？　今になってあらためて考えると、なんだか、あれはわざとらしいような気がしてくる。あれではまるで、外で見張っている警察官たちに、わざとしっかり顔を見せようとしていたようにも思われる。

自分たちが見張っていることを知っていたのだろうか？　やがては警察に伝わるように、わざわざ街で情報をばら撒いたのか？　それに、あの銃撃戦の混乱の中で、誰かナヤックが死ぬところをしっかり見た者がいただろうか？　後になって、部下たちを集めて報告を聞いていたとき、ナヤックが撃ち合いに参加していたのを見たという警察官が何人もいた。だが、チョプラ自身はあの大混乱のさなか、銃弾が飛び交い、火から煙が上がる中でなにかをはっきり見たなどとはとても言えない。

それに、あの火事だ……。結局、誰が火をつけたのか、とうとうわからなかった。確かに、ビルはあっという間に炎に包まれた。今考えてみると、あれほど速く火が回ったことも、なんだか疑わしい。なにもかも、最初から最後まで、すっかりナヤックのたくらんだことだというのもありうるだろうか？　その作戦の本当の目的はナヤックが姿を消すことだったとしたら？　ナヤックのアクセサリーを身につけ、焼け焦げて煙を上げる死体が替え玉だったとしたら？

チョプラはデスクの上に飾っていた額入りの父親の写真を取り上げた。〝先生様《マスタージ》〟と呼ばれていた父が二人の息子といっしょに田舎の屋敷の埃っぽい中庭の古い古いライチの木の下に立っている。チョプラの子どもの頃の思い出の中にその木は常にあった。この写真はチョプラの兄のジェイシュの結婚式の日に撮影したものだ。ジェイシュは花婿の衣装を着ている。チョプラのほうも、まばゆい豪華な衣装に身を包んでいる。だが、彼らの父親はいつものとおり、落ち着いた色のクルタとドティ、それに教師らしいチョッキを着ている。父の手は息子たちの肩に置かれている。息子たちを自慢に思っていることは明らかで、その気持ちが写真にあふれているようだ。

チョプラは立ち上がり、部屋の中を行ったり来たりした。自分が興奮していることはわかっていた。事件の捜査をするには、ふさわしくない精神状態だ。気持ちを落ち着かせようと、チョプラはもう一度すわり、サントシュ・アチュレカルの家から持ってきた手帳を取り出した。今ではこの手帳が自分の御守《おまも》りのような気がしている。気の毒なマロルの若者を殺した犯人を必ず見つけようという目標に、チョプラをしっかり集中させてくれる案内役だ。

なにか見落としていることはないかと、彼は再び最初から最後まで手帳に目をとおした。しかし、書いてあることは当たり前のつまらないことか、あるいは謎めいたわけのわからないことかのどちらかだ。「SNBO——やつらのことをどうやって暴けばいいのか？」

手帳をぱらぱらめくるうちに、革製のカバーから、白い薄紙がはみ出しているのにチョプラは気づいた。その紙を引っ張り出して、広げて見る。そこには、名前と数字が並んでいた。

ディリップ・プーレ　Rs 800,000
リテシュ・シンデ　Rs 750,000
サンジャイ・クルカルニ　Rs 900,000
アジット・カマット　Rs 750,000
スレッシュ・カルヴェ　Rs 700,000
シャビール・ジュンジュンワラ　Rs 800,000
チャンドゥ・パンディット　Rs 800,000
アンソニー・ゴンサルヴェス　Rs 700,000

チョプラはびっくりした。これらの名前と数字がなにを意味しているか、すぐにわかった。これと似たようなものを前にも見たことがある。何年も前に、暗黒街の人間のポケットから出てきたものだ……。これは賄賂のリストに違いないとチョプラは確信した。

そして、七ラーク（一ラークはインド独自の金銭の単位で十万ルピーのこと。七ラークは七十万）ルピーを超える支払いを受けているからには、これらの名前はそれなりに地位の高い官僚のものに違いない。

チョプラはあの赤い帽子の男がアトラス・メガ・モールで皮革製品の店の主人に渡していた札束を思い出していた。あの金が賄賂に違いないという推測は正しかったように思える。あの店の主人の名前はこのリストに載っているのだろうか。あの男はなぜ賄賂を払う必要があったのだろう？　もっと重要な疑問はこれだ。このリストがなぜ、サントシュ・アチュレカルの手帳に入っていたのだろう？　そして、これらの名前はいったい、彼の死とどういう関係があるのだろう？

これらすべての疑問への答えはナヤックだと思われるあの男にある、とチョプラは考えている。リストの名前はナヤックが賄賂を贈っていた男たちに違いない。

だが、この名前の人物たちはいったい何者なのだろう？　どれも、チョプラの聞いたことのない名前ばかりだ。彼の知る警察幹部でないことは確かだ。だが、彼もムンバイの警察官をすべて知っているわけではない。それに、警察官とはかぎらないではないか。もしかしたら、税関職員とか、税務署員かもしれない。あるいは裁判官とか、政府高官の可能性だってある。ナヤックのようなやつらが、自分の違法な行為を容易にするために賄賂を贈っておく必要があると考える人物はたくさんいるはずだ。

そして、どうしてかはっきり言えないが、そんな不正行為がきっとサントシュ・アチュレカルの死と関係しているに違いないとチョプラは思うのだった。

もうひとつ、確信できることがあった。チョプラは今、サントシュの死がたんなる男女関係のもつれとか、友だちどうしのケンカが行き過ぎてしまったとかいうことではないという証拠を握っている。今、チョプラにとっての疑問はひとつ。次はどうする、ということだ。そう、明らかな手がかりがひとつある。

チョプラ（元）警部は決断した。「出かけてくるよ」玄関に向かいながら、彼はそうポピーに言った。

チョプラが出かけた後、アパートメントの中にいるのは、ポピーとガネーシャだけだった。彼女の母親は今朝の出来事に憤慨しながら、十一階に住む友だちのラタ・オジャの所へ行っていた。ポピーは突然、奇妙な不安を感じていた。ミセス・スブラマニウムが不当にも介入してきたので、さっきはあんなふうに言い返してしまったが、自分の家の居間に象がいるというのはなんだか夢を見ているみたいな気がする。いったい、どうしたらいいのだろう？　夫はわたしにどうしろというのだろう？　第一、自分は象のことなんか、なんにも知らないではないか。それを言ったら、夫だって、象のことなんか、わかってるはずはない。わたしの夫って、ときにはびっくりするくらい、間抜けなこともあるんだから！

そのとき、不思議なことが起きた。小さな象はあいかわらず、キルトにくるまって、鼻をくすくすいわせては、くしゃみをしている。その哀れな様子を見ているうちに、ポピーの中で長いこと抑圧されていた母性本能が目覚めたのだ。それはもしかしたら、最近、キランの娘の赤ちゃんのことばかり考えていたせいかもしれない。ポピーは突然、夫が家に置くべきだと考えて置いていった赤ちゃん象のお守《も》りをしたくなった。

「オーケー、ぼうや」ポピーはきっぱりと言った。「まず大事なことは、あなたをきれいにすることね」

そして、物置からブリキの盥《たらい》を持ってくると、バスルームから湯気の出ている熱いお湯を汲んできた。そして、その中に、レモンの香りの石鹸とお気に入りのお風呂用香料を瓶の半分も入れた。それから、盥をリビングルームに引きずってくると、ガネーシャの前に置いた。ガネーシャは恐怖の眼差《まなざ》しで盥を見ている。ポピーは小さな象をくるんでいたキルトをすっかりはがすと、絨毯の上にビニールのシートを何枚か敷いた。絨毯はもう、ゴミ箱行きに決まったようなものだ。そして、バスルームから一番大きいブラシを持ってくると、さっそく仕事に取り掛かった。

まず、ガネーシャの背中と脇腹を洗った。「動いちゃダメ」洗ってくれようとするポピーから逃れようと、ガネーシャがもぞもぞ動くと、ポピーは厳しい声で言った。足とお尻も洗った。足先と大きく四角い爪先にこびりついた泥も洗い落とした。最後に、顔をきれいにして、長い鼻もこすり洗いした。「文句を言わないの」嫌がってムームー言いながら、鼻をできるだけ彼女から遠くに伸ばそうとするガネーシャをポピーは叱った。「あなたのためなんだからね」

ポピーが洗い終わると、ガネーシャは長い鼻を盥の中に突っ込んで石鹸水を吸い込むと、ポピーの体全体に噴射した。

ポピーは驚いて息を呑《の》んでいたが、やがてびしょ濡れの顔をぬぐった。それから、子象をにらみつけると、子象のほうも負けずに彼女をにらみ返した。「ぼうや、そんなことをしてただですむと思ってるの？　ポピーという人間をわかってないようね」

ポピーはそっと出ていって寝室に行くと、大きなタオルを持ってきて、乱暴にガネーシャを拭いた。それから、辛子油の瓶を持ってきて、ガネーシャの頭に塗った。「これは絶対効くってママが言ってたわ。ママは六十代だけど、まるで赤ちゃんみたいなお肌でしょ」

最後に、小さなヴィックス・ヴェポラップの容器を持ってきた。そして、「これを塗っておけば、風邪なんかすぐ吹っ飛んじゃうからね」と言った。

ガネーシャは鼻を伸ばして、容器のにおいを嗅いだ。警戒しているらしく、目をパチパチさせている。逃げ出そうとしたが、ポピーにきつく叱られた。「おすわり！」

ポピーが鼻にきついにおいの薬を塗っている間、ガネーシャはしょぼんとして丸くなっていた。

すっかり仕事が終わると、ポピーは顔や手を洗って着替えをし、自分のためにポットにお茶をいれた。そして、ゆっくりソファーにすわった。ガネーシャは警戒しながら彼女を見ている。「さあ」とポピーが言った。「どの番組を見る?」

17　バサンティ再び

　その頃、チョプラ警部は友人カピル・グプタの自動車修理工場に向かっていた。ムンバイの道路は再び交通量が増えてきていた。潮が引いた後の砂浜に蟹《かに》たちが現れるように、市民たちはムンバイを取り戻していた。雨は道路の表面から瞬間的に蒸発し、ムンバイの悪名高い道路の穴も姿を現し、交通の状態はますますひどくなっていた。空中に奇妙なにおいが漂っている。ジャカランダの花（ノウゼンカズラ科。花の色は紫）の甘い香りに加えて、まるで大地が息を吐いたような埃のにおいが混ざっている。いや、それはもしかしたら、死のにおいかもしれない。

　百人の死者、とチョプラは考えた。だが、人口二千万の都市で百人の死者にどんな意味があるというのか？　ほとんど意味はない。

　いや、違う。チョプラは自分に言う。たった一人の死にだって意味がある。その人を大事に思っていた人たちにとっては。そうでなかった人たちにとってもだ。一人の死もわれわれすべてに関係がある。

カピルの修理工場は大忙しだった。雨で故障した車が多いからだ。チョプラの古くからの友であるカピルは怒り狂う客たちに囲まれて動きがとれなくなっていた。「ゆすりだ！」一人の客が泣きわめいた。「ぼったくりだ！」別の客が叫んだ。「暴利をむさぼる気だ！」三人目が怒鳴った。「これが戦争中だったら、おまえは撃たれて死んでるぞ」

「戦争中でなくて助かったよ」カピルは愛想よく言った。

彼はチョプラを見つけると、怒り狂う群衆から逃げ出してきた。

「いったい、なんの騒ぎだ？」チョプラが尋ねた。

「臨時に料金を値上げすることにしたんでね」

「でも、大雨の被害のせいで、客が押し寄せてるんだろう？」

「そのとおり」カピルは言って、口ひげをはやした顔でにっこりした。「『陽が出ているうちに、干し草を作れ』っていうからね。いや、『陽が出ていないうちに』って言うべきかな？」

チョプラは微笑して言った。「バサンティを取りに来た」

「シヴァの神様のお情けだ」とカピルは大声で言った。「この日はもう来ないのかと思ったよ」

カピルはチョプラを修理工場の裏に案内した。青いビニールシートが秘密の物体を隠している。もったいぶるのはやめて、カピルはシートを外した。「さあ、どうだ。ちゃんと整備済みだ。いつでも走れる」

チョプラは息を吸い込んだ。かつての興奮が体の中に蘇ってくるのを感じた。バサンティ！　何年ぶりだろう！

ロイヤル・エンフィールド・バレットは光り輝いている。五〇〇ccの抑えきれない馬力を誇るオートバイ、機械の力の権化が、今にも飛びかかろうとしているライオンのようにそこに立っている。球根の形のガソリンタンクはまるでカブト虫の甲羅のようだ。巨大なタイヤはヒマラヤ山脈だって登れそうに力強い。

チョプラはこのバイクを買った日のことを思い出した。その頃はまだ、ポピーも喜んで後部座席に乗って、二人でムンバイのあちこちにバイクを走らせたものだ。ジュフ・ビーチへ行ってコクム（マンゴスチンの仲間の赤い果物）氷を食べたこともあれば、ナリマン・ポイントへ行って、チョウパティ海岸でベルプリ（米パフにゆでたジャガイモ、生の玉ねぎなどを混ぜ、酸っぱいタマリンドソースをかけた軽食）を食べたこともある。〝女王のネックレス〟とも呼ばれるマリン・ドライブのゆったりと曲がった椰子の木の遊歩道を歩きながら、太陽がアラビア海に沈むのを見た日もあった。あの頃は、まるで力強い野生の雄馬に乗っているような感覚を、チョプラだけでなく、ポピーだって楽しんでいた。それなのに、あの瞬間から、すべてが変わってしまった。まったく、あの忌々しい驢馬《ろば》引きの物売りのせいで！

その後、チョプラが片足にギプスをはめて病院から戻ると、ポピーは二度とあの憎らしいバイクの後ろに乗ろうとはしなかった。そして、バイクを手放してしまえと何度も何度もうるさく言うのだった。そして、結局、とうとうバイクをあきらめるとチョプラに約束させたのだ。

だが、今や、こんな自分への罰は終わらせるときだ、とチョプラは思った。バサンティが再び、ムンバイの通りを駆けめぐる日がやってきたのだ。

チョプラはバサンティを裏庭に停めた。バハドゥールが走ってきて、目を輝かせてバイクを見つめている。

「もし、ポピー・マダムに聞かれたら、これはわたしのバイクではないと言え」とチョプラは言いつけた。

「イエス、サー！」バハドゥールは答えた。「チョプラ・サーのバイクは、チョプラ・サーのバイクじゃないです！」

アパートメントに上がっていくと、ポピーとガネーシャが昼メロドラマに夢中になっている。画面の中では新婚の嫁が姑や婚家の人たちとの関係で苦労している。どうやら、今ムンバイで大人気の家族ドラマらしい。ポピーも母親もこのドラマに夢中になっている。

それはかりか、わが家の新入りまで、離乳食がわりに、このどう考えても大げさなメロドラマを見せられているらしい。

チョプラは悲しい顔で首を振ると、書斎に引きこもった。準備しなければならないことがある。

まず、キャビネットの下の段から、鍵をかけたスチールの箱を取り出した。中に入っているのは、油布で包んだピストルだった。チョプラの予備の警官用リボルバーで、警察の武器庫に返却しておかなくてはならないものだが、忙しくてまだそうしていなかった。このリボルバーを彼はもう何年も撃っていなかった。そうする必要がなかったのだ。デスク仕事が増えていたからだ。ある意味ではそれはありがたいことだった。その分、管轄区域の警察業務の戦略的な側面に集中する時間ができたからだ。その一方で、自分の手を汚して捜査の中心にいた頃のことを懐かしく思うこともあった。

丁寧に、丁寧にチョプラは銃の掃除をした。まず、分解し、ナイロンのワイヤブラシでこすってフレームからグリースを落とした。すべての部品をきれいにし、撃鉄の接触面とトリガーピンに特別に注意を払いながら、潤滑油を塗った。それから、リボルバーを組み立て、・三二口径の銃弾を装填した。銃身の長いこのアンモルのリボルバーは流行遅れで、六発しか入らない。ほかの警察官たちは今ではもっと新式のドイツ製のオートマチックのほうを好むが、チョプラは今でもこの旧式の銃のほうが好きなのだ。アンモルの伝統的なところが安心な感じがするのだ。

次に、チョプラはキャビネットから布のバッグを取り出した。その中から、高性能の双眼鏡と、二年前の誕生日にポピーがくれたが、まだ一度も使っていないデジタルカメラを出した。

まず、双眼鏡を拭いて、ちゃんと焦点が合うことを確認すると、すわってカメラの使用マニュアルを読んだ。最後に、カメラを充電すると、写真を撮る練習をした。これですっかり準備ができたと満足すると、銃、双眼鏡、それにカメラと三脚をリュックサックに入れた。それから、立ったまま、ちょっとの間考えてから、金属製の折りたたみ椅子、メモ帳、キャラバシュ・パイプも入れた。

チョプラは腕時計を見た。計画を実行に移すまで、まだ何時間かある。

リビングルームへ行ってみると、ポピーとガネーシャは、今度はポピーの大好きなアイドル、シャー・ルク・カーン主演の大衆向け映画を見ていた。シャー・ルクはセリフなしのパントマイムの動作で悪党を痛い目にあわせながら、ときおり、止まって生意気なポーズをとっている。ポピーは床の上にバナナチップスの容器を置いている。チョプラの妻も、小さな象も、目を画面から離さないままで、容器からチップスを取って口に入れている。邪魔はしないことにしよう。チョプラはサイドボードの上に載っていた新聞を取り上げると、書斎に戻った。

18　張りこみ

次の朝、チョプラ（元）警部は夜明け直前に目を覚ました。すばやく着替えをすませると、ちょっとの間、ぐっすり眠っている妻を見つめた。まだ、手遅れではない。自分のしていることを妻に話すべきだろうか。だが、ポピーは大騒ぎするに決まっている。

結局、彼は黙って寝室を出ると、そっとドアを閉めた。

リビングルームでは、ガネーシャも目を覚ましていた。ポピーがその近くに水を満たした浅い盥を置いておいたが、すっかり空になっている。もうひとつ、盥があって、それはガネーシャが用を足したくなったときのためだ。

チョプラはやさしく小さな象の頭をたたくと、「いい子だな」とつぶやいた。ガネーシャは長い鼻を伸ばしてチョプラの顔をなでた。まるで、盲目の人が指でなでて、友だちの顔の造作を知ろうとするように。「出かけなきゃ」とチョプラは言った。それから、書斎に入ってリュックサックを取ってきた。

階下に下りていくと、警備員室にいるはずのバハドゥールは、裏庭の真ん中に置いた箇易ベッドの上でまだぐっすり眠っていた。

チョプラはエンフィールドにまたがると、キックペダルを踏んでエンジンをかけた。眠りこけていた警備員のバハドゥールはびっくりして跳び起き、ぶるっと身震いした。

排気ガスの雲を残してチョプラのバイクが轟音《ごうおん》をあげてアパートメントの敷地を出たときには、夜が明けつつあった。近くのアル・ヌール・モスクから、祈りを呼びかけるイマーム・ハイダーの声が街に響き渡った。

チョプラは倉庫にたどり着くと、あのとき、カラ・ナヤックらしき男を見たのと同じ角に停車した。二十分待ったが、誰も出てこない。そこで、倉庫の真向かいにあるぼろぼろのビルの裏側までバイクを進めて、そこで停車した。裏側には古くて、虫がたかったドアがあった。

チョプラはドアを蹴り開け、エンフィールドで屋内に乗り込んだ。

バイクをドアのそばに残し、廃屋の内部へと進んだ。どうやら、もとは印刷工場だったようだ。傷だらけでペンキの剝がれた壁に、マハラシュトリアン・ウイークリー・サマチャール紙の黄ばんだ第一面が額に入って飾られている。この新聞は十年ほど前の短い間だけ人気があったが、新聞社はすぐに倒産してしまった。

三階は広いスペースになっていた。新聞記者や編集者が大勢いて、うだるような熱気の中で、汗をかきながら、仕事している様子をチョプラは想像した。巨大な、ひびの入った窓のそばに行って、折りたたみ椅子を置いた。そこからは、向かいの倉庫を見下ろすことができる。彼はカメラを取り出して、三脚に据え付けた。窓が長い間たまった埃で曇っているので、きれいに拭こうかと考えたが、結局、拭かないことに決めた。自分がここにいることを下にいる連中に気づかれたら、まずいからだ。彼は椅子にすわると、メモ帳を取り出し、腕時計を見て時刻を記入した。あとは、椅子に深く腰かけて待つだけだ。

チョプラが最後にこんなふうに張りこみをしてから、ずいぶん長いときがたっている。張りこみはムンバイ警察が頻繁に使う戦術ではない。昼であれ、夜であれ、路上に大人数でいるだけで、成功する可能性よりも、行き当たりばったりになってしまう可能性のほうが高くなるからだ。それでも、これよりほかにたどるべき手がかりがない以上、幸運を祈りながら張りこみを続けるのが最良の選択ということになる。カラ・ナヤックを見たこと、そして、赤い帽子の男があの倉庫に入っていったことは確かだ。チョプラは、二人のうちのどちらかが、あるいは二人とも、戻ってくることに賭けている。少なくとも、彼らがここに来た理由はわかるかもしれない。それがわかっただけでも、サントシュ・アチュレカルの死の謎を探るヒントになるかもしれないのだ。ナヤックが再び現れたからといって、チョプラは殺された少年の両親との約束を忘れたわけではない。サントシュを殺したのが誰であれ、必ず正義の裁きを受けさせなければならない。

一時間が過ぎ、太陽は昇り続け、部屋はどんどん暑くなってきた。午前七時四分、初めて人の動きがあった。

小柄で痩せた、ネズミのような顔の男が、8番の背番号のついたクリケットのインド代表チームの青いシャツを着て、倉庫の中から姿を現すと、あくびをしながら、手足を伸ばし、それから、建物の壁に向かって小便をした。野良犬が一匹、足を引きずって、路地を出てきた。ネズミ顔の男は犬を呼び、犬が近くまで来ると、げらげら笑いながら、その頭の横をひどく蹴飛ばした。犬は哀れな声で鳴きながら、逃げていった。男は倉庫の中に戻った。

すぐにまた倉庫から出てきたときには、もう一人の男といっしょだった。背が高くて、がっしりした、腹の出た男で、派手なオレンジ色のシャツを着ている。二人は古い梱包《こんぽう》用の木箱の上にすわり、煙草を取り出した。がっしりした男のほうが曲線美の女性の形をした金メッキのライターを取り出して煙草に火を点けた。二人がおしゃべりする声がチョプラのところまで聞こえてきた。チョプラは窓の隅にぽっかり開いた穴から、双眼鏡で彼らを観察した。二人が話しているのは、映画の話、友だちの話、そしてお気に入りの娼婦《しょうふ》の話など、どうでもいいことばかりだった。

しばらくすると、二人は倉庫の中に戻っていった。

閉鎖された印刷工場は屋根がトタン板だから、正午になる頃にはかなり温度が上がっていた。チョプラは汗だくになり、気分が悪くなっていた。あの雨が降ったのはもうずいぶん前のことのような気がした。うだるような暑さが再びムンバイに戻っていた。

突然、視界の隅でなにかが動いた。びっくりしたチョプラは椅子から落ちそうになった。だが、それはただのヤモリだった。侵入者のチョプラを偵察しに来たのだろう。一時間後、ヤモリがもう一匹、さらにもう一匹来て、しまいにはヤモリの一家が全員隠れ家から出てくると、窓のまわりの壁にずらりと並んでいた。それを見たチョプラはパニックを起こしそうになった。沈黙するトカゲたちが並んでいるのを見るとゾッとして体が震えたが、今はここを動くわけにはいかない。

気持ちを落ち着かせるため、彼はキャラバシュ・パイプを出して口にくわえた。

午後もなかばになると、自分が初歩的なミスをしたことに気づいた。あれほど念入りに準備したにもかかわらず、必要不可欠な物を二つ忘れてきたのだ。水と食料である。四時になる頃には、死者でも目を覚ますのではないかというほど大きな音で腹が鳴り、口はからからに渇いた。それでも、どうすることもできない。持ち場を離れるわけにはいかないのだ。我慢するしかない。そこへ別の音が聞こえたので、チョプラは振り返った。さっき下にいるのを見かけたあの犬が足を引きずって上がってきたのだ。犬はまた蹴られるかもしれないと思っているのか、ひどく警戒しながら近寄ってきた。この人間はいじめそうではないとわかると、クンクンとリュックサックのにおいを嗅いだ。だが、食べる物はなにも入っていない。

犬はぺたんとすわった。おとなしくチョプラの張り番につきあうことにしたらしい。

それから、その日は最後までなにも起きなかった。あの二人のゴロツキがたまに倉庫から出てくると、用を足したり、煙草を吸ったり、足のストレッチをしたりするだけだ。あとはなにも起きない。ちょっとびっくりしたのは、ポピーが電話をかけてきたときだ。携帯をマナーモードにするのを忘れていたので、「第二の国歌」のようにインド国民に愛唱されている『ヴァンデ・マタラム』（「母なる大地」の意）のメロディーが鳴り響いた。がらんとした場所なので、ますます大きく響き渡ったような気がした。あのゴロツキたちに聞かれたに違いないと思った。しかし、誰一人倉庫から出てきて調べようとはしなかった。

チョプラは携帯電話の電源を切り、リュックに放りこんだ。

午後十一時、とうとう今夜はこれで撤収と決めて、メモ帳に最後の書き込みをした。

チョプラは空腹で気絶しそうになりながら、家にたどり着き、すぐにテーブルにつくと、水を一リットル飲んだので、ポピーとガネーシャはびっくりして見ていた。やがて、ポピーが「一日じゅう、いったいどこへ行っていたの？」と尋ねた。その声はいかにも機嫌が悪そうだ。

「ああ、いろいろ用があってね」チョプラはあいまいにもごもご言った。

「どんな用？」

「あれやこれや、だよ」チョプラはポピーと目を合わせないようにしてぶつぶつ言った。ポピーはなにか言いたそうに見つめていたが、チョプラは食事をすませると、急いで「御馳走さま」と言っただけで、書斎に引っ込んでしまった。

あれやこれや、ですって！「あれやこれや」って、いったいどういう意味？　ポピーは考えた。

夫の様子はこの頃おかしい。もちろん、心臓に問題があるというショッキングな宣告と早期退職しなければならないという恐ろしい知らせを受けて、自分の人生に起こった予想外の大きな変化に順応しなければならないのは、夫にとっては大変つらいことだというのはよくわかっている。だが、それにしても、だ。以前のチョプラは習慣を守る人間であり、その行動は予想できた。秘密を抱えるような人間ではなかった。重要な事件の捜査中で妻に詳しいことは話せないような場合でも、ポピーから見れば、彼の精神状態はお見通しだった。不安でいるときも、勝利を勝ちとったときも。だが、この頃の夫ときたら、まったくの謎だ。

たとえば、ここ何カ月か、よくかかってくる奇妙な電話だ。その電話が来るたびに、夫はなにがなんでも彼女に聞かれないようにしている……。そして、今日のあれはいったいなに？　朝は彼女が目も覚まさないうちに黙って姿を消した。もう仕事を引退した人間なのに、なにかをこそこそ嗅ぎまわって、それがまるで国家機密でもあるかのように妻から隠そうとするなんて！　今日はわたしの電話にも出なかった。それも一回じゃない、八回も！

ポピーがもし、自分の心配事やキランの娘のことで頭がいっぱいでなかったら、チョプラのことをこのままにしてはおかないはずだ。いったい何をしているのか、夫にすっかり白状させるのだが。

翌日、事態は悪化した。チョプラはまたも、ポピーが目を覚ます前に姿をくらまし、夜遅くまで帰ってこなかった。あなたはこのごろ変よ、とポピーがはっきり文句を言ったにもかかわらず、チョプラはなにも言わず、謎のままだった。ただ、「やりかけの仕事を終わらせないといけないんだ。今はその話はできない」と言うだけだ。そして、彼女の脇をすり抜けて、あのいまいましい書斎に入ると、鍵をかけてしまうのだった。

母親は助けてくれなかった。娘を慰めるどころか、火に油を注ぐのだ。「ほかに女がいないか、気をつけなくちゃ」それはまさにポピーの心を苦しめている疑問だった。

「ほかの女なんて、いるわけないでしょ！」ポピーが言い返すと、母親はいつものキツイ目つきでポピーを見るのだった。

言い返したものの、ポピーは不安だった。不安というより、恐怖だった。ほかに女がいるとすれば、秘密めかした電話も、なにやらこそこそ探りまわっていることも、説明がつく。夫はこれまでの長い年月、ずっと彼女に忠実だったが、なにしろ、彼は今、人生の激変を経験しているところなのだから、今までと違うことをしようと思っても不思議ではない。夫は仕事を引退した。だから、時間はいくらでもある。仕事をする必要はないから、自分の人生をゆっくり考えてみる時間がある。自分の結婚に失望するようになったのかもしれない。自分が選んだ女は彼のために子どもを産むことができないのだから。

男には息子が必要だ。ポピーにはよくわかっている。特にチョプラのような男はそうだ。それなのに、わたしは娘を産んであげることさえできない。ちょっと前までは、仕事に没頭することで自分の人生に欠けている部分を覆い隠すことができていたかもしれない。今となっては、夫はなにに目的や意味を見出したらいいのだろう。

もうたくさんだ、と夫は思ったのかもしれない。

ほかに女がいるんだ。ポピーはそう確信した。もっと若くて、もっと美しい女が夫を狙っていて、もう爪を立てているのだ。きっと、息子を産んであげると約束しているのだ。何人も産んであげる、クリケットのチームを作れるくらい、たくさん！

いったいどんな女なのだろう？ 狡猾《こうかつ》な魔女に違いない。十階のミセス・ゴパルダスみたいな女だ。彼女はいつも言っていたではないか。あなたは本当にラッキーね、あんなハンサムな旦那様で。警察官の制服姿のなんて男らしいこと！　それに比べて、うちの夫ときたら、あまりにも、あまりにも……会計士なんだから！

ポピーはすわり込んで、泣きだした。突然、誰かが肩にそっと触れたのを感じた。見上げると、小さな象がすごく心配そうに彼女を見つめている。ガネーシャは長い鼻の先でポピーの顔をなで、そっと涙をぬぐった。「ガネーシャ、あなたにはわからないわよね？」ポピーは悲しげに言った。「わかるはずがないわね。この世界では、痛みと苦しみに耐えるのが女の定めなの。それが女の運命なの」

ポピーはまた、プラタナの赤ちゃんの母親になる計画のことを考えた。この計画はあまりにも常識に反しているのではないかと何度も何度も考えなおし、一度はあきらめようと思いかけたこともあった。だが、今となっては、自分の結婚生活を救う唯一の手段のように思える。もし、まだ手遅れでなければの話だが。

今では、キランもプラタナも同意している。キランに至っては、そうしてくれ、お願いだから、そうしてくれ、とポピーにせがんでいるほどだ。これからポピーがやらなければならないことは、「妊娠した」とチョプラに告げることだけだ。だが、そうしようと思うたびに、やっぱりそんなことはできないと思ってしまう。夫に嘘をつくなんて。しかも、そんな重大な嘘を！

だが、もう行動を起こさなくてはならないとポピーは思った。夫に話さなくてはならない。わたしといっしょにいても、すべてが失われたわけではないと説得しなければ。そうしよう。夫に話そう。すぐに。できるだけ、すぐに。今すぐにも。

19　夜の女王

張りこみの三日目、ついに進展があった。

夜に入ってからのことで、すでに暗くなっていた。その日も疲れる一日だったが、それでも、いろいろなことが起きた。

その日の午後、チョプラが見張っていると、二人のゴロツキが倉庫の周辺を離れ、倉庫の前の細い路地を歩いていって、姿を消した。心臓が高鳴った。チョプラはよく考える暇もないまま、隠れ家から駆け下りて、細い路地を向こう側へと渡った。体の中で警報が鳴っている。チョプラは警官用リボルバーを両手で持ち、暗がりになっている倉庫の入口へと進んだ。驚いたことに、ドアに鍵はかかっていなかった。細心の注意を払いながら、チョプラはドアを開け、倉庫に入った。

そこはやや広い空間で、鉄格子の檻がたくさんあった。バイクラ動物園で見た動物の檻を思い出した。部屋のひとつの隅には、写真撮影スタジオのようなものが設営されていた。高価な、プロ向けらしいカメラが三脚の上にセットされてあり、ほかに複雑な照明器具や背景スクリーンもある。

チョプラは一瞬、途方にくれてしまった。麻薬や違法な武器など、密輸品があることを予想していたのだ。どうして、こんな所に空の動物の檻があるのだろう？　そうだ、わかった！　最近、警察の刊行物で読んだばかりだ。この設備はどう見ても、動物の密猟と密貿易に関係したものに違いない。

ナヤックがやっていることは、これなのか？　動物の密猟と密貿易は、あまり知られていないことだが、インドのギャング団にとって大きなビジネスになっている。動物のなにかの種が希少なものになればなるほど、動物を商品として扱い、物質的価値のために虐殺するような恥知らずなやつらは大儲けができるのだ。経済発展に沸く東方の国の成り金たちは、虎の爪やペニス、犀《さい》の角、もっとひどいのは象牙を手に入れるために喜んで大金を払う（犀の角一本で、四十万米ドルもするという記事をチョプラは読んだことがある）。これらの希少動物はしばしば、なにかの原始的な処方のために材料を提供するためだけに殺されてしまう。それはたとえば、男らしさを高めるためのまじない師の御守り、あるいは痛風などの病気や、蛇に噛まれたとき、悪霊にとりつかれたときなどに使われる。

チョプラはしばらくの間、静まりかえった部屋の中に立ってまわりを見まわし、なるべく多くのことを記憶しようとした。それから、自分はカメラを持ってきたことを思い出した。ここから出る前に、なるべくすばやく、空の檻の写真をたくさん撮らなければならない。

ほかの部屋も回ってみたが、なんの収穫もなかった。倉庫の地階にはほかにも部屋がいくつかあったが、あの二人のゴロツキが寝る場所として使っていたことが明らかな一部屋を除いては、どの部屋も空だった。ひとつ上の階にも急いで上ってみたが、明らかに使われていない。蜘蛛の巣が張っていて、荒れ果てている。

チョプラは気づいた。倉庫の見張りをしていた、あの二人は今この瞬間にも戻ってくるかもしれない。彼はさっと振り向くと、下の階に駆け下り、倉庫を飛び出すと、もとの隠れ場所に戻った。椅子にすわり込んだ瞬間に、間一髪だったとわかった。ゲラゲラ笑ったり、お互いに背中を叩きあったりしながら、細い路地をあの二人がだらだら歩いてきた。二人とも、両手にビールの瓶を持っている。

その日、それ以外に重要なことといえば、獣医のドクター・ララに電話をかけたことだ。チョプラはサントシュ・アチュレカルを殺した犯人を追い求めるあまり、ガネーシャのことをなんとかしてやるという、自分の義務を疎《おろそ》かにしていたことに気づいたのだ。それに、とっくにララが連絡をしてきてもいい頃でもあった。

チョプラは獣医の電話番号にかけた。ララは統合失調症を患うポメラニアンの治療で大忙しだった。有名なボリウッド女優が甘やかしてきた犬だ。その犬はこれまで女主人が映画の撮影に行くときには、どこへでもついていった。ところが、最近になって、女主人の相手役を襲うようになった。女優の話では、それは猛烈な嫉妬によるものなのだという。彼女が真面目な顔で語るところによると、このポメラニアンは、何年か前に悲劇的な事故で亡くなった彼女の最初の夫の生まれ変わりなのだという。この犬の凶暴な振る舞いを止めさせることがララの任務となっている。彼が任務を果たすまで、四本の大型のボリウッド映画が撮影を中断したままになっている。それというのも、愛するペットを連れていけないなら、撮影はしないとその女優が言い張っているからだ。

こちらから電話しないで悪かったとララは言った。まず、よい知らせがあった。ガネーシャの医学分析の結果、なにも心配することはないとわかったのだ。内気な振る舞いをしていること、身体的には栄養失調の傾向があることを除けば、赤ちゃん象の健康状態は良好だった。

よいニュースはまだあった。ララはヴィシャーカパトナムの友人に話をしてくれていた。幸運なことに、友人の運営する象の保護区では、赤ちゃん象一頭を受け入れることができるという。ララは忙しかった。三日後にガネーシャを新しい家に連れていくトラックが来るよう手配したという。

チョプラは複雑な気持ちになった。問題がこれほど早く解決されたことはうれしい。だが、同時に、良心の呵責《かしゃく》を感じずにはいられない。「その保護区は赤ちゃん象にとって確かに安全な所なんですね？」チョプラはララに尋ねた。

「わたしは行ったことがありますがね」獣医は答えた。「理想的な場所です。保証しますよ」

夜が訪れた頃、チョプラはもう目を開けておくことさえ難しくなっていた。その前の三日間の疲れが出てきたのだ。体のあちこちが痛んだ。体の中に存在していることさえ気づいていなかった筋肉たちが悲鳴をあげ、文句を言っている。それに、家に着いたら、冷たい態度で迎えられることもわかっている。それでも、今やっていることをポピーに話すわけにはいかない。ポピーがわかってくれるはずはない。

心臓に問題があるとわかったあの日以来、ポピーはずっと早く引退しろとうるさく言っていた。もし、チョプラが今、おんぼろビルの中で、情け知らずのゴロツキどもと対峙して、十年近くも前に自分が殺したはずの悪名高い犯罪王を待っているのだと知ったら、彼女は気絶してしまうだろう。ポピーは一度なにかの考えにとりつかれると、道理を言って聞かせても耳に入らない。これはたとえどんな結末になろうとも、どれだけ自分が痛めつけられても、チョプラがどうしてもやらなければならないことなのだが、ポピーにはどうしても理解できないだろう。

チョプラはずっとカラ・ナヤックのことを考えているが、その間も、あの殺された若者とその母親のことを忘れてはいない。あの母親は今このときも、正義の裁きが下されるのを待っている。チョプラが約束を果たすのを待っているのだ。ある意味で、あの若者はチョプラの息子ともいえる存在になっている。チョプラはサントシュ・アチュレカルがなぜ死んだのか、知る必要がある。殺したやつらを見つけなくてはならない。たとえ、そのせいで自分が危険な海域に引きずり込まれることになるとしても。

チョプラが今日はもう家に帰るしかないだろうと思ったとき、オートバイの轟音が狭い通りに入ってきた。赤いベレーの男が再び姿を現したのだ。

見守っていると、男は倉庫の入口の前でバイクを停めて降りた。新しいバイクだ。真っ赤なヒーロー・ホンダで、黒のジグザグ模様がペイントしてあり、クロムのスポークが輝いている。赤い帽子の男は煙草に火を点け、大きな声で人を呼んだ。

二、三分後、倉庫の張り番をしている二人が出てきた。大きいほうの男は毛深い腹を掻いている。小さいほうはまだ眠そうに目をこすっている。赤い帽子の男は小さいほうの男の前に立ちふさがったかと思うと、顔をひっぱたき、地面に殴り倒した。それから、腹を何度か蹴りつけたので、蹴られたほうは地面の上に丸くなった。赤い帽子の男はその男に向かって煙草を指で飛ばし、もう一人の男のほうを向いた。その男は眠さも吹き飛んだ様子だった。チョプラが見ていると、赤い帽子の男はその男にひざまずかせ、ジーンズの腰のポケットからオートマチックの銃を出した。そして、その太鼓腹の男の口に銃身を無理やり突っ込むと、男の耳もとでわめいたが、なんと言ったのか、チョプラのところまではっきりとは聞こえなかった。

赤い帽子の男が怒っていることは確かである。だが、なにを怒っているのか?

赤い帽子の男はまっすぐ立つと、大きな声で数えはじめた。一、二、三……。引き金を引いた。

なにも起こらなかった。

歯をむき出して笑いながら、彼は恐怖に怯える男を仰向けにひっくり返した。そして、「次は空砲じゃねえからな」と怒鳴った。「おまえら、しゃきっとしねえと、この倉庫に埋めるぞ」

赤い帽子の男はバイクにまたがると、また一本煙草に火を点けた。

チョプラは急いで荷物をまとめてリュックに突っ込んだ。それから、階段を駆け下りて、自分のバイクを停めた所に急いだ。バサンティに飛び乗ると、クラッチを踏んだ。動かない。「頼むぞ、バサンティ」チョプラは嘆願した。「こんなときに、がっかりさせないでくれ」

ギアが入った。エンジンがうなりを上げた。

チョプラは次の交差点で、尾行のターゲットを視界に捕らえた。そのまま追っていくと、ヒーロー・ホンダはウェスタン・エクスプレス・ハイウェイを北へ向かい、次の立体交差点でハイウェイを降りてアンデリ・ウェストに入った。それから、ジョゲシュワリを抜けて、ロクハンドワラに入った。

ロクハンドワラで、赤い帽子の男はバイクを道端に寄せた。バイクを降りて、黒っぽいガラス窓のある建物に入っていったが、その建物には〝夜の女王〟という赤いネオンサインがあった。いわゆる〝レイディーズ・バー〟、女性たちのいる店だ。

チョプラもバイクを降り、男に続いて店に入っていった。

店に入ると、たちまち濃い煙草の煙に包まれた。大勢の男たちがテーブルについていて、暗めの赤っぽい照明に照らされながら、酒を飲んだり、煙草を吸ったりしている。露出度の高い服装の女たちが歩きまわり、飲み物を運んだり、客の耳もとでささやいたりしている。あちこちで男女が合意に達し、男が立ち上がると、女の後に従って店の裏側に行く。そっちには上の階への階段があるのだ。

チョプラは赤い帽子の男を見つけようと、毒ガスのような煙を透かして見た。いた！　こちらに背を向けて、二人の男とともにテーブルにつき、大きな声で笑っている。見ているうちに、ミニスカート、ハイヒール、ホルターネックのトップスという服装の女が飲み物を載せたトレーを持って、しゃなりしゃなりと歩いてきた。赤い帽子の男はすぐさま、女を引き寄せて膝の上にすわらせると、なにか話しかけ、それを聞いた二人の男が笑い転げている。

「サーヒブ、テーブルにご案内しましょう」

チョプラは振り返った。紫色の制服を着た小柄な男が期待をこめた目で見上げている。チョプラはとまどった。こういう場所でのエチケットを知らないからだ。レイディーズ・バーというのはムンバイ特有の業種だが、チョプラにとってはわけのわからない場所だ。バーとも言えるし、売春宿とも言えるし、男性専用のクラブとも言えるタイプの店で、ここ十年ほどの間にあっという間に増えた。いかにも怪しげな店もあるが、なかには非常に高級な店もあって、ムンバイ南部にあるような、おしゃれで国際的なバーと区別がつかないほどだ。警察のチョプラの同僚の中にもこういう店に通う者がいる。なかにはおおっぴらに、どんなに楽しい思いをしたか、相手をした女がどんなふうだったかなど、自慢げに詳しく話す者さえいる。だが、チョプラは絶対にそういう種類の警察官ではないし、サハール署の署長になったときには、こういう問題に関しては絶対に厳しい態度をとると明らかにもしていた。もしもチョプラの部下の中にその種の楽しみにふける者がいたとしても、彼の耳に入らないように十分気をつけていたはずだ。

「ああ……」彼は口ごもった。「テーブルを」

赤い帽子の男から遠く離れた、隅の小さなテーブルに案内された。

「サーヒブ、なんにしますか?」

「なに?」チョプラはやっと、さっきの男がまだそばにいることに気づいた。

「なんにしますか、サーヒブ?」

チョプラはわけがわからず、男を見ていた。

「お飲み物は?」男がチョプラを励ますように言った。

「コーラ」チョプラは反射的に答えた。

「コーラ?」男が聞き返した。当惑した顔をしている。チョプラは自分の失敗に気づいた。こういう所によく来る客はコーラなど注文しないのだ。

「そうだ」チョプラはふてくされたように言った。「コーラとウイスキー。どうした、聞こえなかったのか?」

男は安心したようににっこりした。それなら、まあ、普通だ。

注文を取った男は急いで歩いていった。チョプラは酒は飲まないことにしている。酒飲みの警察官がどうなるか、何度も見てきているからだ。最初はつきあいでほんのちょっと飲むだけかもしれない。次は、難しい事件の捜査に悩んだときに頭の中を整理しようと二杯ほど飲む。そのうちに一日の仕事の緊張をほぐしたくて、三杯か四杯飲むようになる。こうして本人は気づかぬうちに、申し分のない立派な警察官だった男がキャリアを台無しにし、同僚たちから「あの酔っ払い」と見なされるようになる。

酒を飲むことは滑りやすい斜面のようなもの、チョプラは絶対に足を踏み入れる気はない。

チョプラはウイスキーの入ったグラスにコーラを注ぎ、それを少しずつ飲んでいるふりをしながら、赤い帽子の男を見張った。男はだいぶ前から、膝の上にすわらせた女の体をなでまわしている。このとき、チョプラは初めて、男の剃った頭をよく見ることができた。自分が捜しているものはわかっている。しかし、今でも二〇・二〇の視力（日本の一・〇）があるにもかかわらず、絶対にあるはずだと信じかけていたひっかき傷はなかった。考え違いだったのか？　間違った手がかりを追っていたのか？　この男がサントシュ・アチュレカルの死とはまったく関係ないとしたら？　サントシュの死こそがチョプラにとっては優先事項だ。死んだはずのカラ・ナヤックが生き返ったと確信したことよりも。

突然、女が立ち上がった。テーブルの上に置かれていたあの男の赤いベレー帽を取り上げると、自分の頭に載せ、男の友人たちの下品な笑い声をあとに、気取った歩き方で裏の階段に向かった。男は友人の一人とピシャッと音をたてて掌を合わせると、女の後を追った。チョプラは緊張して胃がギュッとなった。目標を見失ってはいけないと自分の全身が告げている。だが、階上のプライベート・ルームの中まで追っていくことができるはずもない。ちくしょう！　もう、待つ以外はなにもできない。

自分の肘のあたりを誰かがうろうろしているようだ。「ウイスキーのおかわりはいらない……」言いかけてから、自分が話しかけているのは女の大きな胸であることに気づいた。東洋人らしい容貌の女だ。アッサムとか、ナガランド出身の、金を稼ごうと思ってムンバイに来て、しまいにはこういう場所に行きついてしまった女たちの一人かもしれない。

女は化粧の仮面を通して、チョプラに微笑んだ。魅力的な女だ。それはチョプラも認めないわけにはいかなかった。すらりと形のいい足、信じられないほど見事なバストはホルターネックのトップスからあふれそうだ。絹のような黒髪は頭の上でパイナップルの形にまとめられている。

「ハロー、サー」女のハスキーな声を聞いて、チョプラはびくっとした。「今までお見かけしたことはないわね」

「ああ。初めてなんだ」チョプラはもごもご答えた。

「初めてなの？」女は微笑んだ。「経験豊富にみえるけど。あなたみたいなハンサムな人がまったく初めてだなんて」女は淫《みだ》らなくすくす笑いをした。

チョプラは自分の顔が真っ赤になったのを感じた。「そうじゃない、まったく初めてって意味じゃない……。いや、この店に来たのは初めてだっていう意味だ」

女は微笑み続けながら、もっと近くに身を寄せた。豊かな胸がチョプラの顔から数センチのところにある。チョプラはどっと汗をかいていた。女は青いアイラインを引いた目でチョプラを見下ろして、ハスキーな声で言った。「わたしといっしょに階上《うえ》にいらっしゃる？」

「いや、今はダメだ」チョプラはまたもごもごと答えた。「たぶん、後で」

「まあ！」女はがっかりしたように言った。「あたしはきれいじゃない？　醜いと思ってるの？」

「そんなことはない」チョプラは途方にくれて答えた。「きみは……すごく魅力的だよ」

女の顔は喜びに輝いた。チョプラにはわかっている。これも演技だ。自分はいいように操られている。だが、突進してくる急行列車のヘッドライトのまぶしい灯りに捕らえられた兎《うさぎ》のように、もう動くことができない。

「それなら、なにか問題があるかしら？」

「問題はない」彼はもごもご言った。「わたしは飲みに来ただけなんだ。それだけなんだ」

「飲みに来ただけ？」女は大きな声を出した。「どういう意味？」

黒いサファリスーツを着た体の大きな男がふいに女の背後に現れた。「どうした、なにか問題があるのか？」男がぶっきらぼうに言った。

「飲みに来ただけだって。あたしのことが気に入らないみたい」

大きな男はチョプラを見下ろした。肌の色が黒く、口ひげがとても濃い。「お客さん、どういうつもりだ？　うちの女の子を侮辱するのか？」

「誰のことも侮辱なんてしてない」チョプラは歯を食いしばるようにして言った。

「だが、この子の誘いを断ったな？」

「そうだ、だが……」

「飲みに来ただけだって言うのよ」

「飲みに来ただけだと？」男が信じられないという顔でそう言うと、口ひげが唇の上で跳ね上がったり、下がったりした。男はチョプラをにらみつけた。「ここをなんだと思ってやがる。五つ星ホテルか？」

状況はチョプラの手に負えないものになりつつあった。まわりのテーブルの男たちまで、こっちをじろじろ見ている。こんなことをしていたら、正体がばれてしまう。

「この子が気に入らないんなら、ほかの女を選べ。よりどりみどりだ。どんな好みだろうと、いい女がいるぞ」

選択肢は二つしかない。外に出て、赤い帽子の男が出てくるのを待つか。だが、そうすれば、このバーの店内でなにが起きるか見ることはできない。ひょっとしたら、カラ・ナヤックが店のどこかにいるかもしれない。階上のプライベート・ルームのどれかにいて、そこで赤い帽子の男と会うことになっているかもしれない。ダメだ、どうしても中にいる必要がある。

「わかった」チョプラはしかたなく言った。「この子がいい」

「それなら、よかった」男は言って、離れていった。

女はにんまり笑った。そして、身をかがめると耳もとでささやいた。「さあ、行きましょう」

もう逃げられないとチョプラは悟った。

女はテーブルの迷路を抜けて歩いていき、チョプラはその後について進み、階段を上った。当惑して顔が真っ赤にほてっている。店内にいる全員がこっちを見た、今もじっと見ている、と思った。だが、こっそり見まわしてみると、誰一人としてこっちを見ている者などいなかった。誰も気にしていない。それもこの店の商売のうちだからだ。彼もまた、天国の楽しみをちょっぴり味わおうとしている客の一人に過ぎない。

女は彼を暗い照明の灯った部屋に案内した。壁は白い漆喰塗りで、シングルベッドが置かれている。女は振り返って、ビジネスライクに言った。「料金は五百ルピーよ」

チョプラは抗議しようとしたが、やはり黙って財布を取り出し、百ルピー札を五枚数えて差し出した。女はそれを受け取ると、ベッド脇の引き出しに入れ、首にかけたチェーンに提げていた鍵をかけた。次に引き出しから何かを取り出して、彼に渡した。避妊具だ。

「それをつけて」と彼女は命令した。あとは余計なことは言わず、着ていたホルターネックの服を脱ぐと、体からスカートと靴を振り落として、ベッドに横になった。

チョプラは彼女の裸の体をじっと見た。その美しさと、湧き上がってくる自分の思いに呆然となった。自分は善い人間である。彼はそれを知っている。こんな所に立って、この若い女性を見ているべきではないのだ。彼女は、これまで毎晩数え切れないほどのお客がやってきたことを彼がするのを待っている……。あふれてくるこの欲望の波は正しくないものだ。彼は女から目をそらした。「聞いてくれ」と彼は言った。「きみの助けが必要なんだ」

20
船の中で

だいたい十五分後、チョプラが階下に戻ると、赤い帽子の男もすでに戻ってきていた。チョプラがもとのテーブルに戻ると、コーラとウイスキーはまだそのままだった。

「満足してもらえたかな？」

振り向くと、さっきの黒いサファリスーツの男がチョプラを見下ろしていた。

「ああ」チョプラは答えた。「大満足だ」男はうなずくと、歩き去った。

チョプラはそのまま赤い帽子の男を見張り続けた。数分後、先ほどの東洋人風の女性も下りてきた。チョプラのテーブルまで来ると、また彼といちゃつくふりをしながら、膝の上にすわり、両腕を彼の首に回して、耳もとにささやいた。「友だちに聞いてきたわ。あの客は彼女の部屋で人に会ったりはしなかったって。彼女の知るかぎりでは、今いっしょにいる二人以外、ここで友だちと会ったりはしてないって。あの客があたしの友だちとどんなことをしたかも聞きたい？」

「いいや」チョプラは言った。「それは聞かなくてもわかる」

「チョプラ！　驚いたな！　本当にあんたか！」

声のしたほうに振り向くと、警部の制服を着た男が足もともおぼつかなく、寄りかかってきた。「わあ、わあ！　こいつは太陽が西から昇ってきそうだな！」男はキングフィッシャー・ビールの瓶を振りまわした。長身で痩せていて、口ひげはピンとしていて、髪の毛はたっぷりのオイルでなでつけられ、頭は完ぺきに丸い形をしている。

チョプラは恥ずかしくて死にそうになった。知っている男だ。チャカラ署のアマンディープ・シン警部だ。友だちとは言えない、ただの知りあいだ。もうずいぶん前から、シンが規則を守らないこと、警察内でも私生活でも伊達《だて》男のようにふるまっていることは噂で聞いている。まさか、今夜こんな所で出くわすとは。チョプラは自分の運の悪さを呪った。

「チョプラ、今までみんな、すっかり騙されてたなあ、まったく！　俺たちは陰で噂してたもんさ。チョプラのやつときたら、本当に堅物なんだから、道でビンロウ（ヤシ科の植物で実には興奮作用があり、噛むと口が真っ赤になる）を吐き出すやつを見たら、それが自分の母親だって逮捕するだろうなって！　ハッ、ハッ、ハー！」

　チョプラは顔をしかめた。最後にシンの笑い声を聞いたときのことを思い出した。一年前の署長会議のときだ。あのときも、まるで驢馬が去勢されるときのような声だと思ったものだ。

「ところで、退職したんだって？」シンはビール瓶を掲げて乾杯のしぐさをした。「楽しい人生に乾杯だ！　ハッ、ハッ、ハー！」

チョプラはもう自分の顔がすっかり赤くなっているのを感じた。この大馬鹿者が！　潜入捜査のはずが、警察官だってバレてしまったじゃないか！　チョプラは赤い帽子の男のほうをチラチラ見た。だが、シンの馬鹿騒ぎには背を向けて、電話をかけている。

「なあ、シン。今日のことは誰にも言わないでいてくれないか？」

シンは自分の鼻の横を指で叩いた。それから、目玉をぐるりと回した。「ああ、そうか！女房殿だな！　なんて名前だっけ？　チッピーだったか？」シンはチョプラの膝の上の女の子にいやらしいウインクをすると言った。「ここのほうがずっといいだろ？　毎晩違う女を女房にしたっていいんだ。しかも、後からぐちゃぐちゃ文句を言われる心配もない！ハッ、ハッ、ハー！」

シンがよろめきながら去っていくと、チョプラは自分を待ちかまえる恐ろしい運命を思った。明日になれば、自分の評判は地に落ちる。みんなが自分の噂をするだろう。あの隠れレイディーズ・バー狂のチョプラ、とかなんとか！

サハール署の部下たちは信じられないという顔で首を振り、最初はそんな話を信じようとはしないだろう。次に彼らは怒りだす。チョプラは規則に厳しい上司のふりをしていただけなのかと思うからだ。「人の本性はわからないものだな」と彼らは言うだろう。そして、彼らの人間性への信頼はいくらか損なわれることになるだろう。

赤い帽子の男は、三時間ほどたつと店を出た。もう、夜中になっていた。男は少しおぼつかない足取りで停めておいたバイクまで歩いていった。チョプラも男に続いて外に出た。チョプラの足もともすこし危なっかしい。酒を飲まないままであのバーに三時間も居続けるのは不可能だったからだ。頭がズキズキしはじめ、喉が焼けるようだ。三回目でやっと、エンフィールドのクラッチに足が乗っかった。

赤い帽子の男を追うと、男はロクハンドワラから、ヴァーソヴァに入った。道路はガラガラで、吹きつける風で頭が少しはっきりしてきた。チョプラは、あの〈夜の女王〉の若い女性が最後に言ったことを思い出していた。「あの客の名前を聞いてくれって言ったわね。シェッティって名前よ」

シェッティ……。サントシュは死んだ日の予定にこう書いていた。「午後九時　モティラルズで、Sに会う」シェッティがSなのか？　自信はないが、正しい道を進んでいると信じるしかない。サントシュがあの夜、〈モティラルズ〉でシェッティと会う約束になっていたとしたら、その予定は実行されたのだろうか。そうだとすると、サントシュはその数時間後に殺されたことになる。

シェッティとそれを追うチョプラがヤリ・ロードを進むと、道はヴァーソヴァ・ビーチの裏にあたるコリ漁村の終点に向かってカーブした。漁村のくねくねした狭い通りを走りながら、あの赤い帽子の男、つまり、シェッティを追跡するのは難しくなってきていたが、見失ったかと思うたびに、赤い色がちらっと見えるのだった。

漁村の人々はすでに寝静まっていた。たまに、ベランダで腰布《ルンギー》姿の男がビディ煙草を吸っていて、二台のバイクが通り過ぎるのを目を細くして見つめていたが、それ以外に起きている者はいないようだった。

ムンバイの海岸には、こんなふうな漁村がたくさんある。ムンバイがまだ沼地の中の島々でしかなかった頃から、ここに住んでいる漁民の子孫が閉鎖的なコミュニティーを作っていることをチョプラも知っている。彼らは警察に対して強い不信感をもっているが、それには当然の理由がある。漁業は辛い仕事であり、多くのコミュニティーは犯罪組織による密輸の仕事を手伝って収入の足しにしているのだ。

とうとう、彼らはヴァーソヴァ・ビーチに到着した。

チョプラは一度ここに来たことがある。何年も前だが、漁を終えて戻ってくる漁船から直接魚を買おうと友人から熱心に誘われて、早朝のとんでもない時間に来たのだった。マナガツオ、ボンベイ・ダック、タイガー蝦《えび》、ベイビー・シャーク、烏賊《いか》、カライワシ、鯖《さば》、サワラ、ヒルサ、ローフー（コイ科の魚）などだ。だが、今は漁船はみな浜に引き上げられて、夜の中に色とりどりの船体が並んでいる。砂浜を上から三日月が照らし、海の水に銀色の輝きを投げかけている。

砂浜を見下ろす位置には、荷の積み下ろしをするコンクリートの荷揚げ場があって、そこから海に突き出した木製の桟橋に大型のトロール船がつながれて、水に揺れている。トロール船は桟橋の突端の係船柱に縛り付けられてある。

シェッティはバイクを停め、渡り板を渡って、トロール船に乗り込んだ。そして、船の中に姿を消した。

チョプラも、コンクリートの荷揚げ場の上まで行って、見捨てられた掘っ立て小屋の横に並んだドラム缶の陰に自分のバイクを停めた。魚を干す生臭いにおいがしている。

彼は双眼鏡を取り出した。ドラム缶の上から双眼鏡を出して、そこからトロール船を見張った。

そのまま何事も起こらなかったが、一時間ほどたつと、後ろのほうから力強いエンジンの響きが聞こえた。まぶしいヘッドライトの灯りが砂浜をなでたので、チョプラは急いで身を沈めた。メルセデスが滑り込んできて、コンクリートの荷揚げ場の向こう端に停まった。男が二人降りたが、そのうちの一人は白いスーツで、杖《つえ》を握っていた。チョプラが双眼鏡で見ていると、二人は桟橋を歩いていって、トロール船に乗った。杖を持った男は船の内部に姿を消す前に振り返り、砂浜に視線を走らせた。ほんの一瞬、月影に男の顔が浮かんだ。チョプラの心臓は喉から飛び出しそうに激しく脈打った。ナヤックだ。それから三十分、チョプラは待った。だが、もうこれ以上は待てない。自分はどうしても知る必要がある。

チョプラはリボルバーを取り出すと、弾倉をもう一度チェックした。それから、コンクリートの荷揚げ場を歩いていって、木製の桟橋に移った。今まさにトロール船に乗り移ろうというときになって、突然、彼の心は不信感にとらわれた。いったい、自分はなにをしようとしているのか？

自分はずっと規則に従う警察官だった。だが、今やろうとしていることは無謀だ。向う見ずにもほどがある。警察官としては、この行為は手順を露骨に無視していることになる。だが、肝心なのはそこだ。自分はもう警察官ではないのだ。もし、元警察官である自分が要請すれば、もよりの警察署はきっと応援を寄こしてくれるだろう。

だが、もし、自分が間違っていたら？　きっととんでもなく厄介なことになるだろう。チョプラは恐怖が湧き上がってくるのを感じた。これから自分になにが起きるか、それが怖いのではない。もっと恐ろしいのは、これまでの人生をかけて築き上げてきた自分の評判を台無しにしてしまうことだ。

ダメだ。そんな危険を冒すわけにはいかない。

チョプラはポケットからメモ帳を出すと、ナヤックの車のナンバーを書き留めた。このナンバーが糸口になる。だが、ナヤックがもし、これほど長い年月姿を隠していられたのであれば、そんな簡単な痕跡を残しておくはずはないだろう。もっと決定的な証拠が必要だ。

それだけではない。チョプラはどうしてもナヤックと対決する必要がある。ナヤックが網の目を抜けたのは、チョプラの失敗だ。ナヤックはチョプラを笑いものにしたわけだ。つまり、警察を笑いものにしたことにもなる。あの男を捕まえるのはチョプラの責任だ。それが警察官の掟というものだ。

あの船に乗って、ナヤックの居場所を突き止める。それが宿敵ナヤックだと確認できたら、私人逮捕する。邪魔をするやつがいたら、ただではおかない。そして、ナヤックを警察の上司に突き出すのだ。

チョプラはその計画を検討し、考えが甘いにもほどがあると認めざるをえなかった。

なにしろ、あのトロール船に乗っているのが何人かもわかっていない。全員でないにしても、ほとんどが武装していることは間違いない。シェッティがチョプラの尾行に気づいていた可能性もある。ロイヤル・エンフィールド・バレットを一度見たら、次に見たときに気がつかないはずはない。特に夜中の交通量の少ないときには。シェッティはわざとチョプラをここに引き寄せたのだろうか？　チョプラが愚かにも一人で、しかも武器といえば古いアンモル・リボルバーだけで、船に乗り込んでくるのを待ちかまえているのだろうか？

どうしたらいいのか、悩むチョプラの上唇に汗がたまった。船に背を向け、ここを去るべきだとわかっている。それなのに、足が動こうとはしない。

結局、まるで永遠のように感じられるほど長い時間、悩みぬいた後、チョプラは人生でこの一度だけ、理性を脇に置いておこうと決めた。前へ進め、ナヤックがあの船に乗っているうちに突撃しろ、と直感が告げている。このチャンスを見逃すわけにはいかない。ここから歩み去ることなどできない。

チョプラはリボルバーを握りしめ、静かに前へ進んだ。歩きながら、自分が最後に怒りに燃えて銃を発射したのはずいぶん前のことだったと考えていた。

トロール船は足もとで穏やかに揺れている。船体と上部構造の間の甲板の狭い廊下をチョプラは進んでいった。入口のドアにたどり着いた。体の前にリボルバーをかざして、ドアを押して開け、中に入った。

そこは短い廊下で、両側に閉まったドアがあった。彼は右側のドアを選んだ。ドアの中は照明の暗い部屋だった。ランプがひとつだけ灯されていて、船の振動に合わせて少し揺れている。片方の壁には簡易ベッドが畳んで立てかけられている。部屋の中央に木の柱があって、天井の大梁《おおばり》とつながっている。部屋の隅にはバケツとごちゃごちゃ丸まった漁網がある。別の隅には、二つのスツールに挟まれた小さなテーブルがある。テーブルの上にあるのは、ウイスキーの瓶、グラスが二つ、火の点いた煙草が一本載ったメタル製の灰皿、それに二人でプレーしているぼろぼろのカードだ。

「いったいどこへ行ったんだ？」チョプラはつぶやいた。だが、その疑問への答えを見つけるまで考える時間は与えてもらえなかった。後頭部を激しく殴られ、世界がぐるぐる回りだしたかと思うと、真っ暗な闇に沈んだからだ。

* * *

水の滴る音が聞こえてきて、チョプラは目を覚ました。頭が痛む。首を振って、頭をはっきりさせようとした。そして、自分が椅子にすわらされ、縛り付けられていることを知った。体を動かせない。綿のぼろきれで猿ぐつわをされている。

首を回してみた。さっき不意打ち攻撃を受けた小さな部屋に今もいる。自分が体を縛り付けられている椅子は、部屋の中央の木の柱に縛り付けられている。あの小さなテーブルの上にチョプラの銃がある。だが、百万マイル彼方にあるのと同じことだ。さっきから聞こえていたやさしいピチャッパチャッという音は、部屋の隅の天井の割れ目からバケツに水滴の落ちる音だった。船は今もゆっくり揺れている。部屋にひとつだけある窓から月の光が射し込んでいるので、今もまだ真夜中だとわかった。木製の船に雨が太鼓のように打ちつける音が聞こえる。

チョプラ（元）警部は心を落ち着かせようと努力した。考えろ！　今さら、自分の愚かさを呪ってもしかたがない。そんなことをしても、手遅れだ。カラ・ナヤックではないかと思われる男にどうしても目にもの見せてやりたくて、彼を追いたいという自分の欲望に負けてしまったのだ。そして今、完全にまずいことになってしまっている。ムンバイのギャングたちは警察官は殺さないことにしている。そんなことをしたら、組織の崩壊を招きかねない。組織の一員が警察の〝エンカウンター〟作戦によって大勢死ぬことになるからだ。だが、チョプラはもう警察官ではない。これは大きな違いだ。

自分の死亡記事にはなんと書かれるだろう？　「アシュウィン・チョプラ（元）警部。ムンバイのヴァーソヴァにて、もはや職務中ではないのに、犯罪分子によって殺害される。三十年以上にわたって模範的な警察官であり、よきムンバイ市民だった。職務における期待をはるかに上まわる勇敢な行為によって、キルティ・チャクラ勲章を授与される。クリケットとワダパオを愛した。象を飼っていた。チョプラ亡き後、妻のアルチャナが残された」それから、これも付け加えたほうがいいかもしれない。「警察のもっとも基本的な注意事項を守らなかったために死んだ馬鹿者である」

ポピーはなんと言うだろう、とチョプラは考えた。退職したばかりで自分を残して死んだことにものすごく腹を立てることは間違いない。興奮するようなことをしてはいけないという医者の言いつけを守らなかったこともひどく怒るだろう。突然、彼はふと気が楽になるのを感じた。少なくとも、ポピーはまだ若くて魅力的だから、きっと再婚できるだろう。それに、チョプラがもし、自分の妻がどんな人間かちゃんとわかっているとすれば、彼女は一生、夫に先立たれた女性の白いサリーを着て、ぼんやり暮らすようなタイプではない。チョプラは妻の幸福を祈った。これまでもずっとそうしてきたように。

それから、グル・ラビンドラナート・タゴール・ロードの新しい家のことをちょっとだけ考えた。あの家はまだ完成していないし、完成しないままで終わってしまうだろう。遅かれ早かれ、ポピーはあの家の存在を知ることになる。彼女はあの家をどうするだろう？　間違いなく腹を立てるに違いない。彼の計画にも、彼がこれまでそれを秘密にしてきたことにも。だが、そんなことがどうだというのだ。人がこの世を去ってしまえば、なにもかもどうでもよくなる。業《カルマ》だ。人間にできることはもうない。自分のカルマを大切にするだけだ。来世で戦うチャンスがあるように。

チョプラは縄が解けないか試してみた。きつくてダメだ。プロの仕事だな、と彼は思った。これがボリウッド映画だったら、そして、自分がボリウッドのアクション・スターだったら、間違いなく、自分の選んだ神様にお願いすれば、超人的な力を得てロープを引きちぎることができる。それから、筋肉を膨らませながら、何十人もの悪党を即座にやっつけて、いよいよ、カラ・ナヤックとの最終対決だ。

何時になったら、漁師たちが目を覚まして、自分の船へと向かうのだろう、とチョプラは考えた。そうなればチャンス到来だ。いや、それが自分にとって最後のチャンスになるだろう。漁師や、早起きして魚を買いに来る人たち、ゴミ拾い、氷売りなどで浜辺がにぎやかになるときが。問題は、助けを求めようにも声も出せないということだ。

突然、なにか別の音が聞こえるのに気づいた。どこかぎりぎり聞こえる場所で、ギシギシという音がしている。チョプラは耳をそばだてた。その音は自分の足の下のどこかから聞こえるような気がする。いったい、なんの音だろう？　その音を雨の音から区別するのは難しかったから、自分の気のせいだったかもしれないと思いはじめた。そして、その音がいったい何なのか、よく考える前に、部屋のドアがバンと開いて、二人の男が入ってきた。一人はハワイ風のプリントのＴシャツを着た色の黒い男、もう一人はあの赤い帽子の男、シェッティだった。

「気がついたようだ」ハワイのＴシャツの男が言った。

「ようこそ、警部」シェッティはにやにや笑いながら、大げさに腕を広げて言った。「俺たちの船はお気に召したかな？」

チョプラは彼をにらみつけた。

「なんだ、なにも言えないようだな。オマワリはいつもはよくしゃべるんだがな。そうじゃないのか、警部さんよ」まるでそれが素晴らしいジョークだとでもいうように、二人は顔を見あわせて笑った。チョプラは用心しながら、男たちを観察していた。彼らの言葉の裏に暴力の気配を感じた。

シェッティはチョプラの銃を手に持ち、よく調べるふりをした。そして、「だから、警察は役立たずだっていうんだよ」と言った。「こんな古臭い銃を使ってやがるんだからな。俺はな、ドイツ製のオートマチックを使ってるぜ」シェッティはジーンズの腰のポケットに手を入れ、自分のピストルを出した。そして、両手に二挺の銃をそれぞれ持って、重さを比べるようなしぐさをして言った。「チョトゥ、おまえ、どっちがいいと思う？　リボルバーか、オートマチックか？」

「どっちがいいかは使ってみればわかるんじゃねえか、兄貴」チョトゥと呼ばれた男がにやにや笑いながら言った。

シェッティは自分のオートマチックをテーブルの上に置いた。それから、ふざけて儀式めいた手つきでリボルバーを調べ、弾倉に入っていた六発の弾丸のうち、五発を取り出した。それから、弾倉をぐるぐる回した後、銃身のもとの位置にカチリと戻し、銃をチョプラの額に突きつけた。「なあ、人の後をつけるなんざ、あんまり行儀のいいことじゃねえな、警部さん」シェッティは大きくて平らな歯をむき出して笑った。「よっぽど運がよくないかぎり、たいていは相手にバレるもんなんだよ。今日は運がいいかどうか、試してみようじゃねえか」

「待て!」三人の目が入口に引き寄せられた。もう一人の男が小さな部屋に入ってきた。後ろにもう一人、ゴロツキを従えている。チョプラは目を細め、凍りついた。

「ラム、ラム、チョプラ」カラ・ナヤックは言った。「また会えてうれしいよ。ずいぶん久しぶりだしな」

21 ただものではない象

ポピーは目を覚ました。一瞬、彼女は泳いで夢の深みから脱出しようとして混乱し、腕を振りまわした。ジャングルの中で道に迷っていて、足が九本と目が七個ある奇怪な生き物に追われて木々の間を走っているのだが、どっちに行けばいいのかわからない。その木々さえもが動き出して追いかけてきたかと思うと、蔓《つる》のような手足を伸ばして彼女の首を絞め、絞め殺そうとしている……。

ポピーは体を起こして、ベッドの上にすわった。

目が覚めたのは、なにか音がしたからだ。今はその音が聞こえる。その音は、窓を打つ雨音や、エアコンの音にかき消されずにはっきり聞こえてくる。ポピーは傍らの夫のほうを向いて揺り起こそうとした……。だが、恐ろしいことに、夫はそこにいない。いや、きっといつものように、もう起きてバスルームへ行ったか、水を飲みにいったのだろう。

だが、そこで彼女は昨夜のことを思い出した。昨夜、自分は一人でベッドに入ったのだ。夫が帰ってもこなければ、どこにいるのか電話で知らせることさえしないので、腹を立てながら。そのときは、ベッドの上で起きているつもりだった。夫が部屋に入ってきたら、うんと驚かしてやる、目にもの見せてやる、あの「あれやこれや」さんに！　しかし、彼女はここ数日の緊張で疲れきっていたので、頭を枕にのせた途端にぐっすり眠っていたのだった。もうひとつ気になることがある。チョプラはいつも彼女より眠りが浅い。結婚したばかりの頃はそれが本当に気になった。彼女がいびきをかいたりしていないとチョプラが断言してくれるまでは気が気ではなかった。だって、女がいびきをかくなんて恐ろしいことだもの、とポピーは思った。

彼女はベッドの上にまっすぐすわって、耳をすました。なにかをこするような、奇妙な音がさっきよりはっきりと聞こえてきた。なんだろう？　どう考えても、夫ではないようだ。

不安の兆しを感じて、ポピーはベッドから滑り出ると、忍び足でリビングルームに行った。キッチン、ドアの開いたバスルームと書斎をさっと眺めて、ポピーは事態がもっと悪いことを理解した。チョプラは家の中にいない。

しばらくの間、彼女はショックでそこから動けないまま、呆然としていた。二十四年の結婚生活で、夫が自分に連絡せずに外泊したのはこれが初めてだ。これこそ、ポピーが探していた証拠の最後のかけらだ。こうなっては、ほかにはありえない。ほかに女がいるのだ！

ポピーは夫がどこかの尻軽女の腕に抱かれているところを想像した。どこかの安っぽい、生意気娘が夫の耳に甘い言葉の毒を注ぎこんでいるところを。怒りが爆発して、全身が熱くなるのを感じた。いや、怒りだけではない。恥の意識だ。夫をつなぎとめておくことができなかったという恥。近所の人たちはなんと言うだろう。実家の家族や親戚はなんと言うだろう。もう、誰にも顔向けができないではないか。あの怖いもの知らずのポピー、あの自信満々のポピーが！　もう、友だちの顔をまっすぐ見ることもできない。夫に捨てられた妻なんて、インドではなんの価値もない存在だ。目に見えない存在になってしまうのだ。誰も関わりたくない幽霊になってしまう。もしかしたら、生まれた村に戻らなければならなくなるかもしれない。両親の家で、間抜けな弟と我慢できない母親といっしょに、嫌われ者として暮らすのだ。母は果てしなく、いつまでも、文句を言い続けることだろう。ポピーはパニックを起こしそうになって震えはじめた。目尻を涙が伝った。

そのときになってようやく、さきほどの何かこするような音は玄関ドアから聞こえることに気づいた。そっちを見ると、ガネーシャがドアに頭をこすりつけていた。

ポピーは涙をぬぐって、ガネーシャのほうへ行った。「どうしたの、ぼうや？」ガネーシャは彼女を無視して、こぶのような頭のてっぺんで、そっとドアを押し続けている。明らかに、このアパートメントから出ていきたがっている。

ポピーはドアを開け、ガネーシャの後についてロビーに出た。

ガネーシャは心配そうにロビーをぐるぐる回ってから、大理石の階段のところへ行った。そして、前足の片方を一番上の段にのせようとしたが、結局、困った顔で後ろに下がった。

「こっちよ、ぼうや」ポピーは言って、エレベーターを呼ぶボタンを押した。そして、いっしょに乗り込むと、地階まで下りていった。

ガネーシャがとことこと裏庭に入っていくと、まさにその瞬間に起床してトイレに行こうとしていたバハドゥールは驚いて、小さな叫び声をあげた。暗いロビーから突然、象が姿を現したのでびっくりしてしまい、トイレに行きたかったことも忘れてしまった。

バハドゥールとポピーが見ていると、ガネーシャは裏庭の門を押しはじめた。バハドゥールがポピーのほうをうかがうと、ポピーはうなずいた。そこで、バハドゥールは門のところへ行って、錠をはずした。ガネーシャは表通りのほうへ、のしのしと歩いていった。

今、チョプラはナヤックの顔をゆっくり見ることができたが、ナヤックは先日チョプラが感じたほどには変わっていない。今の顔から、無精ひげのような短いひげをなくし、ヘアスタイルを変え、明るい色の目を暗い色に戻したら（もちろん、カラー・コンタクトレンズを使っているに違いない）、この男がどこにいたって、これはナヤックだとチョプラも断言できるだろう。

ナヤックはチョプラの目の前に立っている。痩せて、堂々とした男で、白いリネンのスーツを着て、杖に寄りかかっている。杖は象牙でできていて、杖先はシルバー、持ち手は金属製で精巧な細工だ。

「これが気に入ったか？」チョプラの視線に気づいたナヤックが言った。「本物の象牙だ。大きな雄の象の牙一本から掘り出したものだぞ。この杖はある意味、おまえからの贈り物と言えるな、警部。ＭＩＤＣのあの夜、おまえは俺の計画をほとんど台無しにするところだった。俺は尻に一発、銃弾を喰らった。ほんのちょっとかすっただけだよ。いや、少なくとも、最初はそう思った。だが、傷は炎症を起こすし、骨のかけらが変な所に行っちまって、医者に手術させなきゃならなかった。だが、下手くそな医者どもでな。見てのとおりだ。猿ぐつわをはずせ」

乱暴な手が猿ぐつわを引っ張るのを感じた。猿ぐつわがはずれると、チョプラは大きく息を吸い込んだ。

「聞きたいことがたくさんあるんじゃないのか？」とナヤックは言った。

「なぜだ？」とうとう、チョプラは質問した。

「俺は消えなくちゃならなかった。なにもかも、うまくいかなくなっていた。ギャング同士の抗争だが、古くからのボスどもが縄張りを手放そうとしないのさ。やつらは手を組み、力を合わせて、遅かれ早かれ、俺を亡き者にしようとたくらんでいた。そこへ、おまえと特別捜査チームも迫ってきていた。もう、自分の首に縄がかかってる気がしていたよ。銃で問題を片づけるって方法もあったかもしれない。だが、俺はここを使うほうが好きだからな」そう言いながら、ナヤックは自分の頭の横を軽く叩いた。「ＭＩＤＣで起きたことは何もかも罠《わな》だったのさ。俺が何をしようとしていたか、知っていたのは俺の腹心の部下だけだった。そいつは、俺が警察に偽の情報を流したこと、警察の手入れが近いってこと、俺たちが自分たちでわざと火を点けること、それに俺が身代わりの死体を用意することを知ってた。リスクの大きい作戦だったよ。いろいろなことがうまくいかない可能性はあったからな。だが、とにかく、本当らしくみえる必要があったわけだ。でないと、おまえを騙せないからな」

「われわれが見つけた死体は誰なんだ？」

「さっき言った、俺の忠実な部下だよ。ちょっとでも、ほころびがあっては困るからな。わかるだろ、警部さん」

「あの建物から、どうやって脱出した？」

「警察の制服に着替えて、足を引きずりながら、おまえの部下たちといっしょに出たのさ。あれだけ煙が出て火が燃えていたんだ。誰も気づきはしなかったよ。次の日には俺はもう、ムンバイにはいなかった。その次の日にはもう、ドバイに行ってた」ナヤックは体重を移動させて杖に寄りかかった。「ドバイに行ったことはあるか？　いい所だぞ。俺みたいな人間にとってドバイは、イスラム教徒のメッカみたいなもんだ。ずいぶん前から、ドバイに金を移してたのさ。一カ月もたたないうちに、俺は元気で仕事を始めた。だが、前と違って絶対に表に出ないことにしていた。おまえが貴重な教訓をくれたんだよ、チョプラ。ヒーローになったって、なんにも得はしないってことをな。この稼業では、慎重にゲームをするやつが長生きするんだ。リスクを管理して、スポットライトの当たる所に出ないやつらがな。これまで九年かかって、俺はまた組織を作り上げた。前よりずっと力のある組織をな。ドラッグ、武器、建設……。ありとあらゆるビジネスで稼いできた。だが、その陰に俺がいることには、ほとんど誰も気づいていない。それは本物の秘密なんだ！

それだけじゃない、俺は年をとって、ますます賢くなった。どこに金を使うべきか、わかるようになった。若いやつらのように見かけ倒しの飾り物なんかを買うんじゃなく、長生きして、もっと金を手に入れるために投資するんだ。なにを買うと思う？　権力だよ。儲けた金で、権力を買うんだ」ナヤックは微笑んだ。「今では、俺のような人間を意味する言葉もあるだろ。〝企業家《アントウルプレナー》〟だよ」

「そんなことを言って……」チョプラが言った。「そんな人聞きのいいことを言って、いい服を着ていても、おまえはやっぱりただの悪党《グーンダ》に過ぎないじゃないか」

ナヤックはしばらく何も言わなかった。それから、悲しそうに微笑んだ。「またおまえと会う運命だったのは残念だな、チョプラ。この世にはおまえのようなやつがいたほうがおもしろいんだがな」

彼は背を向けると、部屋を出ていった。

シェッティが二人のゴロツキに命令した。「こいつを浜に連れていけ。海に突っ込むんだ。溺れたようにみせるんだ。ナイフは使うな。銃もダメだ、殴るのもダメだ。わかったか？　もう、こいつの頭に痣を作っちまったんだ。また、まずいことをやらかしたら、こいつの後から海に突っ込むぞ」シェッティはチョプラを見下ろして、にやにや笑った。「ボスのアイデアは素晴らしいだろう、警部さんよ。『退職したばかりの警察官が自殺』、『落ち込んだ元警部が海で入水《じゅすい》自殺』。まったく、いい考えだと思わないか？」

「彼を殺したのか？」チョプラが質問した。

「誰を殺したって？」

「あの若者だ。サントシュ・アチュレカルだよ」

シェッティは顔をしかめた。「サントシュか？　あいつはかわいそうだったな。自殺したんだよ。この頃、自殺ってのが流行ってるみたいじゃねえか」彼は大声を出して馬鹿笑いした。

「なぜだ？」チョプラは尋ねた。「なぜ、死ななければならなかったんだ？」

シェッティは笑うのをやめた。「警部さんよ、おまえ、自分のまずいところをわかってるか？　質問をし過ぎるんだよ。あのガキのことはもう過ぎたことだ。どうして死んだかなんて、誰も気にしねえ」

「わたしが気にする」

「だから、今ここにすわってるはめになったんじゃねえか！」話をしているのに飽きたのだろう、シェッティは怒鳴った。「おい、おまえら、なんであほっと俺の顔を見てるんだ？さっさとこいつを連れていけ」シェッティはオートマチックを持った手を振って、二人のゴロツキに命令した。「仕事がすんだら、二、三週間はムンバイから出ていろよ。プネの事務所に行ってろ」

「でも、ボス、ここの……荷物はどうするんで？」

「おまえらが心配する必要はない。マンゲシュとナムデオがすぐに来る。俺も二時間くらいしたら、戻ってくるしな。戻ってきたときには、おまえらのみっともない面は見たくないぞ」

　猿ぐつわがまた、チョプラの口に戻された。体を縛った縄が緩んだかと思うと、はずされたのがわかった。それから、乱暴に立たされた。抵抗しようとしたが、あまりにもしっかりと押さえられているので、逃げることはできなかった。

　両側をそれぞれ、ゴロツキどもに拘束されて、チョプラはデッキの上に引きずり出され、それから桟橋へ、最後に誰もいない砂浜に引きずっていかれた。雨はつかの間、弱まったようだ。今は霧雨のように降っている。波の音はさらさらとやさしいささやきのようで、チョプラの心は静けさに満たされた。湿った砂が靴底にまとわりついてくる。

二人のゴロツキに引き起こされたとき、白いメルセデスが去っていくのが見えた。シェッティのバイクがメルセデスを追った。

「おう！」ゴロツキのうちの一人がチョプラの背中を押したので、チョプラは前に倒れて、波の中に膝をついた。彼は一瞬、祈りを捧げるムスリムのようにそのままの姿勢でいた。だが、また乱暴に立たされて、渦を巻く黒い水が膝の深さになる所まで、前向きに引きずられていった。古い空き缶が波とともに寄ってきて、彼の足に当たってはね返った。ゴロツキの一人が、太った体つきにも似合わず敏捷《びんしょう》な動きで、チョプラの両腕を背中に回して押さえつけた。もう一人が猿ぐつわをむしり取ったが、チョプラが叫び声をあげる暇もなく、髪の毛を乱暴につかまれて、水の中に押し込まれた。まったく驚くほど突然に顔も水中に沈められてしまった。

チョプラはバタバタ暴れた。しかし、頭を容赦ない力で捕まえられている。しかも、背中を膝で押さえられた。彼は息を止めて、全力で体をねじった。突然、背中を押さえていた膝が滑ってはずれた。必死の努力で頭をつかんでいた手を振り払うと、チョプラは起き上がり、水から顔が出るとあえぎながら大きく息を吸い込んだ。ゴロツキのうちの一人は水にはまり込んでいたが、もう一人といっしょになって襲いかかってきた。

チョプラの視界の隅に、砂浜を突進してくる灰色のものが見えた。次の瞬間、雨の中からガネーシャが姿を現し、ゴロツキの一人に飛びかかると、そいつの尻を踏みつけた。チョプラの耳に、骨の折れる音が聞こえた。ゴロツキは叫び声をあげ、波の中に後ろ向きにひっくり返った。もう一人は驚いて目を丸くしながら、ジーンズのポケットからピストルを出そうとした。だが、武器は水に濡れた手から滑り落ち、渦巻く水の中に見えなくなってしまった。男は四つん這いになって、オートマチックの銃をつかもうと、水の中で手探りした。

驚愕のあまり動けなくなっていたチョプラの目の前で、男は後ろからガネーシャに体当たりされ、水しぶきをあげて水の中に倒れ込んだ。ガネーシャはさらに追いかけ、男の背中を、次に頭を踏みつけた。

チョプラははっと我に返った。今、自分の目の前で起きたことはなぜ、どういうわけで起きたのか信じられなかったが、とにかくそれは実際に起きたのである。

そもそもガネーシャがどうやって自分を見つけたのか、考えてみようとした。

ここヴァーソヴァ・ビーチは、徒歩ではチョプラの家から少なくとも一時間はかかる。ムンバイで象が道を歩いていても、人がどうこう言うわけではないかもしれない。理解できないのは、自分のいる場所がどうしてガネーシャにわかったのかということだ。

多くの動物たちが、人間には理解できない感覚、特に追跡能力と道を知る能力をもっていることはチョプラも読んだことがある。ハーパル・シン博士の本にも書いてあったが、象は長い鼻のおかげで非常に鋭い嗅覚をもっており、数キロの距離があってもにおいを感知することができるという。象は旱魃《かんばつ》のとき、たとえ十五キロ離れていても、水のある場所を察知するという。いや、とにかく、本当に重要なことは、チョプラがまだ生きていることだ。

「おいで、ぼうや」チョプラは言って、ガネーシャの脇腹をやさしくたたいた。それから、濡れた砂の上を走って、コンクリートの荷揚げ場に続く石の階段を上り、漁村に駆け込んだ。ガネーシャもぴったりついてきた。

アパートメントの敷地に帰り着くと、チョプラはまず、ガネーシャを警備員室のそばに連れていった。上階の部屋にいつまでも居させるわけにはいかないからだ。

チョプラは身をかがめ、ガネーシャの頭をやさしくトントンとたたいた。バハドゥールが目を丸くして見ている。「おまえは命の恩人だ、ぼうや」チョプラは小さな声で言った。

ガネーシャはあくびをして、前足、後ろ足をすべてパタッと伸ばしてすわり込んだ。それから、まばたきを何度かして、目を閉じた。今夜はすっかり体力を消耗して、疲れきっているのだ。チョプラとガネーシャは漁村から歩いて帰ってきた。静まりかえった街を足を緩めず、歩いてきたのだ。ガネーシャが疲れきっていることはわかっていた。だが、今は時間が貴重だ。彼はある計画を思いついたところだった……。

ガネーシャは数秒のうちに熟睡していた。

家へ帰ると、ポピーはソファーの上に丸くなって眠っていた。自分を待っていたのだろう、そしてやきもきしながら、眠りこんでしまったのだろう。ポピーを起こそうかと思ったが、結局やめた。彼はまだ激しく動揺していて、今夜の出来事を誰かに話す準備はできていなかった。

チョプラは書斎に入り、柳細工の椅子に座って、目を閉じた。

自分がまだ生きていることが信じられない。どれほど死に近づいていたのだろう。自分は死を味わった。それを受け入れ、死への旅路を半分行って、戻ってきた。奇跡が起きて、生者の国へ戻ってきている。チョプラは両手で顔を覆った。そして、自分が涙を流していることを知った。

それから、忍び足でリビングに戻ると、立って妻の寝顔を見つめた。そして、自分がいなくなった後の彼女のことを思った。自分が妻のことをよく理解しているとすればだが、彼女はきっと自分を責めるだろう。大騒ぎして、メロドラマを繰り広げるだろう。だが、なんといっても、彼女は活気にあふれ、自然の力に恵まれた人間だ。きっと乗り越えていくだろう。

チョプラは窓辺に行って、眠れる都市ムンバイを見下ろした。彼の街だ。チョプラはムンバイを自分の都市だと思っていた。チョプラの都市。なぜなら、自分にはこの都市を守る義務があると思うからだ。そういう義務感は父親からの遺伝だろうと人から言われることがある。だが、チョプラはそうは思わない。義務感というものは、目の色や髪の色のように遺伝で伝わるものではない。それは一人ひとりの心の中に生まれ、自分の決断によって育っていくものだ。そう、特に人生のもっとも重要なときにする決断だ。ちょうど、今のこの瞬間のように。

チョプラはポピーを起こさなかった。自分がこれからしようとしていることを、彼女は理解しないだろう。チョプラは電話のそばに置かれたメモ帳をとって、妻への伝言を記した。「ポピー、心配しないでくれ。わたしは大丈夫だ。これから出かける。すぐ戻ってくる。帰ってから説明する。アシュウィン」

彼はメモをテーブルの上に残すと、もう一度、妻のほうを見て、それから階下に下りた。ガネーシャは金属の柱のそばの自分の居場所にすわり込んでいた。バハドゥールがまた、小さな象の首にチェーンを付けたのだ。チョプラはガネーシャの無邪気な寝顔を眺めた。あれは本当に起きたことなのだろうか？　それとも、信じられない夢なのだろうか？　この象はどうやって自分を見つけたのだろう？　どうしてわかったのだろう？　どれも、あまりにも荒唐無稽なことに思われた。

これらの疑問の答えは永遠に見つからないのかもしれない、とチョプラは思った。ただひとつ、わかっているのはバンシ伯父さんのあの言葉だ。「この象はただの象ではないぞ」

彼はハリエット・フォーティンブラスの回想録に書いてあったことも思い出した。「インドの神話は象をナヴァラトナの位置にまで高めています。ナヴァラトナというのは、神々と悪魔たちが生命の霊薬を求めて大海をかきまわしたとき、その表面に浮かび上がってきた九つの宝石のひとつです。象は神秘的な力をもち、人間の苦難に同情してくれるとインドの人々は信じています。象はわれわれ人間の友であり、われわれ人間の保護者でもあるのです」

すぐに行動を起こす必要があった。

チョプラはリクシャに乗ってヴァーソヴァの漁村に戻った。そろそろ夜が明ける。夜が明ければ、人々は仕事を始め、漁村は活気づくだろう。
チョプラのバイク、エンフィールドはちゃんと停めておいた場所にあった。砂浜の上のコンクリートの荷揚げ場のドラム缶の後ろに隠しておいたのだ。チョプラは砂浜から、自分がついさっきまで捕らえられていたトロール船を見下ろした。桟橋の突端の係船柱の近くにシェッティのヒーロー・ホンダが停まっているのが見えた。さきほど言っていたとおり、シェッティはここに戻っているのだ。

チョプラは波を見つめた。あの二人のゴロツキの体らしいものはどこにも見えない。海は人間の排出するゴミの究極の回収者だ。今回も、さっさとその仕事をしてくれたのだろう。

チョプラは腰を下ろして待った。今やっていることは、これまで自分がやったどんな愚かなことにもまして愚かなことだとわかっている。だが、結果がどうなるかなど、もう考える気はない。彼は自分が一度死んだような気がしていた。今は借りものの時間を生きているような気がする。今、彼にとって重要なことは、自分で自分に課した任務を遂行することだけだ。

三十分後、まさに夜が明けようとするとき……。シェッティが姿を現した。チョプラが見ていると、シェッティはバイクにまたがり、クラッチペダルを踏み込み、轟音とともに去った。

チョプラは後をつけた。ヤリ・ロードをたどって、アンデリ・ウェストへ、それからサハールへと戻っていく。

サハールの東側で、シェッティは裕福な人々の住む新しいマウント・カイラス開発区に入った。ここは郊外区にできた新しい開発地のひとつで、ムンバイの成り金たちや、南部の人口の多い地域から引っ越してきた人たちが住んでいる。道の両側に大きく立派な屋敷が並び、装飾を施された門があって、警備員がその外側に常駐している。そのうちでも特に贅沢な邸宅の前でシェッティはバイクを停めた。警備員とちょっとおしゃべりしているが、見たところ、よく知った仲らしい。やがて、門が開けられ、バイクは中に入っていった。

チョプラは百まで数を数え、それから、バイクを動かして門に近づいた。そして、警備員の一人に手振りで挨拶した。

「やあ、きみたち、プラカシュ・ジェインさんの屋敷を探しているんだがね、どこだか知ってるかい?」

警備員は同僚と顔を見あわせてから、答えた。「知りませんよ、サー」

「これじゃないのかな?」チョプラは言った。「ここはジェインさんの屋敷じゃないのかね?」

「違いますよ、サー」警備員はにっこりして答えた。「ここはジェイトリー・サーヒブの屋敷だからね」

「ジェイトリー? ああ、その人なら聞いたことがあるな。ジェインさんが話してたからね。背が高くて、白いスーツを着てて、象牙の杖を持ってる人だ。そうだろ?」

「そう、そう、そうですよ」警備員は力をこめてうなずいた。チョプラはバイクを走らせて去った。

そうか、カラ・ナヤックは今ここに住んでいるのか。公然とこんな所に! チョプラの警察署の目と鼻の先であるここに、いったいいつから住んでいたのだろう? そもそも、そんなことがなぜ可能だったのか? チョプラの耳になにも入ってこないなんて。街の情報網の者たちもなにも知らなかったなんて。

いや、そんなことはもうどうでもいい。ナヤックはチョプラの街であるムンバイに戻ってきている。どこに住んでいるかもわかった。それだけではない。サントシュ・アチュレカル殺しの裏にいるのはナヤックだ。そのことにはなんの疑いもない。サントシュはアルン・ジェイトリーという名のビジネスマンの会社で働いていた。アルン・ジェイトリーはナヤックの偽名だ。サントシュがなぜ殺されたのかはまだわからない。しかし、それは必ず突き止めてやるとチョプラは自分に誓った。

次の一歩は慎重に考えなければならない。誰に連絡したらいいだろう？　スレシュ・ラオ警視はダメだ。チョプラとはずっと敵対関係にあるのだから。親友のアジット・シンデ警視なら、チョプラの言うことを信じてくれるかもしれない。ムンバイにいた頃の上司たちに連絡して、チョプラの代わりに説得してくれるかもしれない。だが、シンデはインドを半分横切ったくらい遠いガドチロリのジャングルで、左翼武装組織ナクサライトと戦っている。そんな遠くにいる彼が、旧友のためにすばやく行動してくれることができるだろうか。もしかしたら、この件を未決案件に加えて、やっと対応する暇ができたときには、チョプラが相談したことを後任のスーリヤヴァンシュ警部に問いあわせてしまうかもしれない。

チョプラは彼らの会話を想像した。「懐かしのチョプラがとんでもないことを言いだしたんだが……。ちょっとでも本当だという可能性があると思うか？」「なんだって！　ナヤックがまだ生きてるって？　バカらしい！　ムンバイに戻って、われわれの目と鼻の先にいるって？　くだらん！」「チョプラは真剣だった。自分の目でナヤックを見たと言ってた」「引退するとおかしくなるやつはいるもんだよ。チョプラは体調が悪かったしな。心臓が弱いとかって話だよ。ストレスが多かったんだろうな」「残念だな。頼りになる男だったんだが」

ダメだ、とチョプラは思った。アジット・シンデ警視もダメだ。そうだ、彼なら助けてくれるかもしれない。もう一人、ムンバイ市民の幸福を考える人間を知っている。特に、サハールのことを考えてくれる人間だ。それに、彼なら、なんとかしてくれる力ももっている。

22 州議会議員

アンデリ・イースト選挙区選出の州議会議員アショク・カルヤンの事務所は、サハール・ロードにある陰気な砂岩の壁のビルの中にある。ビルの正面の半分ほどの高さまで占めているのは、アショクが笑顔の党首と並んでいる、カラフルな手描きの巨大看板だ。絵の中では、党員たちが媚《こ》びへつらうような表情でアショクを取り囲み、畏敬の眼差しで見つめている。背景に書かれているのは党のマークと「後ろに下がって、普通の人々を前列に」というスローガンだ。

アショクが望めば、もっと立派なビルに引っ越すこともできるとチョプラにはわかっている。だが、アショクは抜け目のない策士だ。「大衆と同じ生活をしていなかったら、大衆の味方とはいえないだろう?」彼はその愛想のいい顔に満面の笑みを浮かべて、そう説明した。

それはもう五年近く前、アショクが初めて州議会に議席を得た、前回の選挙のときのことだった。それ以後、チョプラもたまには彼に会いに来ていたが、お互いに、特にアショクのほうが、ますます忙しくなったので、それもだんだん間遠になっていた。それでも、電話では連絡を取りあっていて、ディワーリーには家族も元気かなどと尋ねあい、仕事の様子なども伝えあっていた。元警察官の州議会議員であるアショクは、今も地域の治安に強い関心をもっており、マハーラーシュトラ州の法と秩序を管轄する州の内務大臣にも協力している。内務大臣は引退が近く、党はアショクをその後任に据えるべく運動するだろうという噂もある。

警備員が一人、アショクのオフィスの外に座っている。どうやら、大衆の味方も今では大衆から自分を守ることが必要になったらしい。

選挙期間中、国のあちこちで政治家が襲撃を受けている。貧富の格差は恐ろしく拡大してきている。庶民はもううんざりしている。現在の政府は「輝くインド《インディア・シャイニング》」などと言っているが、野党は「誰のために輝いているのか?」と反論する。それでも、多くの政治家が大衆の僕《しもべ》のふりをしながら、自らの懐を肥やしている。残念ながら、よい政治家たちでさえも、だんだん同じ悪習に染まってきている。

事務室のガラスの壁をとおして、旧友アショクがデスクについているのが見えた。若い事務員が書類挟みを手に持って身を乗り出している。

チョプラは、カーキ色の制服を着た警備員が抗議するのを無視して、ガラスのドアをこつこつ叩いた。アショクが顔を上げた。一瞬、邪魔をされて苛立ったような表情をしたが、チョプラだとわかると笑顔になった。アショクは立ち上がり、事務員のそばをすり抜けて、自らドアを開けに来た。「アシュウィン！　ここでなにをしてるんだ！」

二人の男はハグしあった。アショクはチョプラを事務所の中に招き入れ、木の椅子にすわらせた。事務員はまるで神経質な蝙蝠《こうもり》のように、二人のまわりをうろうろしている。

「なにを飲む？　お茶か？　冷たいものがいいか？」

「なにもいらない」とチョプラは答えた。

「なに言ってるんだ」アショクは言った。「久しぶりに会ったのに、友だちに飲み物も出せないなんて。おまえが禁酒主義者で残念だよ。アンバサダー（インドの国民車とも呼ばれるヒンドゥスタン・アンバサダー）の中にジョニー・ウォーカーが一本あるんだが。ラジュ、下に行って警部さんのためにリムカ（レモン・ライム味の炭酸飲料）を持ってきてくれ」

「でも、サー、この書類が……」

「わかった、わかった、後で必ず見るから。さあ、早く行ってこい」

　事務員は困りきった表情で走り出ていった。

「最近の若いやつらの困ったところは……」とアショクは言いだした。「なんでも、一日でできてしまうと思ってることだよ。世の中というものがまったくわかっていないんだ。俺の事務所で働きはじめる若い者も、インドというこの偉大な祖国に少しでも変化を起こすためには、多くの努力と駆け引きが必要だとは思ってもみないんだ。ところで、退職してから、調子はどうだい？」

「あんまりよくない」とチョプラは言った。「アショク、助けてほしいことがある」

アショクはいかにもおもしろそうに、にっこりして言った。「ずいぶん深刻そうな顔だな。まるで世界を肩に背負ってるみたいじゃないか。退職したら、のんびりして、面倒な問題を解決するのはほかのやつらにまかせるのが普通じゃないのか？　俺の考えは間違ってるかね？」

「ときには、自分で解決しなければならない問題もある」

アショクは頭を振って、くすくす笑った。「アシュウィン、おまえはあいかわらずだな。いったい、なにを悩んでるんだ？」

「カラ・ナヤックが戻ってきた」チョプラは自分の発見を簡単に説明した。「信じられないと思うだろうな。だが、確かに見たんだ。話もした。本当にあいつなんだ」

アショク・カルヤンはチョプラをじっと見つめた。州議会議員アショク・カルヤンは美男子だ。カールした美しい黒髪に、よく手入れしている口ひげ、目の覚めるような真っ白のクルタ・パジャマがコーヒー色の肌に映えている。両目は温かい人柄を表しているようだし、チョプラはいつも思うのだが、彼の笑顔は友情と信頼を保証しているようにみえる。彼のデスクの上には、ネルー・キャップ（初代首相ネルーが好んで被った円筒形の白い帽子）が置いてある。彼が二年ほど前に自分のトレードマークとするべく被りはじめたものだ。

およそ二十年前、アショクは警察官から政界へと見事に転身した。チョプラと違って、彼は人前で話すことに長《た》けていたし、オープンで親しみやすい人間でもあり、柔軟な考え方ができた。長身でたくましい体つきだから、いかにも力強くみえ、大衆は彼を自分たちのためのボリウッド映画のヒーローのように思った。なぜ、泥まみれの政治の世界に入ろうと思ったのか、とチョプラは何度も彼に聞いた。そのたびにアショクは、心配はいらないと言って笑った。そして、「政府の中には悪党が多すぎるからな、警察官の一人や二人もいたほうがいいだろう?」と冗談を飛ばすのだった。

歯に衣着せず率直にものを言い、カリスマ性もあるアショクはすぐに名前を知られるようになった。彼の開く集会の参加者は増え、党の幹部たちも彼に注目し、気にかけるようになった。アショクは区議会議員から州議会議員へとなんなく昇格した。人々は彼の中に可能性とチャンスを見出している。今では、州首相の地位も夢ではなくなっている。多くの専門家が予想するように、次の総選挙で党が勝利することになれば、それほど遠くない将来に内閣に大臣の地位を得る可能性もないわけではない。「想像してみてくれ」この前、電話で話したとき、彼はチョプラに言った。「おまえの村出身の小僧の話に首相が耳を傾けてるところを!　これ以上望むことなどなにもないよ」

アショクは立ち上がって、デスクの向こうからゆっくり窓辺へ向かった。そして、「こっちに来てくれ」と言った。チョプラも立ち上がって、彼のそばに立った。「ここから、見下ろしてみろ。なにが見える？」

チョプラは下の道路とそこを通り過ぎていくものを見下ろした。このあたりは貧しい地域で、高価な自動車はほとんど走っていない。郊外区（ムンバイは海に近い南側の旧市街が都心区と呼ばれ、後から都市化した北側が郊外区と呼ばれる）の中でも南側では当たり前に見られるトヨタやシュコダ（インド市場で普及しているチェコの自動車）は一台も見えない。ここでは、オートリクシャが道路を支配しており、おんぼろになったマルチ（スズキの子会社生産の乗用車）や、頭がおかしいとしか思えない自転車乗り、頑固な物売りの手押し車とレーンを争っている。果物や干し魚の入った大きな籠を頭に載せた女性たちがぐらぐら揺れながら歩いていて、物乞いするストリートの子どもたちにしつこくつきまとわれている。

通りの向かい側では、ビルが建設中だ。白い看板が宣言しているところによれば、〝ドクター・アンベデカー総合病院〟だ。建築途中の三階建てによじ登るように竹の足場が組まれている。ビルの片側に細い道がある。その道には何人もの男たちがしゃがみ、新しい病院の脇を流れる下水溝の上に尻を出して大便をしている。男たちはズボンを足首まで下げ、口には煙草をくわえ、おしゃべりに興じている。

「毎日、この窓からあそこを眺めるんだ」とアショクは言った。「一年たっても、あのビルは二階分しか高くなっていないだろう。やる気が足りないからではないよ。あの建物を完成させることができたら、俺の評判は高まり、党の評判も高まることが俺にはよくわかっている。だが、それと同じように、工事を遅らせれば俺の評判を傷つけることができるとわかってるやつらがいる。あの小さな道で、大のおとなが、まるでそれが全世界でもっとも自然なことででもあるかのように、真昼間から病院の壁に糞をしてるのを見るたび、俺は笑いだしてしまう。笑いすぎて、涙が出てくるときもあるよ。なあ、友よ、世界のほかのどこであんなものを見ることができる？」

アショクはまっすぐチョプラのほうを向いた。「カラ・ナヤックのようなやつらは、わが国の醜い現実だ。そんな現実は存在していないふりをしたくなる現実だ。あそこの男たち、将来自分の命を救ってくれるかもしれない病院の壁に糞をしている男たちのように。ナヤックが生きていて成功しているとおまえがそう言うなら、俺は信じるよ。なんとかしなければならないとおまえが言うなら、確かに何かしなければならないんだろう。俺ができることなら、なんでもするよ。だが、正直に言っておこう。この件を捜査しろと警視総監を説得するのは簡単なことではない。長官の人員も資金も関心もすべて選挙に向けられているからだ。今、ムンバイの警察幹部を悩ませているのは集会と暴動なんだ。彼らにとって、カラ・ナヤックは昔話でしかない。もう死んでいて、ほかのギャングどもといっしょに葬り去られているんだ。ムンバイという都市を人質にとっているギャングたちなんて、もう過去の話だ。やつらは滅びゆく品種だ、カーキ色の制服を着たわれらが勇者たちから逃げまわるネズミに過ぎない」

アショクはチョプラの肩に手を置いた。「お互いのために言っておくが、勘違いしないでほしい。この件の捜査を要求するために、俺は貴重なコネをすべて使うよ。俺の仕事は、コネがすべてなんだがね。それでも、こう言うのを知ってるだろう？　肥《こや》しの山の上に住んでいたら、薔薇《ばら》のにおいなどするはずがない、ってね」

事務員が戻ってきた。そして、大げさなほど丁寧に冷たいリムカの瓶をチョプラに渡した。アショクには、おいしそうなにおいのする小さな新聞紙の包みを渡した。「サー、これはあなたに買ってきました」と事務員は言った。彼が最初に思ったよりずっと若いことにチョプラは気づいた。黒い髪をきちんとオールバックにした、痩せてハンサムな若者で、ひげはまだはえはじめたばかりだ。

アショクはにっこりした。「見たかい、アシュウィン？　だから、インドは偉大だと言うんだよ！　こういう若者たちがいるからだ！　インドの人口は十億人を超えている。そのうちのほとんどが若者なんだ。このラジュのように、やる気があって、猛烈に有能な若者たちだ。毎日、この時間になると、催促しなくても、俺の大好きなスナックを買ってきてくれる。そうすれば、俺が笑顔になるって、ちゃんとわかってるんだ。そして、俺が笑顔になれば、書類にもすぐサインをするし、次にこれをやれと言われればちゃんと言うことを聞くってわかってるんだ。なあ、そうだろ、ラジュ？」

若者は何かもごもご言ったが、チョプラには聞き取れなかった。アショクがずっと笑顔を向けているので、若者は居心地が悪そうだった。「恥ずかしがるなよ。ＨＳＣ（高等教育修了試験）

のときの成績を警部さんにお話ししたらどうだ？」

「州で上位に入りました」若者は申し訳なさそうに言った。

「州で上位！　聞いたか、チョプラ？　州で上位だぞ。それで、おまえはどこで育ったんだったかな、ラジュ？」

若者は困惑を隠せない表情だ。

「どうした？」

「孤児院です、サー」

「孤児院だよ！」アショクが繰り返した。「孤児院のような所から這い上がるのがどんなに大変なことか、わかるかい？　よほどの決意がないといけない。しかも、それだけでは無理だ。手助けも必要だよ。わが国には、このラジュのような、大きな可能性をもっているのに、先へ進むためのコネクションをもっていない若者がたくさんいる。これは悲しい事実だ。巨大な多国籍企業でさえも、縁故にもとづくコネ採用という悪習に支配されている。ラジュのような若者たちに自分の実力を証明するチャンスを与えることが、われわれの仕事だ。そう思うからこそ、俺は無能なおべっか使いや、ミニスカートを穿いて作り笑いするかわい子ちゃんは採用しないことにしてるんだ。その代わりに、このラジュみたいな若い者、俺が見ていないと思うときには、こっそり俺にうんざりした表情をしたり、俺がなまけてグズグズしているときには厳しくせかしたりしてくれるやつを採用したんだよ」

「サー、そんな……」

「なんだ、否定しなくてもいいぞ」アショクは機嫌よさそうに言った。そして、包みを開けると、揚げたてのサモサのにおいが部屋に広がった。「ああ……」彼は大げさに息を吸い込んだ。「この香り！　村の食料品店のハリおじさんのサモサを思い出すなあ！」

ドンドンとドアを叩く音がして、警備員が駆け込んできた。「サー！」警備員は言った。「ロビーにサキナカ（ムンバイ市アンデリ・イースト地区の地名）からの嘆願者が来てます！　焼身自殺をすると言ってます！」

アショクはうんざりした顔で、白目をむいた。「またか？」それから、チョプラに笑顔で言った。「心配するな。そんな芝居をするやつが毎週のようにいるんだ。貧乏人もみんな、自分に注目してほしいんだよ。あんなのは逮捕させてもいいんだが、俺は心がやさしいんでね。ここで待っててくれ、友よ。すぐに戻るから」

「でも、サー。シヴァジ・グラウンド（マディヤ・プラデーシュ州ジャバルプルにある大型スタジアム）の集会はどうするんです？」ラジュが絶望的な顔で抗議した。

「集会は俺を待てるはずだ」アショクは傲慢に言って、サモサの包みを持ったまま、部屋から出ていった。「なにしろ、俺が主役なんだからな、そうだろ？」

ラジュは「いつもこんなふうなんです」と言いたげに、悲しそうな目をチョプラに向けると、アショクの後を追って、部屋を出ていった。

チョプラはもとの椅子に戻って待った。アショクの言葉を聞くうちに、チョプラは自分の目的を確信し、必ずこの事件を解決するという決意を新たにしていた。どんな苦労が待っていようとも、必ず、サントシュ・アチュレカルを殺した犯人に法の裁きを受けさせる。

チョプラはアショクの机の後ろの壁の時計を見た。もう、午後もかなり遅い時間になっているが、アショクが警視総監を説得できれば、今夜にも強制捜査に踏み込めるだろう。三カ所の強制捜査だ。まず、ヴァイル・パールの古い倉庫、それから、ヴァーソヴァのあの船、そして、カラ・ナヤック、別名アルン・ジェイトリーの邸宅だ。最後のジェイトリー邸の手入れには自分も絶対に参加する、とチョプラは思った。警察の仲間たちはダメだと言うかもしれないが、それでも行く。手錠をかけて連行するときのナヤックの顔を見たい。あいつの目をまっすぐに見てやりたい。

デスクの後ろの壁には、額に入った写真がたくさん飾られていた。有名人といっしょのアショクの写真だ。その中には、アショクが村に戻ったときの写真もあることに、チョプラは気づいた。村議会から、花輪を贈られている写真だ。チョプラは微笑んだ。自分の質素な生まれを有権者に思い出させるという、うまい戦略だ。その隣にあるのは、糸車《スピン》の前にあぐらをかいてすわる、ガンディーの写真だ。アショクは以前から、独特の皮肉な態度ではあるが、〝ガンディーさん〟の大ファンだった。「生まれつきの素晴らしいスピン・

ドクター（英語で「メディア担当顧問」「情報操作の専門家」の意）がいたわけだよ」自分のジョークがよほど気に入ったらしく、アショクはよく笑ったものだ。「インドにまだ、メディア担当顧問なんてものがいなかったときから、この人は自分のイメージを売りこむのがうまかったんだ！」

そのほか、政界の先輩たちといっしょに写した写真もたくさんあった。なかには、あまりにも年をとって、ほとんどミイラのようにみえ、今ではもう来世に生きているのではないかと思われる人たちもいた。有名な、この地域出身のボリウッド・スターの写真もある。選挙民といっしょに写した写真もたくさんあった。集会でマイクを持ち、なにか叫んでいるアショク、黒いスーツ姿の法律家たちを前に晴れ舞台で話すアショク、さまざまな慈善団体、福祉団体から感謝され、花輪を首に掛けられるアショク……。

チョプラは凍りついた。

そのまま数秒が過ぎ、彼は椅子から立ち上がると、デスクの後ろに回って、自分の目を捉えた写真をじっと見た。

その写真では、白いシャツに紺のズボンの痩せた若者の首に、アショクが花輪を掛けている。同じ服装の若者たちが大勢まわりに並び、その授賞式の様子を見つめている。背景に写った大きな横断幕には、「シャンティ・ナガール男子孤児院（Shanti Nagar Boys' Orphanage）スポーツの日」と書かれている。その上には、孤児院のイニシャル「S・N・B・O」が記されていた。

　喉の奥がギュッと締めつけられる感じがした。「Ｓ・Ｎ・Ｂ・Ｏ」……。「ＳＮＢＯ」……。まさか。チョプラは窓辺に戻って、下の通りを眺めた。「ＳＮＢＯ」……。シャンティ・ナガール男子孤児院……。

　チョプラは通りの向かいの建設途中の病院を見つめた。いろいろな可能性が頭の中でぐるぐる渦巻いている。自分は藁《わら》をつかもうとしているのか。それとも、思いがけない幸運で、サントシュ・アチュレカル殺しの謎を解く決定的な手がかりを見つけたのだろうか？

　この難題を解く方法はひとつしかない。それを自分で見つけるしかないとチョプラは思った。


　チョプラはオートリクシャで、シャンティ・ナガールへ向かった。貧しくにぎやかな郊外のコミュニティーで、狭い通りはごった返し、頭の上にはバルコニーが張り出し、道端にはゴミの山が築かれている。

　停まっては人に道を聞くうちに、まもなくシャンティ・ナガール男子孤児院に到着した。黒い錬鉄のゲート、よろい戸の閉められた窓、高く白い漆喰の塀はまるで修道院のようだ。チョプラは警備員に、孤児院の院長に会いに来たと告げた。警備員は門を横にビュンと引っ張って開けると、それまで眺めていた新聞に戻った。

孤児院の本館の前には、枯れた芝生と独立運動の闘士で政治家でもあったT・S・S・ラジャン医師の像があった。

正面のドアを入ると、天井の低い円形のロビーになっていて、たくさんの展示ケースにトロフィーや受賞記念の楯が並んでいた。壁に飾られているのは大きく引き伸ばした写真で、極貧の幼い少年たちが孤児院に迎え入れられ、体育や勉強を始める様子が写されている。

そのうちの一枚、花で周囲を飾った写真には、アショク・カルヤンがほかの大勢の真面目な表情の紳士たちと並んで写っていた。説明書きには、〝シャンティ・ナガール男子孤児院理事会〟とある。写真の下には理事たちの名前が記されている。名前のうちのいくつかには「写真には不在」とカッコ書きで書かれており、そう付け加えられた名前のひとつに「アルン・ジェイトリー氏」があった。

「サー、なんのご用でしょうか？」

チョプラが振り返ると、紺色のサリーを着た年配の女性が鷹《たか》のような目でこっちを見ていた。一瞬、チョプラはなにも言えなかった。いろいろな考えが頭の中でぐるぐる回っている。彼はやっとのことで口を開いた。「わたしの名前はチョプラ警部です。この孤児院について、いくつか質問があるんですが」

「なんについての質問ですか、警部さん」と女性は言った。

「行方不明の少年についてです」チョプラは答えた。

そして、理事会メンバーの写真のほうを振り返った。「アショク・カルヤン州議会議員はいつから、ここの理事になったんですか？」

「カルヤンさんですか？　なぜお聞きになるんです？　あの方は孤児院の創立時からの理事さんですよ。あの方のご尽力がなかったら、この孤児院を設立することはできなかったでしょう。わたしたちが運営するほかの四つの孤児院も同じですが。この孤児院では一カ月後に創立四周年の祝典を催します。ところで、さっきおっしゃっていた、行方不明の少年って、いったいなんの話ですか？」

チョプラはポケットからサントシュ・アチュレカルの写真を出し、女性に手渡した。

「これが誰だかご存じですか？」

女性は躊躇した。沈黙が少しばかり長すぎた。それから、やっと答えた。「いいえ、見たことがありません」

「確かですか？」チョプラは食い下がった。

女性は彼の目をまっすぐ見ることができなかった。「そう申しました。この男の子に会ったことはありません。では、わたしどもはとても忙しいので、これで失礼いたします」

この女性は嘘をついているとチョプラにはわかっていた。「マダム、この少年は亡くなりました。殺されたんです。協力していただけないなら、本格的な捜査が入ることになりますよ。孤児院をどこもすっかり捜索します。わかりますか？」

「殺された！　まあ、なんてこと！」女性は本当にひどく驚いているようにみえた。それから、なんとか心を落ち着けようと努力しながら、言った。「警部さん、なんでも正しいと思ったことをなさってください。でも、さっきも申しましたように、わたしはこの少年に会ったことはありません」

彼女は目を細くして、頑固な表情でチョプラを見返した。

とうとう、チョプラはうなずいて、部屋を出た。女性は彼が去るのを見届けてから、タイルを貼った廊下を急ぎ足で歩いていった。

チョプラは門まで来て立ち止まった。振り返ると、ターバンをして眼鏡をかけた、T・S・S・ラジャン医師の石像が期待をこめた目で彼を見下ろしている。

チョプラは向きを変えて歩きだし、再び孤児院の建物に入っていった。

磨かれたばかりらしい廊下を歩いていくと、靴がキュッキュッと音をたてた。円形のロビーから、「居住棟」と記された表示をたどる。教室の前を通りかかると、六歳から七歳の少年たちが木の机の前にすわり、英語の教師のあとについて、声をそろえて朗読していた。さらにいくつかのドアの前を過ぎると、青いマットを敷きつめた体育室があった。もっと行くと、ドアが開いていたので、中を見た。そこは寮で、今は無人でシングルベッドが二列に向かいあって並んでいる。すべてのベッドが神経質なまでにきちんと整えられていた。

さらに廊下を進むと、小さな部屋があって、内部に神殿が作られていた。孤児院の女性職員の制服なのだろう、紺のサリーを着た小太りな中年の女性がクリシュナ神の像の前でお香を焚《た》いている。チョプラは彼女が祈りを終えるのを待った。女性は掌を合わせた両手で自分の額に触ってから、振り返った。

「まあ！」女性は驚いて、片手で喉を押さえた。

「驚かないでください」とチョプラは言った。「わたしの名前はチョプラ警部です。あなたに質問があります」また、サントシュの写真を取り出して、女性の顔に近づけた。

女性は写真を見ている……。そして、突然、顔をくしゃくしゃにして涙を流した。両手に顔を埋《うず》めて、すすり泣いている。「関わりあいになってはいけないと言ったのですよ」彼女は泣き続けた。「そんなことをしては危険だって。でも、あの子はわたしの話を聞こうともしなかったのです」

「わたしはあなたの話をお聞きします」チョプラはやさしく言った。「なにがあったのか、話してください」

「なにも言えません」女性は顔を覆って泣き続けた。「わたしも殺されます」

「誰もあなたを傷つけたりはしません」チョプラは言った。「信じてください。さあ、最初から話してください……」

チョプラが帰宅したとき、家族は出かけていて、家は空だった。ポピーに話がしたかった。何もかも告白しようと思っていた。この頃、なにをしていたのか、サントシュ・アチュレカルの死についての秘密の捜査のことだけでなく、ほかのことも、それが二人の将来についてどんなに大事かということも、話したかった。

これ以上、ポピーに秘密にしておくのはよくないとわかっている。いや、あの殺されそうになって、なんとか生きて帰ってきたあの朝に話しておくべきだったのだ。あのとき、話をしなかったのは間違いだった。今、自分が信頼し、なにもかも打ち明けることのできる人間がいるとすれば、それは妻だ。今、どうしても、妻にすべてを聞いてもらう必要があるとチョプラは思った。

彼は孤児院で恐ろしい発見をして、すっかり打ちのめされていた。ポピーに話を聞いてもらえれば、少しは心が軽くなるのだが。

ポピーはショックを受け、激怒するだろう。チョプラが発見した事実に激怒するだけでなく、チョプラにも激怒するだろう。なにしろ、ポピーはチョプラの心臓発作を退治することが使命だと思っているのだから。この頃自分がなにをしていたか聞いたら、彼女は間違いなく腹を立てるだろう。それだけではない、彼が以前から、シャリーニ・シャルマとともに進めていた将来の計画のことを知ったら！　ポピーはチョプラが退職後、ストレスのない生活をすることこそ、自分たち夫婦のためだと思っているのだから。もちろん、それがわかっているからこそ、チョプラはこれまで自分のやっていることを彼女に話せないでいたのだが。

だが、それはどうにもできないことなのだ。

チョプラはほとんど死にかけた。その後も再び、危険に身をさらそうとした。そんなことをする前に、彼女と仲直りしておくべきだった。

チョプラは重い足取りで階下に戻った。「バハドゥール、ポピー・マダムはどこだか知ってるか？」

しかし、バハドゥールも、ポピーがどこにいるか知らなかった。チョプラは誰かが腕を引っ張るのに気づいた。見まわすと、ガネーシャが鼻を彼の手首に巻きつけていた。赤ちゃん象は立ち上がり、前に一歩、後ろに一歩と行ったり来たりしている。どう見ても、興奮しているようだ。「いったい、どうしたんだ、ぼうや？」

チョプラはガネーシャの頭を軽くポンポンとたたいた。そして、ガネーシャの目をじっと見た。「これからなにをするつもりか、おまえにはわかってるんだろう？」チョプラはつぶやいた。「どうしてかわからないが、おまえにはちゃんとわかってるんだな」

そのとき突然、オートリクシャが裏庭に乗り込んでくる音がした。振り向くと、ポピーがこっちに向かって迫ってくる。ものすごく機嫌が悪そうだ。

「そう！」ポピーは言った。「ついに家に帰ってくる気になったわけね！」

「話があるんだ」チョプラは言った。

「そう、わたしも話があるの」ポピーは厳しい態度で言った。「なに考えてるのか知らないけどね、ミスター大物捜査員さん、わたしだって子どもじゃないんだから、そう簡単には騙されないわよ」

チョプラはわけがわからず、目をぱちくりした。「なんだって！　いったい、なんの話だ？」

「なんの話か、わかってるくせに」ポピーの声はだんだん叫び声になっていく。「言いなさいよ。いったい、どこのなんていう女なの？」

チョプラはどっと汗が出るのを感じた。そばでバハドゥールが好奇心まる出しで聞いている。チョプラは上を見上げた。窓から二つの頭が出ていて、いったい何事かと興味津々で見下ろしている。「なあ、いったい何事か知らないが、上にあがって話そう。ここじゃダメだ」

チョプラはロビーに入っていった。ポピーもしかたなくついて来る。

エレベーターの中で、ポピーはチョプラを見ようともせず、そっぽを向いたまま、こう聞いた。「言いなさいよ。いったい、どこの女なの?」

「誰がどこの誰だって?」チョプラも怒って言った。「なにを言ってるんだか、わからないよ、ポピー」

「そう! それじゃ、わたしがバカだっていうの? あなたがお父さんをうちに来させて、結婚の申し込みをしたときには、わたしがバカだって気づいてなかったわけ? 今日まで二十四年間、わたしがバカだって気づいてなかったわけ? マミージはいつも、あなたとなんか結婚しなきゃよかったって言ってたけど、そのとおりだったわ」

チョプラは自分が未知の海に放りこまれてもがいているような気がした。「なあ、なにか、カン違いしてるんじゃないか?」

だが、彼女はもうチョプラの言うことなど聞こうともしなかった。「ポピーを騙そうとしたって無駄よ。きっとわからせてやるわ」

家に入ると、ポピーは持っていたバッグをソファーの上に叩きつけた。

「なにを悩んでいるのか知らないが……」チョプラは言いかけたが、最後まで言うことはできなかった。

「はっきりさせてもらうわ」ポピーは両手を腰に当てて言った。「わたしか、その女か!」

「誰だって?」

「誰だかわかってるくせに」

「誰だかわかってるって?」チョプラはもう、すっかりわけがわからなくなっていた。

「ほら、ご覧なさい」ポピーは芝居がかった様子で天井を見上げて言った。「白状するところよ」

チョプラは次になにを言ったらいいのか、なにをしたらいいのか、わからないので、黙って立っていた。ポピーと話がしたくて、誤解を解きたくて、家に戻ったのに、彼女はなんだか妄想にとりつかれて苦しんでいるみたいだ。チョプラは自分の妻をよく理解していた。彼女の気分が落ち着くまで、分別ある会話をすることは不可能だ。そういう意味では、ポピーはずっと子どもみたいな性格だった。気が短いし、嵐のように不機嫌になる。

ポピーはソファーまで歩いていって、バッグの中をかきまわした。「まだ、言うことがあるのよ、警部さん」とポピーは言って、小さな白いパッケージを振りまわした。「あなたがなんでその尻軽女がいいのか、ちゃんとわかってるんだから。言っときますけどね、その女があなたにあげられるものは、わたしだってあげられるんだから。これは見える?」彼女はその小さなパッケージをチョプラに突きつけた。そこには黒い文字で、〝ドクター・レッディ家庭用妊娠テストキット〟と記されていた。「そうよ!」ポピーは宣言した。「わたし、妊娠してるの!」

チョプラはまっすぐに妻の目を見た。彼女は泣いていたらしい。それは明らかだ。そして、明らかに夫について何かとんでもない誤解をしている。そして、今度はこれだ。自暴自棄になっている。「でも、それはありえないよ」チョプラはやさしく言った。

「奇跡が起きるときもあるのよ」ポピーは怒って言った。「奇跡は世界で毎日起きてるんだから」

チョプラはもう何を言ったらいいか、わからなかった。まったく理解できないのである。

「あのね、これからちょっとやらなければならないことがあるから」彼はやっとのことで言った。「それがすんだら、話をしよう」

「どこに行くの?」ポピーが怒鳴った。「そのアバズレのところ?」

「自分でもなにを言ってるのかわかってないだろ?」チョプラはやさしい声で言った。そして、彼女に背を向けて家を出た。

ラングワラ警部補にとっては、嫌な一週間だった。チョプラ警部が去り、新しい上司が到着したことで、ラングワラは自分の時間も忍耐心も酷使せざるをえなかった。そのうえ、新しい上司は、ラングワラが称賛し、手本としてきた前の上司のチョプラとは正反対の変わり者だという事実も、彼にとって我慢のできないことだった。

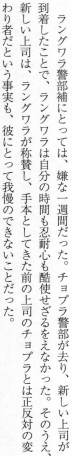

ラングワラはそれまで、どんな環境でもやっていけると自負していた。ムンバイで長いこと働いてきたのだから、スーリヤヴァンシュ警部のような男に今さら驚きはしない。それでも、彼の忍耐力にも限界があった。スーリヤヴァンシュ警部が酒飲みであることはかまわない。ほかにも、毎晩わけがわからなくなるまで飲む警察官はいるが、それでもちゃんと能力がある者もいる。スーリヤヴァンシュ警部が威張り屋だということも気にしない。自分の権力を振りかざしたがる男はよくいるものだ。そういう人種ともやっていける自信がある。だが、今日はついに、ラングワラにとって最後の一撃ともいえる出来事があった。スーリヤヴァンシュ警部はラングワラにコタック事件の捜査を終了しろと命じたのだ。ラングワラはコタック事件の捜査に心血を注いできた。

本人の名刺によれば、スニル・コタックは不動産開発業者である。だが、ラングワラに言わせれば、生まれつきの詐欺師以外の何ものでもない。

この一年、コタックは不正な手段によって、ほとんどムスリムの家族ばかりが住むサハールのあるアパートメント群の権利を次々に取得してきた。そして、自分の立場が確固たるものになったと思うやいなや、借家人たちに対して退去通知を発したのだ。どうやら、その場所に高級デパートを建設しようともくろむ外国の開発業者に売却する契約をしたらしい。コタックにとっては莫大な儲けになるだろう。だが、借家人は貧しい家族ばかりで、頼れるものとてない。裁判に訴える資金もなければ、どこか別の場所の同じような住宅に移るお金もない……。だから、彼らはラングワラに相談に来たのだ。

ラングワラは住人の何家族も個人的に知っていた。彼のいとこのジャミールも、妻、五人の幼い子ども、それに高齢の両親、つまりラングワラのおばとおじとともに暮らしている。

ラングワラはチョプラの激励のもと、八カ月にわたってコタックの件を調査してきた。少しずつではあるが、確実に前進して、悪徳開発業者を逮捕して、その計画をやめさせるための証拠を集めつつあったのだ。

ところが今朝、コタックがやってきて、スーリヤヴァンシュ警部のオフィスで二時間ほど話していった。出てきたときには、スーリヤヴァンシュの腕はコタックの肩に回されていて、二人はまるでずっと前からの親友かなにかのように笑ったり、冗談を言ったりしていた。

その一時間後、ラングワラはスーリヤヴァンシュのオフィスに呼ばれた。警部は単刀直入に、コタックの件の捜査は中止、これ以上彼の邪魔をするんじゃないとラングワラに命じた。ラングワラがいくら抗議しても、聞く耳をもたなかった。

そういうわけで、電話が鳴ったとき、ラングワラはまだ機嫌が悪かった。「誰だ?」と彼は怒鳴った。それは懐かしいチョプラの声だったので、ラングワラの気持ちは一気に明るくなった。

「ラングワラ、おまえの助けが必要だ」とチョプラは言った。「だが、それはスーリヤヴァンシュ警部に知られては困ることなんだ。それでも、やってくれるか？」

ラングワラが決心するのに時間はかからなかった。

23 海辺の強制捜査

ラングワラが青い警察トラックで到着したとき、チョプラはプーマライ・アパートメントの裏庭でガネーシャとともに待っていた。

「テールゲートを下ろせ」チョプラが命令した。

ラングワラは視線を元上司から小さな象に移して質問した。「サー、それでトラックで来いとおっしゃったのですか？」

チョプラはうなずいた。「この件についてはわたしを信用してくれ、ラングワラ」

ラングワラは肩をすくめた。なにしろ、二十年にわたってチョプラの判断を尊重してきたのである。今さら、それを疑問視するつもりはない。

ラングワラはトラックのテールゲートを下ろした。チョプラはガネーシャをトラックの後ろに導いた。そのとき突然、トラックの荷台の座席から黒い影が起き上がったので、チョプラとガネーシャはびっくりした。

見ると、それは汗ぐっしょりのスラ巡査だ。

「いったい、そこで何をしてるんだ？」驚いたチョプラが聞いた。

「サー、ラングワラ警部補が電話で話しているのが聞こえまして、いっしょに行きたいとお願いしました」

「一人で来いと言ったはずだ」チョプラはしかめ面でラングワラのほうを振り返った。

「そうなんですが、サー。どうもすみません、サー。止めてもスラが聞かないもんで」

「お願いします、サー」スラ巡査はチョプラに懇願した。「わたしも連れていってください。足手まといにはなりませんから」

「それはわかってるよ、スラ。だが、ものすごく危険なことになるかもしれない。おまえにケガをしてほしくはない」

「そんなの、怖くなんかありません、サー」

チョプラはぽっちゃりした若者をじっと見て、頭を振った。「わたしの勘がおまえを署に戻せと言ってる。だが、そう言っても、おまえは聞く気がないようだな」チョプラは向きを変えて荷台から下りると、ラングワラといっしょに前の運転席に乗り込んだ。

「どこへ行きますか、サー？」

「ヴァーソヴァだ」チョプラは答えた。

あの漁村に着いたとき、すでに日は暮れていた。迷路のような小道を闇が取り巻いていた。村の住人たちは家のポーチから、警察のトラックが浜へ向かっていくのを興味津々で見つめていた。ラングワラはトラックを砂浜の上のコンクリートの荷揚げ場に停めた。チョプラはトラックを降りて、木の桟橋のほうを見た。トロール船は今も同じ所につながれている。あの今は亡き二人のゴロツキの手から、チョプラが逃げて生き延びたことをやつらは知らないのか、あるいは、チョプラが警察に知らせるほどバカではないと傲慢にも思い込んでいるのか、そのどちらかだろうとチョプラは思った。いずれにしろ、やつらは一度は本気で自分を殺そうとしたのだ。次の機会には手を抜くことはないだろう。

船のデッキに人影はない。「銃は持ってきたな?」チョプラはラングワラに尋ねた。ラングワラは彼に警察官用のリボルバーを渡した。チョプラは弾倉をチェックし、それから、ラングワラとスラについて来いと命じた。ガネーシャはトラックの荷台から下ろされて、木の桟橋の上を何歩か進んだが、突然立ち止まった。干し魚の強烈なにおいがしたので、長い鼻に皺を寄せて縮めている。

三人はトロール船によじ登った。船体にやさしく波が寄せる音が聞こえる。操舵《そうだ》室の扉が開いて、男がのんびりとデッキに出てきた。男は両腕を伸ばしてあくびをすると、股を掻きはじめた。男の後ろで鳴っているボリウッド映画のダンスナンバーが暖かい夜の空気に溶け込んだ。男はくるっと振り返り、チョプラとまっすぐ顔を合わせた。

「なに……？」男は言いかけたが、チョプラが銃の持ち手で思いきり頭を殴りつけたので、最後までは言うことはできなかった。船室の壁に寄りかかるように倒れ込むと、はね返ってうつぶせにひっくり返った。頭から血が出て、デッキの上に流れた。チョプラはかがみ込んで、男の首に指をあてがった。脈はちゃんとある。

チョプラは立ち上がって、ドアから入っていった。

この前の記憶のとおり、通路の両側にドアがある。左のドアは操舵室に入るドアだ。彼はラングワラとスラに身振りで指示した。右のドアだ。それから、声に出さずに三まで数え、ドアを蹴り開け、部屋に突入した。ラングワラとスラもぴったりついてきた。

中には二人の男がいた。前に見たあの小さなテーブルを挟んですわっている。テーブルの上にはラベルのないウイスキーの瓶があり、そのまわりにはカードときちんと積み重ねられた二つの煙草の山がある。部屋の隅の簡易ベッドの上にCDプレイヤーがあって、音楽がかかっている。なにもかも、この前のとおりだ。隅にはバケツと漁網があり、部屋の真ん中にはあのとき彼が縛り付けられた柱がある。

「立て」チョプラは自分の姿を見て驚愕のあまり口をぽかんと開けている二人のゴロツキ

に銃を向けて言った。二人は目を見交わし、それから、ゆっくりと立ち上がった。「スラ、武器を取り上げろ」

スラ巡査は構えていたライフルを下ろして肩に掛けた。そして、すばやく二人のボディーチェックをして、ピストル二挺を取り上げた。

「さて」とチョプラは言った。「彼らのところへ連れていってもらおう」

二人のゴロツキのうちの一人、顎ひげをはやして、一度潰されたことのあるような形の鼻の男が目を細くして吠えた。「彼らって誰のことだ?」

チョプラは前に進んで、リボルバーの銃口をその男のこめかみに突き付けた。「もう一度言わせるんなら、そのときには返事しようにもうおまえの命はないぞ。わかったか?」

男はチョプラの目をじっと見返した。額に汗の玉が浮かんだ。男は瞬《まばた》きして言った。

「わかった、わかった」

男はチョプラたちを部屋の外に導き、通路の終わりにある別のドアに入った。そのドアの向こうはトロール船の船腹へと下りる螺旋《らせん》階段だった。警察官たちは二人のゴロツキに前を歩かせて、暗がりの中を下りていった。

下の階に着くと、そこも狭い通路で、電球が一個点いているだけだ。黴臭《かび》いにおいが漂っている。彼らは通路をガタガタ歩いていって、ひとつのドアの前で立ち止まった。ドアの中からギシギシという音が聞こえてくる。あのとき、船の中に閉じ込められたときに聞こえていた音だ。このドアの向こうの部屋は、自分が閉じ込められていた部屋の真下にあたっている。

「ドアを開けろ」チョプラは命令した。ゴロツキはドアの脇のフックに掛けてあった鍵の束を手に取った。突然、その鍵束が滑って手から落ちた。ゴロツキはそれを拾おうとしゃがんだ。手で自分の足首のあたりを探っている。いきなり、怒鳴り声をあげながら、飛び起きた。握った手にはナイフの刃が光っている。チョプラが反応するより早く、男はナイフをスラ巡査の胸の上部に深く突き刺していた。

　銃声が鳴り響いた。

　ゴロツキは壁にもたれるように倒れた。腹を押さえて、ずるずると床に滑り落ちていく。

　チョプラは振り返った。

　ラングワラのリボルバーの銃口から煙が立ちのぼっている。警部補の目は暗がりにあって、よく見えない。彼は腕をもう一人のゴロツキのほうに動かした。ゴロツキはショックを受けて、目を見開いたままだ。

　チョプラはスラのほうを振り向いた。スラはなんとか立っている。自分の手で、ナイフの柄を握っている。その指の間から、血が流れている。「見せろ」チョプラは言った。

「心配しないでください、サー」スラが弱々しい声で言った。「大丈夫です」

チョプラはスラの指をそっとこじ開けて、ナイフから離した。ナイフは肩の下と胸筋の上部の間に刺さっている。

「運がよかったな」ほっとした顔で、チョプラは言った。「もっとひどいことになっていたかもしれないんだからな」

スラは弱々しく微笑んだ。

「ラングワラ、車から救急箱を取ってこい」

「本当になんでもないです、サー」震えながら、目に流れ込む汗に瞬きしながら、スラが言った。足がぐらついている。

チョプラはスラに手を貸してすわらせた。その間も、もう一人のゴロツキにリボルバーを向けたままだ。

二人はラングワラが救急箱を持ってくるのを待った。

数分後、戻ってきた警部補は傷を消毒し、絆創膏《ばんそうこう》を貼った。「重傷ではない」彼は言った。「死ぬ心配はないぞ、スラ」そう言って、安心させようとスラの肩を軽く叩いた。

チョプラは撃たれた男のそばに寄って、身をかがめた。男の目は閉じられ、両手は膝の上に力なく垂れている。頭は胸のほうにぐったり倒れている。太腿の上に血がたまっている。まるで、路地で眠りこけている酔っ払いのようにみえる。チョプラは指二本を男の首に当ててじっと待った。それから、立ち上がって、もう一人に言った。

「さあ、ドアを開けろ」

もう一人のゴロツキはしゃがんで、鍵束を拾い上げ、震える手でドアの鍵を開けた。

チョプラは中に入った。

かなりの広さの部屋で、オイルランプがひとつだけあり、部屋の中の物に影を投げかけている。八人の思春期の少年たちが部屋の壁に寄りかかって床にすわっている。少年たちは互いに手枷足枷でつながれている。しかも、それぞれの足首から、床に埋め込まれた鉄の輪っかにチェーンで拘束されている。微かなギシギシという音はこの少年たちがたてていた音だった。彼らは言葉もなく、鎖をこすりあわせる音で絶望を表現していたのだ。チョプラが部屋に足を踏み入れると、何人かが顔を上げて、チョプラを見た。混乱の表情が浮かんだ顔には、惨めさが深く刻まれている。それだけではない。絶望。そしてあきらめ。誰かが助けに来るとは思ってもみなかったのだ。奇跡が起きるとは思ってもいなかったのだ。

「なんだ、これは？」ラングワラは目を細くして、部屋を見まわした。

「これは……」チョプラは言った。「人間の悪がどんなことをなしうるかという証拠だ」

チョプラはゴロツキのほうを振り返った。「この子たちの鎖をはずす鍵はどこだ？」

男はさっきドアを開けた鍵の入っていた鍵束を見せた。「鎖をはずせ」

少年たちが一人ずつ、手枷足枷から解放された。彼らは自分の手首と足首を痛そうにさすっていて、床から立ち上がろうとはしない。チョプラはラングワラのほうを向いて言った。「ヴァーソヴァ署のチェッダ警部に電話してくれ。ここでなにを見つけたか、話すんだ。捜査チームを寄こしてくれと頼め。あとは彼らがやってくれるはずだ」

「しかし、サー」ラングワラが言った。「もし、チェッダが……」

「わかってる」チョプラはうなずいた。「それでも、そうするよりほかない。もしも、ナヤックがチェッダを買収していたりしたら、もっと面倒なことになるがな。だが、もう、これ以上隠しておけることではないんだ。もう、これ以上」チョプラはゴロツキに向かって言った。「さあ、言え。ナヤックはどこだ？」

24 チョプラ対カラ・ナヤック

トラックは夜の街をガタゴト進んでいった。おしゃれなバー、それから、ダーバと呼ばれる、食べ物を売る露店。眠る乞食や、路上生活の子ども。手押し車にもたれて眠る物売り。レイディーズ・バーのドアは、酔っぱらってふらふらの、しかし、満足げな客たちを吐き出している。外国の時間で働いているコールセンター。道端で眠る牛。目のギラギラした野良犬たちが人通りのない道で食べ物を漁っている。ほんの数時間でしかないにしても、インドの野犬たちはこの時間は街の支配者に戻っている。トラックはそんなすべての前を通り過ぎていく。

チョプラはときおり、バックミラーに目をやる。後ろの荷台の上、闇にくるまれて、ガネーシャは静かに立っている。ときおり、街灯のまぶしい灯りが顔に当たると、赤ちゃん象はパチパチ瞬きをして、鼻をピクンと動かしている。

三十分後、チョプラたちはアルン・ジェイトリー、別名カラ・ナヤックの屋敷に到着した。雨が降りはじめていた。雨粒は車のメタル製のボンネットに当たってバチバチ音をたて、フロントグラスにも大きな重たい雨粒が散らばった。ヘッドライトの光線の中でも雨が渦巻いている。

たっぷり二分ほど、彼はトラックの中にじっとすわっていた。ただ、雨を見つめ、シュッシュッというワイパーの音を聞きながら。犬が一匹、走ってきて、ぐしょ濡れの体をぶるっと震わせ、また走っていった。どぶの中では突然流れ出した激流に飲み込まれたネズミがキーキーいっている。

チョプラはこれまで起きたことを考えていた。退職したとき、自分の生存にとって不可欠な何かを失ったことに気づいた。それは、警察官としてのアイデンティティーというだけではすまない何かだ。それは、パズルをひとつずつ組み立てていくときのワクワクする気持ちであり、正義がおこなわれた、そして自分がそのために小さい役割を果たしたと知るときの静かな満足感でもあった。警察官の制服を着ているか、着ていないかにかかわらず、自分はこれからもずっと正義を追い求めるだろうとチョプラは思った。それは自分にとっては大切な名誉なのだ。

チョプラはトラックから降りた。後ろに回って、テールゲートを下ろした。ガネーシャが雨の中へとトコトコ降りてきた。雨粒が皮膚に跳ねるたびに、小さな象は耳をパタパタした。

チョプラはナヤックの邸宅の門まで歩いた。渦巻飾りの鉄細工の門をとおして内部を見ると、警備員は警備員室の前の日よけの下で、白いひさしのついた帽子を被った青白い顔の運転手といっしょにすわっていた。二人とも煙草を吸いながら、外の雨を眺めている。運転手の手には湯気の上がるティーカップがあった。

「門を開けろ」チョプラは命令した。

雨が日よけに当たってラッタッタ、ラッタッタとドラムのような音を響かせている。警備員は椅子から立ち上がり、門の縦棒の隙間からチョプラの顔を見た。前の日に見ていることは思い出していない様子だ。「サーヒブ、なんのご用で？」

「警察の正式な仕事だ」チョプラはぶっきらぼうに言った。「ナヤックに用がある」

その瞬間、警備員は驚いて、生真面目な表情になった。そして、物問いたげに運転手をちらっと見た。運転手は手に持ったティーカップを少し下げて言った。「サーヒブ、ここにはナヤックって人はいません。ここはアルン・ジェイトリー様のお屋敷です」

「門を開けろ」チョプラは言った。

運転手は道路に目をやり、警察のトラックを見つけた。二本のヘッドライトが闇に刺さる釘のようだ。「すみません、サーヒブ。住所をお間違えでしょう」

チョプラは運転手の顔をじっと見た。そして、その顔から恐怖を読み取った。警備員は残忍な主人の怒りと、それよりもっと恐ろしいかもしれない警察の怒りとの間で板挟みになっている。

チョプラは背を向けて、闇の中に歩き去った。警備員は彼の姿が雨の中に溶けるのを見届け、日よけの下の自分の椅子に戻った。そして、震える指で煙草をつまみ上げ、運転手の考えを聞こうと、そっちを見た……。

そのとき、渦巻くような雨の中から、黒っぽい、大きな影が突進してきた。短い雄叫《おたけ》びをあげて、ガネーシャは門に突っ込み、両側の門扉を蝶番《ちょうつがい》から吹っ飛ばした。左側の門扉は大きな音をたてて、屋敷へ続く私道の砂利の上に落ち、右の門扉は吹っ飛んで警備員の上に落ちた。警備員は腰を抜かして倒れている。

運転手は椅子から跳び上がった。一瞬、口をポカンと開けて、ティーカップを手に持ったまま、その場に突っ立っていたが、カップをガネーシャに投げつけた。それから、くるっと向きを変えると、雨の中を屋敷のほうへ走りだした。赤ちゃん象は猛然とその後を追った。

チョプラは敷地内の私道を歩いていった。足の下で砂利が音をたてた。服はぐっしょり濡れ、髪の毛から滴った水がまつ毛に落ちるたびに瞬きをした。

屋敷は門からかなり奥の、セメントの噴水池の向こうに建てられていた。噴水池の水は雨で増え、轟々と音をたてて、今にもあふれそうになっている。噴水の向こうには、高級車が何台か停められていて、その中には白いメルセデスもあった。

チョプラは屋敷を見上げた。その正面は高価な花崗岩のタイルで飾られている。暗い建物に黄色い長方形が並んでいるのは、大きな上げ下げ窓の列だ。だが、その窓の向こうに動くものはなにも見えない。

チョプラは邸宅の正面ポーチへと続く大理石の階段を上った。頭の上では、ポーチの屋根に雨粒が大きな音をたてている。正面ドアは開いていた。ドア枠の中に一人の召使いの姿があった。そこに立って、外の雨を見つめている。チョプラは銃を上げて言った。「離れていろ。今すぐに」召使いの女性は目を真ん丸にして彼を見つめたが、やがて、着ているサリーをたくし上げ、水しぶきを上げながら、車寄せを駆け下りていった。チョプラは屋敷に入った。

そこは大理石を敷いた大きなロビーだった。欄干や柱の先端にライオンの頭の形の装飾が施された階段が両側にあって、上の階へと続いている。ロビーの中央には池があって、その両側には趣味のよい大きな中国製の壺《つぼ》や、チーク材のテーブルが飾られている。池には睡蓮《すいれん》の花や葉がたくさん浮かんでいて、そのまわりを珍しい魚が泳ぎまわっている。

チョプラの胸の中で、心臓が激しく脈打った。リボルバーを握りしめる拳が白っぽくなった。

誰もいないロビーを通り抜け、奥にある廊下に進んだ。廊下の両側には、長方形のミャンマー製のチーク材の彫刻が飾られている。ラーマーヤナ（ヒンドゥー教の聖典の叙事詩）の場面を彫刻したもので、ラーマ王子が愛するシータ姫を救うため、悪魔ラヴァナと戦っている。自分の今の境遇も、どこか神話的なところがある、とチョプラは思った。英雄が悪党との最後の対決に向かう……。ムンバイの人間は誰でも、チョプラでさえも、ボリウッド映画の影響から逃れることはできないらしい。

廊下の先の部屋もロビーに劣らず、豪華だった。輝く床はイタリア製の大理石で、巨大なシャンデリアが下がり、堂々としたダイニングテーブルがある。壁に掛けられた大きな版画が描いているのは、波が逆巻く川のそばを三人の村娘が壺を運んでいる姿だ。奥にはアーチ形の入口があって、さらに先へと続いている。そこから、声が漏れ聞こえている。

チョプラはリボルバーを掲げ、アーチ形の入口から次の部屋へと進んだ。

その部屋には三人の男がいた。そのうちの二人は派手な赤い革のソファーに向かい合わせにすわっている。三人目の男は床から天井まである大きな窓の列の前に立って、外の暗闇を見つめている。ガラスの窓の前の男は、あの赤いベレー帽の男、つまり、シェッティという名の男だ。ソファーに座った二人はカラ・ナヤックとアショク・カルヤンだった。

チョプラが部屋に入っていくと、三人が同時に振り向いた。驚愕の一瞬が過ぎると、ナヤックが口を開いた。「俺のやることに余計な口を挟むとろくなことにはならねえと船上で肝に銘じたはずだと思ってたがね、警部さんよ。そうではなかったようだな」

シェッティが窓のそばを離れ、ソファーのほうに歩いてきた。「こいつを必ず見つけるから、まかせておいてくれって俺は言いましたよね」シェッティは吠えるように言った。そして、チョプラをにらむと言った。「おまえの喉を切って、血を全部どぶに流してやる。そうすりゃ、そんなに英雄ヅラもしてられなくなるだろうよ」

「おまえにまかせておいたら、めちゃくちゃにするだろう」とナヤックは言った。「今は面倒なことは困るんだよ」

アショク・カルヤンが立ち上がって言った。「おまえもずいぶん、気が短くなっちまったようだな、アシュウィン。待ってろと言ったはずだ」

「なにを待てって言うんだ？　おまえがもっと嘘をつくのを聞いていろというのか？」

チョプラはアショクをにらんだ。顔は怒りに染まっている。アショクがこの事件に関係していると知ったチョプラは心底、ショックに打ちのめされていた。子どもの頃からの友、ずっと尊敬し、愛してきた友が極悪な犯罪者だったとは。自分の利益のために子どもたちを犠牲にするなんて、絶対に許すことはできない。

チョプラは両手を拳に握っていた。そうしなければ、その場ですぐにカルヤンに飛びかかってしまいそうだ。

「嘘だって？」アショクは首を振った。「そうじゃない。厳しい真実を話してやるから待てという意味だよ」

「どんな真実だ？　ナヤックがわれわれの都市ムンバイで築き上げた人身売買のネットワークのことか？　孤児院を運営してやつのために見つけてやった少年たちのことか？　その事実をつかんで、なにもかも暴露するとおまえを脅したサントシュ・アチュレカルのことか？　だから、あの子を殺したのか？」

「サントシュか、輝く未来があの子を待っていたんだがな」とナヤックが言った。「あの子が生まれついた貧しく哀れな世界から、助け出してやろうと思ったのに。俺の顔に泥を塗りやがった。俺のやってる商売が気に入らないと言うんだ。どうやら、この国で一番重要なルールを忘れたらしい。飼い主の手を嚙むもんじゃないってルールをな。あいつはあちこち嗅ぎまわりはじめた。聞いてはならないことを聞き歩いた。どうやら、ヒーローにでもなるつもりだったらしい。だが、信用してはならない人間を信用したのが間違いだった」

シェッティが近寄ってきた。「サントシュは、このビジネスのことを調べるのを俺が助けてくれると思い込んだわけだ。俺があいつと知りあったのは、あいつが毎月、〈モティラルズ〉に金の集計に来ていたからだ。俺たちはちょっとの間、友だちになった。正直な話、俺はあいつが大好きだったよ。あいつは俺のことを信頼できると思ったらしい。本社でなにかの書類を見つけたとかなんとか言いだしたところをみるとな。会社がなにか、怪しい商売をしていると思いはじめたんだ。はっ、バカなやつだよ」

「あの子はなにか、問題が孤児院と関係している証拠を見つけたんだな？」チョプラは言った。

「取引記録を見つけたんだよ。悪徳企業らしいと思った会社が、なぜ孤児院に金をつぎ込んでるんだろうって調べはじめるのも時間の問題だった。警察に訴える前に、決定的な証拠を見つけてやると言いだした。俺はあいつに賛成しているふりをした。この件について俺は実はなにもかも知ってるんだが、恐ろしくて警察に行く勇気がないってふりをした。俺もやっぱり無実の犠牲者だってふりをしたんだ。どうだ、たいしたもんだろ？　フィルムフェア賞（優れたヒンディー語映画に与えられる賞）主演男優賞をもらってもいいくらいだ！」

「どうして、おまえのことを信用したんだ？」

「とうとう説得されたふりをしたんだよ。二人で協力して、人身売買の取引を明るみに出してやろうと言ったんだ。あいつが欲しがっていた証拠のある場所に案内してやると言ったんだ」

「それで、あの殺された日の夜、あの子は〈モティラルズ〉に行ったんだな？」

シェッティは微笑んだ。「あの夜、あそこで待ち合わせしようと言ったんだ。汚い金を皮革製品の店でロンダリングしている、あっちの店、こっちの店と動かして、最後にナヤック・サーヒブが〝きれいな〟商売に投資してるんだと説明してやった。あの夜はずっと〈モティラルズ〉にいたよ。これからいっしょにやることのために、自分がどんなに勇気を振り絞らなければならなかったか、なんて話をしながらな。コーラを飲ませてやったが、それには薬を入れてあった。それから、いっしょにウイスキーを飲んだ。決心できないで悩んでいるふりをした。協力するか、それとも、黙っているべきか、ってな。あいつは俺にしゃべらせたいもんだから、つきあってどんどん飲んだ。まだガキなんだな、自分を大きく見せたいんだ。だが、残念ながら、そんなに酒が強いほうじゃなかった。その頃には、薬も効きはじめてたしな。そろそろ酔いつぶれそうだってときになってから、ガキどもが閉じ込められている所に連れていくと言った。バイクに乗ったときには、ほとんど意識をなくしかけてたから、体をまっすぐにして乗せていくのに苦労したよ。それから、あそこに連れていった。あんたがあいつの死体を見つけた所だ。水の中に引きずり込もうとしたら、突然、目を覚ましやがった。これから何が起きるのか、虫の知らせで感づいたのかもしれねえな。突然、しゃっきり気がついて暴れはじめた。何度も引っ掻かれたが、俺に勝てるわけはねえ。あいつの哀れな人生を終わらせてやれて、よかったよ」

リボルバーの引き金に掛けたチョプラの指に力が入った。これ以上は我慢ができないとわかっていた。この悪党にあと一言でもしゃべらせたら、自分は平気で引き金を引いてしまうだろう。チョプラはサントシュ・アチュレカルの手帳に書いてあったリストのことを考えた。賄賂の贈り先のリストだと思っていたが、それは間違いだった。あれは誘拐された少年たちのリストであり、数字のほうは彼らを売るときに付けられた値段だったのだ。

チョプラは孤児院で会った女性のことを思い出した。彼女は自分が働いている場所、困っている子どもたちを助けていると信じていた場所が、実は現代の奴隷貿易がおこなわれている地獄のような場所だということを、サントシュ・アチュレカルから聞いた。彼女はショックを受けて、サントシュの調査のためにいろいろな情報を詳しく教えてやった。まさか、自分が話すことがサントシュの死刑執行令状に署名するのと同じだとは考えてもみなかったのだ。

チョプラは彼女に、必ず殺されたサントシュの仇《かたき》を討つ、虐待をやめさせると約束した。すると、はじめはためらっていた彼女もチョプラが知りたいと思っていたことを話してくれた。

孤児院には慈善団体や福祉団体から、子どもを受け入れてほしいという要請がたくさんきていたという。インドのような、貧しく人口の多い国では当然のことだろう。しかし、この孤児院には受け入れにあたって厳格なルールがあった。年齢が八歳未満で、健康な男の子だけを受け入れることになっていたのだ。障碍《しようがい》のある子どもや、親戚のいる子どもは対象外だった。受け入れられた子どもたちは教育を受け、世話をしてもらえた。だが、そこは規律の支配する世界だった。反抗的な行動をとったり、規則に従わなかったりした子どもは容赦なく、厳しいムンバイのストリートに放り出された。

しばらく働くうちに女性は、この孤児院にはなぜか、養子縁組希望の夫婦が訪れることがないのに気づいた。そのかわり、孤児たちの養子縁組を助ける慈善事業の代表だという紳士たちの委員会があって、彼らがときおり、孤児院を訪れていた。この紳士たちに連れられて、多くの少年が孤児院から旅立った。

少年たちの誰一人として戻ってくることはなかった。

孤児院の職員たちが聞かされた話では、この養子縁組組織の成功率は百パーセントだということだった。この成功率を維持するために、孤児院職員の果たすべき役割があるとも言われた。つまり、絶対になにも外部に漏らすなということだ。

チョプラは銃をシェッティに向けたまま、ナヤックのほうを向いた。「ヴァイル・パールの倉庫を見た。子どもたちをヴァーソヴァの海岸から船に乗せるまで、あの倉庫に閉じ込めておくんだな？　動物のように檻に入れて。〝顧客〟に送るための写真もあそこで撮るんだな？」

ナヤックはなにも言わなかった。

「いったい、どこへ送るんだ？」

「どこへ行くかなんて、どうでもいいじゃないか」ナヤックがやっと口を開いた。「商品にすぎないんだからな。ほかの商品となにも変わらないさ。一番高い値段を付けた入札者のところに行くだけだ。中東とか。あるいはこの国の南部とか。どこだって同じだ。ビジネスなんだから、感傷的になっている暇などない」

「友よ、彼の話を聞くんだ」アショクがやさしい声で言った。「彼の言うことを聞け。今なら、まだ間にあう」

「まだ間にあうだと？」チョプラは吐き出すように言った。「今すぐおまえに弾を撃ち込みたいよ」

「そんなことをして、なんの役に立つんだ？」アショクは腹の前で手を組んで言った。「ひとつ、話をしてやろう。警察官の話だ。正直で、献身的な警察官で、ずっと前に教えられた正義という原則のためにずっと働いてきた男だ。だが、彼はその正義という原則に従って自分が尽くしてきた国がすっかり変わったことに気づいていない。国の理想が変わったことにも気づいていない。ある日、彼は退職することになった。人生をかけて奴隷のように働いてきた証はどこにある？　いま俺たちがいる、ここみたいな美しい邸宅でも手に入れたか？　この屋敷の前に停めてあるような白いメルセデスでも手に入れたか？　いいや。そいつが生涯の奴隷奉公の証になにをもっているか、教えてやろうか。なにもなしだよ。豆一粒さえも手に入らなかったんだ」

「金がすべてではないぞ、アショク」

「友よ、おまえは間違ってる。金がすべてだ」

チョプラはあのときトロール船の中でナヤックが言ったことを思い出した。「どこに金を使うべきか、わかるようになった……。長生きして、もっと金を手に入れるために投資するんだ。なにを買うと思う？　権力だよ。儲けた金で、権力を買うんだ……」

そのとき突然、なんの前触れもなく、シェッティがソファーの間を駆け抜け、いきなりチョプラに飛びかかってきた。チョプラがなにもできずにいるうちに、シェッティは彼の腕をつかみ、体重をかけて突き飛ばした。チョプラはバランスを失ってぐらついた。二人は床に転がった。銃が火を噴いた。

一瞬、完全なる沈黙がその場を支配した。

それから、チョプラがうっとうなり声を発して、シェッティの大きな体を横に押しのけた。そして、はあはあえぎながら、やっとのことで立ち上がった。チョプラはシェッティを見下ろした。シェッティはうつぶせに倒れたままだ。その胴体の下に血が広がっていく。シェッティの右の耳の後ろに、三つの短いひっかき傷のかさぶたがあるのが見えた。

後ろで物音がしたので、チョプラは振り返った。大きなガラス窓が開けられていて、暗闇から雨が吹き込んでいる。ナヤックは姿を消していた。

アショクのほうはというと、もとの場所から動いていなかった。「もうやめろ」彼は静かな声で言った。「そんなことをしても、どうにもならないぞ。ナヤックは何年もかけて、肝心なところに金をばら撒いてきたんだ。たとえ、逮捕したところで、あいつが牢に入ることはない」

「おまえと違って、俺は信じているんだ、アショク。この国にはまだ、まともな人間もいるはずだと」

チョプラは開いている大きな窓から、庭へ飛び出した。一瞬のうちにずぶ濡れになった。空から、大量の水が絶え間なく降ってくる。あまりに雨が強いので、すぐ目の前も見えないほどだ。そのうえ、ナヤックとは違って、チョプラはこの場所をよく知らない。ナヤックを捕まえることなどできるだろうか？

チョプラは走り続けた。

暗闇の中から人影が浮かび上がった。チョプラは本能的に撃った。近くに寄りながら、目を細めてみた。それは、後ろ足で立ち上がったインド羚羊《レイヨウ》のコンクリート像だった。

彼は走り続けた。激しい息遣いを続けながら。自分の胸の中で、心臓が雷のように轟《とどろ》いているのを感じる。だが、今はそんなことを心配している暇はない。

もうひとつ、像の前を過ぎた。つまずいて、前に倒れた。水の中へ。まるで溺れかけた人のように、めちゃくちゃに水をまき散らしながら、腕を振りまわした。水は腹の高さまであり、水底の泥で足が滑った。

彼は池の中に落ちていた。

足がまた滑り、転んでしまったので、顔まで沈んで、泥水を飲み込んだ。鼻先をなにかがかすめていった。またひとつ……。魚だ！

チョプラは体を立てなおし、水をかいて前へ進んだ。まだ、リボルバーをしっかり握っている。池の縁までたどり着いて、なんとか一息つき、這い上がって、池のまわりのコンクリートの縁に四つん這いになった。そのまま、しばらく動けずにいた。池の泥水が顔を伝って流れ、雨はまるで、怒った女が拳で叩くように、彼の背中を打ち続けた。

突然、暗闇から足が飛んできて、彼の胸を蹴った。一瞬、息もできなくなり、仰向けにひっくり返った。雨が目に流れ込んでくる。立ち上がろうともがいていると、何かが激しく彼の胃のあたりに差し込んできた。ナヤックの杖の先端だ。チョプラは体を二つに折り曲げてあえいだ。涙が流れ、雨に混じった。銃は手からはじけ飛んでいた。だが、今はそのことを考える余裕もない。チョプラは突然、胸に恐ろしい痛みを感じていた。耳には雷のように激しい自分の鼓動が聞こえている。まさか、また心臓の発作が起きようとしているのか……。

チョプラの意識は突然、あの日のサハール署に戻っていた。取調室の中に立っていて、白い漆喰の壁の高い所にある窓の錆びついたブラインドをとおして、光の筋が射し込んでくる。

彼はラングワラが治安紊乱《びんらん》の疑いでしょっぴいてきた男の取り調べをしていた。その男は、自分はカリスマ的な霊的指導者で億万長者でもあった亡きサティヤ・サイババの生まれ変わりだと主張して、チャカラ・マーケットの真ん中に立つと、おもしろがって集まった聴衆に、この市場の地下に自分の財産の一部である一トンの黄金が埋められていると宣言した。

一時間とたたないうちに、欲の深い人たちが市場を掘り返しはじめた。さらに、どんどん掘り進めていったので、しまいには周辺の道路までが、広がる塹壕《ざんごう》とクラクションを鳴らす車が戦う戦場のようになってしまったのである。

チョプラはその男を尋問し、詐欺師なのか、それとも、たんなる頭のおかしい男にすぎないのか、見きわめようとしていた。突然、刺すような鋭い痛みが胸に広がり、それが何度も繰り返された。そして、世界がゆっくりになった。

チョプラはラングワラのほうを振り向こうとした。だが、その動きにも長い年月がかかるような気がした。肋骨《ろっこつ》の中を踏みつける蹄《ひづめ》の轟きを静めようとでもするように、手でやっと自分のカーキ色のシャツをつかんだが……。それから、どこまでもどこまでも、落ちていった……。

意識を取り戻したとき、最初に目に入ったのは、ポピーの顔だった。目に涙をためて自分を見下ろしている妻から、なにか温かいものが伝わってきたのを覚えている。「心臓の発作なんて！」ポピーはチョプラを叱った。「心臓発作を起こしていいなんて、許可したおぼえはないわよ！」

チョプラは目を開いた。カーテンのように垂れ下がる雨の向こうから、ナヤックが見下ろしている。ナヤックは片方の膝をついて、身をかがめている。その手にはチョプラのリボルバーが握られている。

「いろいろ面倒を起こしてくれたな、チョプラ」雨の音に負けじとナヤックは怒鳴った。「不実な都市の誠実な警察官とはな。だから、おまえには近づこうとも思わなかった。アショクにも言ったんだよ。アショクと初めて手を組んで、権力の基盤を築こうとしていたとき。おまえは絶対に仲間に入ることはないだろうってな。一千万ルピー、一億ルピー……。誰にでも値段がある。だが、おまえのようなやつに付けられる値段は、葬式代だけだからな」

ナヤックは立ち上がった。銃をチョプラの胸に向けている。耳に響いていた自分の激しい鼓動がゆっくりになってきたのを感じた。チョプラは突然、ポピーのことを思った。どんなときでも変わらず、自分のそばにいてくれたポピー。暴君や圧政と戦い続けるポピー。それでいて、ゴキブリを死ぬほど怖がるポピー。いらいらすると唇を嚙む癖。お気に入りの雑誌がお勧めする最新流行のガラクタで家をいっぱいにしたがるポピー。彼女の作る素晴らしいドーサ。夫が疲れていると思うときは肩を揉んでくれて、そうしながらも、最近のミセス・スブラマニウムのひどい仕打ちについて文句を言い続けるポピー。結婚してこれほどの年月がたっているのに、二人を結びつけてくれた神様に感謝している、だって、ほかの男性と人生をともにするなんて想像もできないもの、と結婚記念日の夜には必ず耳もとでささやいてくれたポピー。彼の愛するポピー。

ポピーにさよならを言うこともできないのか。二十四年間、よき夫でいたのに、さよならも言えない運命なのか。カルマだ、とチョプラは考えた。これがカルマなんだ……。

チョプラは瞬きした。ナヤックが自分に覆いかぶさるように立っているのがわかったが、その顔は雨にかすんではっきり見えない。もう一度、瞬きした。銃口がコブラの目のように彼の視線を吸いつけている。瞬きする。ナヤックが消えた。また、瞬きする。すると、残像のように見えた……。ナヤックが横に回転しながら、飛ばされていくのが。

大きなガツンという音とともに、暗黒街の帝王の頭が池のコンクリートの縁に激突した。体はバシャッと音をたてて、波打つ水に落ちた。そして、そのまま、すぐに水中に沈んだ。チョプラは肘をついて体を起こした。肋骨のあたりに何度も痛みが押し寄せた。世界は回転木馬のようにぐるぐる回っている。吐き気がこみ上げてきた。雨は頭に当たり続け、池のまわりのタイルに弾丸の交響楽のようにはね返った。髪の毛が頭に貼り付いた。

頬に暖かいものが触ったのを感じて、チョプラは振り向いた。ガネーシャが鼻を鳴らして、濡れた鼻で彼の顔をなで続けた。まるで、チョプラがまだバラバラになってはいないことを確かめようとでもするように。

チョプラは必死になって膝立ちになった。片手で胸を押さえながら、池をのぞき込んだ。ナヤックがうつぶせで水に浮かんでいた。

チョプラは池に滑り込み、水をかき分けて、浮かんでいるナヤックのほうに行った。そして、その体をひっくり返した。ギャングの目は閉じられていた。コンクリートに激突したときの大きな傷が額にあった。

チョプラはナヤックの体を池の縁まで引きずっていき、外に引っ張り出した。胸を押して人工呼吸してみたが、すでに手遅れだった。ナヤックは死んでいた。

チョプラは立ち上がった。ガネーシャの頭に片手を置いた。ナヤックは死んだが、ある意味では、困難な仕事はこれから始まるのだとわかっていた。当局に届け出て、この恐ろしい事件の登場人物であるすべての腐敗したやつらに正義の鉄槌《てっつい》を下すに十分な人数の汚れていない人々が、インドの司法という、か弱い組織の中にいることを祈らなくてはならない。

その中でもまず、鉄槌を下すべきは、子どもの頃からの友アショク・カルヤンだ。

「おいで、ぼうや」チョプラは言った。「やりかけた仕事を最後までやろう」

25 ベイビー・ガネーシャ探偵事務所

「どこに行くのか、どうして教えてくれないの？」

ポピーは心配そうな顔をしていたが、その表情にはちょっぴり好奇心も混じっていた。

この二日間は、彼女にとって長いこと忘れることのできない辛い時間だった。

まず、あのカラ・ナヤック復活のいきさつと、夫が暴いた人身売買組織をめぐるスキャンダルだ。危なっかしい心臓を抱えた夫が退職後はのんびり過ごし、クリケットの試合を見たり、彼女の手料理でちょっと太ったりしているはずだったのに、ムンバイじゅうを駆けずりまわって、殺されかけていたことに、彼女はまだ怒っていた。チョプラは彼女と話をしよう、自分の無謀な行動を少しは説明しようとしたのだが、ポピーはあまりにも腹を立てていたので、耳を貸そうともしなかったのだ。

そうこうするうちに、新聞各紙は大騒ぎになった。この事件には腐敗した政治家たち、汚職警官たちが関与していて、地元の議員アショク・カルヤンもその一人だというのである。空軍記念アパートメントは、この事件を解決に導いた退職警察官の暮らしぶりを伝えようとする記者たちに取り囲まれてしまった。おかげで、空軍記念アパートメントの権力者ミセス・スブラマニウムの権力基盤は危うくなってきたのである。

インドのマスコミは頭がいくつもある野獣のように、飽きることを知らずに吠えたてたので、国じゅうがこのスキャンダルに夢中になった。大騒ぎの中心にいるのは救出された少年たちで、彼らは感動的なヒューマンストーリーの主役となった。今はムンバイでももっとも費用のかかる病院に迎えられていて、各種の福祉機関は彼らの苦難を例にとって、もっとも貧しい人たち、よりどころのない人たちに対して、インド社会はあまりにも冷淡だと訴えている。州首相もむきになって傷ついた孤児たちへの気遣いを表明している。首相もテレビでこの件について会見せざるをえなくなり、全国のあらゆる孤児院を調査すると約束し、このような事件の再発は絶対に許さないと宣言した。

告発はギャングと結託している政治家たちの腐敗行為にも及んだ。秘密の武器取引や、飼料詐欺横領事件（架空の家畜のための飼料代を公的資金から騙し取るもので、実際にもこのような事件があった）。選挙における不正投票や、建築許可にまつわる贈収賄、犯罪者たちの金庫から、公的な地位にあるもっと大物の悪党たちに流れ込む黒い金の流れなどだ。

自分の立場を守ろうと慌てふためく政治屋たちを見て、大衆は大喜びした。

そして、すべてはチョプラの活躍によるものなのだ……。いったい全体、ガネーシャがどんな役割を果たしていたのか、ポピーにはまったくわからなかったが、新聞記者たちは赤ちゃん象の探偵助手という話に夢中になった。記者たちがしつこくインタビューを要求し、ガネーシャについての馬鹿げた質問を繰り返すので、ポピーは疲れきっていた。その象はなにか芸ができるんですか？　あなたが言うことを全部理解しているんですか？　その象はあなたの夫を助けるために現れたガネーシャ神の化身だと思いますか、などという質問だ。

まったく、新聞記者ってなんておバカさんなんだろう！

唯一の救いは、ミセス・スブラマニウムがいくら怒り狂っても、どうしようもないことだ。厳格さを絵に描いたようなミセス・スブラマニウムはこの騒ぎについて散々嫌味を言っているが、空軍記念アパートメントを襲撃する記者たちを追い払おうといくら頑張っても、彼らは彼女にまでマイクを突きつけてくるので、どうしようもないのだった。彼女はきっと次の管理委員会の会合のために爪を研いでいるところに違いないとポピーは思った。

それから、いとこのキランの問題である。その後、意外な展開があって、ポピーの計画は台無しになりつつあった。キランの娘プラタナのボーイフレンドは実業家のろくでもない御曹司でヨーロッパの寄宿学校に追いやられたと思われていたが、どういうわけか、突然ムンバイに戻ってきたのである。彼は両親にも知らせずに、まっすぐキランの家にやってきて、床にひざまずいてキランに謝罪した。そして、今どきの若者らしいというべきか、泣きじゃくりながら、自分がどれほどプラタナを愛しているか、プラタナのために正しいことをしたい、と言うのである。そして、今日この日にも結婚したいと言いだしたのだった。

プラタナが花瓶を投げつけたので、哀れな少年は気絶してしまったが、プラタナは這って父親のところに帰ればいいだろうと言い放った。

やがて意識を取り戻した少年は、今すぐプラタナが結婚に同意しなければ、今この場所で自殺すると言いだした。ここにも、ボリウッドのメロドラマの信者が一人いたというわけだ。プラタナは彼にマッチ箱を渡し、口先だけではなく、ちゃんと実行しなさいよと言った。

キランはやっとのことで二人を落ち着かせた。そして、それ以上は騒がず、結婚式をおこなった。今もデリーにいる夫はもちろん激怒したが、キランは腹をくっていた。なぜ結婚させる必要があったか、夫に説明する気はない。夫のアナンドは事情を知る必要はない。少なくとも、今はまだ。

激怒した新郎の父がやってきた。怒れば怒るほど、光沢のあるシルクのシャツのボタンがお腹からはじけ飛びそうになった。彼は怒鳴った。荒れ狂った。拳を振りまわし、警察を呼ぶと脅した。キランはあっという間に彼を家から叩き出した。

いとこのキランが本気で怒るとまるで虎のようだとポピーは思った。

噂話が広がって、しばらくの間、若い二人につきまとうだろうが、少なくとも、赤ん坊が生まれるとき、二人はすでに結婚した夫婦ということになる。

ポピーはキランのために喜ぼうと思った。しかし、内心は悲しかった。長い苦しい年月の後にやっと母親になれるという希望を与えておいて、今度はその希望を奪ってしまうなんて、神様はなんて残酷なんだろうと思った。

それに、あの〝もう一人の女〟だ。

ポピーは今やすっかり確信している。夫は自分を捨てるつもりだ、そして、どこの誰だか知らないが、その素敵な女性と新しい家庭を築くつもりだ。長い間苦しんできた夫にやっと子どもを産んであげられると約束したのに、その約束を守ることもできなくなった。ずっと愛してきた夫を失いたくないという彼女の希望もこれですっかり消えてしまった。

そして、いよいよ、夫と最終対決しようと心に決めた朝、出かけるから支度してくれと言われたのである。いっしょに来てほしいというのだが、どこへ行くのかは言おうとしない。

オートリクシャに乗っている間も、ポピーが何度尋ねても、チョプラはなにも言わないと決心しているらしく、ずっと黙っている。ポピーは嫌な気分が募ってきて、胃のあたりがおかしくなってきて、しまいには吐き気までしてきた。これからいっしょに行く所といえば、一カ所しか思いつけない。きっと、その女に会わせようとしているのだ。その女に会ったら、自分はどうしたらいいのだろう。それが問題だ。

まず、目玉をくり抜いてやろう、とポピーは雄々しくも考えた。しかし、実際にはそんなことはしないとわかっていた。チョプラがもし、未来の妻に会ってほしいというのであれば、それは自分との結婚を威厳のある終わり方で終わらせたいからだ。なにしろ、チョプラは常に威厳というものを大切にする男だからだ。それが彼の望みなら、そうしてやろうとポピーは思った。自分がどんなに辛くても、夫の望みどおりにしてやろう。

オートリクシャが停まった。

ポピーはまわりを見まわした。この道はグル・ラビンドラナート・タゴール・ロードだ。右側を車やリクシャが通り過ぎ、左側には人の流れが尽きない。「どうして、ここで停まったの？」

チョプラは答えない。黙ってリクシャを降りて、運転手に金を払った。わけがわからないまま、ポピーもリクシャを降りた。

二人は大きな平屋の建物の前に立っていた。正面のポーチがそのまま屋内のとても広いホールに続いており、中にはテーブルや椅子が並んでいる。どうやら、レストランらしい。屋台《ダーバ》を模したスタイルのレストランのようだ。ポピーは上を見上げた。レストランの看板があるべき所には白い布が掛けられている。看板はあの布の下にあるのだろうか。

チョプラはポーチへ、そしてレストラン内部へと続く緩やかな階段を上っていった。ポピーも後に続いた。

頭の上では天井扇風機が回り、暑い空気をかきまわしている。薄暗い店内を蠅が何匹か、けだるげに飛んでいる。ポピーはなんとなくわかったような気がした。夫は自分をその女の家に連れていくのは嫌なのだろう。仇敵《きゅうてき》がどこに住んでいるかを明かすほど自分を信用してはいないということだ。だから、その女の家に行くかわりに、この中立的な場所で会うことにしたのだ。

ポピーはまわりを見まわした。一人ですわっている女がいるはずだ。いったい、どんな女だろう? ポピーは考えた。もちろん、魅力的な女に違いない。それに、きっと若いに違いない。少なくとも、自分よりは若いだろう。なんといっても、チョプラはまだまだハンサムなんだから。

突然、彼女は気づいた。レストランの中には誰もいない。あまり人気のある店ではないのかもしれない。だから、チョプラはこの店を選んだのだ。他人に見られないように。妻が恥をかかないように。この店はどうやら、改装されたばかりらしい。家具には傷ひとつないし、チェック模様のテーブルクロスも、すわり心地のよさそうな、高い背もたれと柔らかい座面の椅子も新品だ。床の大理石のタイルも新しく敷かれたようだし、壁の絵も明るくて、感じがいい。だが、メニューらしきものはないし、働いている人も見当たらない。なんだか、変だ。

「さて……」チョプラが話しはじめた。「どう思う?」

ポピーはわけがわからなくなった。「どう思うって、どういう意味？　何をどう思うって？」

チョプラは微笑んだ。妻を途方にくれさせておいて、冗談を楽しんでいるつもりなのだろうか。「デヴィディカール医師《せんせい》から、引退しろと言われたときには、本当に悲しかったよ。どれくらい悲しかったか、言葉にすることもできないくらいだった。だって、これからの人生、いったい何をしたらいいんだ？　わたしはずっと警察官だったし、それ以外の自分なんて考えることもできないんだから。それでも、だんだんに現実を受け入れることができるようになった。これから後、なにをするべきか、考えはじめたんだ。退職したからといって、毎日うろうろして、半日かかって新聞を読んで、あとの半日はクリケットの番組を見て、昔はよかったなんて言って暮らすような老いぼれにはなりたくないからね。考えるうちに、ひとつの計画を思いついた。今のムンバイにはありとあらゆるレストランがあるだろう？　世界のどこかの料理が食べたいと思えば、きっとムンバイのどこかにその国の料理を出す店が見つかる。それなのに、これまでずっと、あったらいいなと思っていたのに、いまだにないレストランがある。どんなレストランだと思う？」

ポピーは首を振った。チョプラの話を聞けば聞くほど、わけがわからなくなる。そもそも、そのレストランの話が、例の女とどういう関係があるというのだろう。

「警察官専用のレストランだよ！」チョプラはそう言うと、珍しく、輝くような笑顔を見せた。

「なんですって？」

「考えてもごらんよ。警察官はどこへ行っても歓迎されない。本当の意味ではね。警察官が来ると、すぐにただで食事を出そうとする店も多い。そうしないと、怒らせてしまうんじゃないかと思ってるんだ。もちろん、警察官を怒らせたいと思う者はいない。たとえ、なんにもやましいことがなくてもだ。それに、ほかの客たちだって、警察官が店に来ると、それだけでもう居心地が悪くなる。だから、このムンバイには、警察官が本当に歓迎され、それだけでなく、自分の家にいるようにくつろげる店なんてないんだ。だから、そんな店を作りたいと思ったんだよ。警察官が集まれるレストランだ。オーナーも元警察官で、客も全員、警察官なんだよ。警察官が集まってくつろげる店、もし家族を連れてきたければ、安心して連れてこれる店だ。同僚といっしょに座ってその日の仕事の話をしてもいいし、ほんのしばらく、気持ちを落ち着けるために来るだけでもいい。嵐のときに避難する港、もうひとつの自宅のような店だ」

チョプラはにっこり笑って言った。「それこそが、わたしたちのレストランなんだ」

「わたしたちのレストラン？　わたしたちって、あなたと……、もう一人の人？」

「もう一人の人？」今度は、チョプラが途方にくれる番だった。「もう一人って、何のことだ？」

「もう一人の女よ」ポピーは絶望して、泣きそうな声で言った。絶対に泣かないと決めていたのに、目の縁から涙があふれているのがわかった。マスカラが落ちないといいんだけど。だって、マスカラが流れると、本当にみっともないんだから。

「ポピー！」チョプラは憤慨して言った。「こっちに来てくれ」

チョプラは回れ右すると、太陽の光が射す屋外に出て、レストランの正面に行った。まるで、警察に入ったばかりのあの頃のように、足取りも軽く感じられた。

この数日間はチョプラにとって、まるで生まれ変わるような経験だった。マスコミの取材に対応するほかに、ムンバイ警察の上層部からのひっきりなしの電話に応じることに多くの時間を費やしてきた。チョプラの捜査の方法と、そもそも捜査する権限がないということを問題視する人たちもいた。だが、だいたいのところは、退職した警察官であるチョプラが、当然の義務といえる以上の働きをし、それによって、警察に名誉をもたらしたということで意見が一致していた。なんといっても、警察の仲間である彼が大きな犯罪の一味を摘発し、ついにカラ・ナヤックの悪行を終わらせたのだ。そのうえ、この犯罪にアショク・カルヤンも加担していたこと、多くの警察官が内通していたことをチョプラが暴いたので、警視総監は警察内部における腐敗の横行に対して徹底的な調査をしようと勢いづいていた。警視総監は新聞各紙も味方につけ、立場の弱い、薄給の警察官たちがギャングや腐敗政治家たちの餌食になっていると騒ぎ立てた。

そういう警視総監も政治的な動物であり、現在の状況を自分に有利なように利用しているということは、チョプラもわかっていた。それでも、警視総監は正直な、つまり、ムンバイ警察のトップとしては、という意味だが、十分に正直な人間だという評判だ。警視総監の汚職撲滅運動はきっといい結果をもたらすはずだとチョプラは感じていた。たとえ、それが警視総監自身のキャリアの前進のためのいい結果になるとしてもだ。

この二日ばかりの猛烈な忙しさの結果、チョプラは自分の時間がまったくもてずにいた。ポピーの誤解を解こうにも、そのチャンスがなかったのである。一、二度は、彼女に話しかけてみたのだが、彼女は最近のチョプラの行動について怒りを爆発させるばかりなので、結局、あきらめるしかなかった。今ようやく、このところ、ポピーがいったい何を悩んでいたのかを知って、チョプラは突然、恥ずかしい気持ちになった。自分は妻をこんなに苦しめていたのだ。もちろん、それは自分の意図したことではなかったのだが。

そのとき、二人の近くにトラックが来て停まった。

ラングワラ警部補が運転席から飛び降りた。

「ラングワラ！」チョプラは我に返って、厳しい声で言った。「遅かったな」

「はい、サー。すみません、サー。署で問題が起きたんです。中央捜査局《CBI》から監査チームが来て、スーリヤヴァンシュ警部の尋問を始めまして。スーリヤヴァンシュ警部はコラバのCBI本部に連れていかれました。すぐ戻ってくるかどうか、わかりません」

「それじゃあ、誰が署長の代理を？」

「ラオ警視は、モダック警部を代理に任命しました。スーリヤヴァンシュ警部が戻ってくるまでです」

「戻ってこなかったら？」

「それは、祈っているしかありませんね」ラングワラは表情も変えずに返事をした。「もちろん、それもみんな、ラオ警視本人がCBIに召集される前の話です」

チョプラも表情を変えなかった。しかし、サントシュ・アチュレカルの遺体の検死解剖をさせると言ったときに、ラオがむきになって反対したのを思い出した。

ラングワラはトラックの後ろに回って、テールゲートを下ろした。ガネーシャがとことこと、陽の光の中に姿を現した。そして、すぐに鼻を上げて、チョプラの顔をなでた。

「ちょっと待ってくれ、ポピー」とチョプラは言った。「まずは、このぼうやが先だ」

彼はレストランの横に沿った狭い通路を通って、ガネーシャを建物の裏の敷地に案内した。その部分は三面が安全に壁で囲まれていて、残りの一面はレストランの裏側のベランダになっている。敷地の後ろのほうには、大きなマンゴーの木があって、熟した実がなっていた。木の下には芝生に囲まれた、泥水のプールがある。ガネーシャはとことこ歩いていくと、マンゴーの木の下で立ち止まり、泥水のプールをじっと見た。

「ぼうや、おまえの新しい家だよ」とチョプラが言った。

赤ちゃん象は不安げに見上げてから、水を調べてみようとでもいうように、長い鼻の先をプールに浸してみた。その結果に満足した様子で、前に進むと、ポチャンと泥の中に飛び込んだ。それから、鼻を伸ばすと、落ちていたマンゴーの実を拾って、口に放りこんだ。

この数日というもの、赤ちゃん象はすっかり食欲を取り戻した様子で、断食の行《ぎょう》はやめることにしたらしい。しかし、あいかわらず、ジャンクフードが好きで、特にキャドバリーのデイリーミルクに目がないことに、チョプラは当惑していた。とはいえ、少なくとも、もう少し象らしい食べ物も食べるようにはなってきた。あと数カ月すれば、ちゃんと太ってくるのではないかとチョプラは期待している。

「ガネーシャをここに住ませるって、どうして教えてくれなかったの？」ポピーは不機嫌な声で言った。もうひとつの心配事はしばし忘れているらしい。「きっと、ミセス・スブラマニウムは自分が勝ったと思うわね」

「ミセス・スブラマニウムの言うとおりだよ。アパートメントの建物なんて、象の住むべき場所じゃないよ」それに、ここから何千キロも離れた象の保護区もダメだ、そんな所にガネーシャを行かせるわけにはいかない、とチョプラは思った。だから、その朝、ドクター・ロヒット・ララに電話した。これまでいろいろやってくれたことにお礼を言ってから、やはり、伯父の遺言で任されたのだから、子象を守る責任を放棄するわけにはいかないと思ったと説明した。

ドクター・ララは驚いていた。「本当に大丈夫なんですか？」とドクターは尋ねた。

「わかりません」チョプラは正直に言った。「ただ、そうするのが正しいと思うんです」

チョプラはラングワラのほうを向いて言った。「プレートを受け取ってきてくれたか？」

「イエス、サー」ラングワラは答えた。そして、今まで抱えていた袋の中から、縦横それぞれ約六十センチほどの大きな金属製のプレートを取り出した。チョプラに手渡そうとすると、プレートは陽の光を受けて輝いた。ポピーも好奇心をかきたてられたので、夫の肩越しに、磨き上げられたメタルのプレートに刻まれた文字を読んだ。

ベィビー・ガネーシャ探偵事務所

「これはなに？」ポピーは疑わしげに質問した。この頃では、夫のすることがますますわからなくなってきたのだ。今日はきっと、夫の愛人と対決するという大変な場面が待っていると思っていた。そして、少なくとも、説明を聞くことができると思っていた。それなのに、チョプラときたら、まるで何事もなかったかのように、彼女をこんな所に連れてきて……。そのうえ、これは……？

「これはね、ポピー、わたしの二番目のすごいアイデアなんだよ」

「どういう意味？」

チョプラはプレートを置くと、ポピーのほうに向きなおった。「ポピー、わたしは刑事《ディテクティヴ》なんだ。もう制服は着ていないが、わたしはやっぱり刑事なんだ。このレストランはわたしが自分で切り盛りしなくても、ちゃんとやっていける。だから、わたしはなにかほかの仕事をする必要がある。そうでないと、これまできみがずっといっしょだった、同じアシュウィンでいることができなくなる気がする。今回のアチュレカルの事件で思いついたんだ。わたしは三十年かけて、刑事の仕事を学んできた。引退することになったからって、脳みそまで引退するわけじゃない。これからも、今までやってきたのと同じ仕事を続けることができるはずだ。これまでと違うのは、どんな事件を捜査するか、自分で選ぶことができるということだよ」

「でも、あなたは心臓が……！」

「わたしだって、バカじゃない。これからは、殺されかけることのないような事件だけを選ぶ。夫の失踪とか、遺書の紛失とか、そういうことだ。それが、わたしがやらなければならないことなんだ。単純なことだよ。わかってくれるだろう？」ポピーは抗議しようと口を開きかけたが、結局なにも言わなかった。なにしろ、夫は彼女は知りあったときには、すでに警察官だったのだ。それをやめなければならないことが、彼にとってどんなことか、想像もできなかった。もしかしたら、自分の一部を捨てなければならないような気持ちかもしれない。それなのに、ダメだと言うことなどできるだろうか？

　私立探偵《プライヴェイト・デイテクテイヴ》……。確かに、それなら、警察官よりは安全だろうか？

　ポピーはため息をついた。「そのお上品な探偵事務所のオフィスはどこになるの？」

　チョプラは微笑んで言った。「きみは今、その中にいるんだよ」

　ポピーの目が大きく見開かれ、それから、彼女はくすくす笑い出した。「それじゃ、あの子があなたの助手ってわけ？」ポピーが指さしたガネーシャは、泥水の中で楽しそうに転がりまわっている。

「バンシ伯父さんの言ったことを忘れてはいけないよ。あの子はただの象とは違うんだ」

　マンゴーの木のあたりをそぞろ歩いていたラングワラが言った。「サー、そんなバカバカしい話を信じてるわけじゃないでしょう？」ガネーシャがラングワラを見上げた。それから、水をいっぱい鼻に吸い込んで、勢いよく浴びせかけたので、警部補は全身ぐしょ濡れになった。

　ポピーとチョプラは大笑いし、ラングワラは小さな声で悪態をつきながら、あわてて退却した。

「おいで」とチョプラは言った。「まだ、肝心な物を見せていないからね」彼はポピーをレストランの正面に連れていった。「わたしたちのレストランがなんという名前か、きみは知りたいと思わないか?」

「わたしたちのレストラン?」

「そうだよ。きみとわたしのレストランだ」

「だけど……。だけど、彼女はどうなるの?」

「ポピー、もうやめてくれ。『彼女』なんてどこにもいないよ」

「それじゃあ、わたしと別れようと思ってたわけじゃないの?」

「別れる?」チョプラは真剣に驚いていた。「いったい全体、どうしてそんなことを考えないといけないいんだ?」

ポピーは哀れな様子でうつむいた。「わかってるでしょ」

チョプラは妻の肩に腕を回した。「神様はわたしにとても親切だ。ポピーを与えてくださったんだから。ほかに必要なものはない」

ポピーは夫の目をじっと見て、彼が真実を言っていることを知った。両目から涙があふれてきた。

本当はポピーにもちゃんとわかっていたのだ。キランの家の赤ん坊を養子にする計画は無謀だと。そもそも、その計画を成功させるためには、自分が知るかぎり、世界でもっとも正直な人に嘘をつかなければならない。そう思うと、ポピーはどんどん苦しい気持ちになっていた。だから、計画が実現できなくなって、ある意味、救われたような気もしていた。

チョプラの言葉は彼女の心の傷を香油のように癒してくれた。

彼女の気持ちは突然、希望で明るくなった。

「でも、あなたに電話してきてた人は誰なの？　わたしはてっきり……、あなたの恋人だと思ったの」

「シャリーニ・シャルマのことか？　彼女はレストラン経営のコンサルタントだよ。役に立つアドバイスをたくさんしてもらっているんだ」

ポピーは笑顔になったが、それはすぐにしかめっ面に変わった。「レストラン経営なんて、すごくストレスの多い仕事でしょ。前もって話してくれていたら、絶対に賛成なんかしなかった」

「そうだろうと思ったから、話さなかったんだ」心配そうな妻の顔を見て、チョプラは言った。「優秀な人たちを雇うから大丈夫だ。わたしはときどき行って料理を試食したり、椅子を並び替えたりするだけのお偉い経営者になるんだ」

ポピーは黙っていたが、やがてくすくす笑い出した。「それなら、よろしい。お偉い経営者さん。でも、忘れないでね。あなたの人生のシェフはわたしだけなんだから」

「きみはそれ以上の存在だよ、ポピー」チョプラはポーチのほうを向いて、そっちに歩き出した。そして、切妻屋根の三角形の下で止まった。三角形の切妻壁の端から、ロープが垂れているのにポピーは気づいた。見上げると、ロープはレストランの看板に掛けられた布につながっている。チョプラが振り向いて、にっこり笑った。それから、大げさな身振りでロープを引っ張ると、看板に掛けられていた布がはずれて、レストランの名前が現れた。

POPPY'S　ポピーズ

警察官のための
バー＆レストラン

最終章

今日もまた、激しい雨がチョプラ警部の寝室の窓に叩きつけていた。ムンバイはすっかり水浸しだ。ホミ・コントラクターの予言は正しかった。モンスーンはひとたび到来すると、かつてないほど激しい雨をもたらした。繰り返し、洪水の予報が出されて、ムンバイはずっと警戒態勢にあった。ほんの一カ月前には誰もが日照りのような暑さを嘆いていたのに、今はみな、あまりに激しい雨で身動きができないと不平を言っている。

チョプラは目を覚まして、ベッドの上で背筋を伸ばしてすわっていた。汗びっしょりになっている。自分の胸の中で心臓が激しく脈打っているのを感じる。彼はさっきまで夢を見ていた。バンシ伯父さんの夢だ。それは、彼がすっかり忘れていたこと、伯父さんのことなのに、今までずっと思い出しもしなかったことの夢だった。どこかに埋められていた記憶が、まるで重りをつけられていた風船の紐がはずされたように、突如として意識の表層に浮かび上がってきたのだ。

とても蒸し暑い日だった。バンシ伯父は八歳のチョプラを、近くのラムナガルという村で収穫の後に開かれる縁日《メーラー》に連れていった。チョプラはメーラーのあらゆるものが大好きだった。その色彩、騒がしさ、毎年、人々を楽しませに来る旅の一座も。バンシ伯父さんも甥っ子と同じくらい、縁日を楽しんでいた。彼のことを縁日のお楽しみの一部だと見なしている人たちもたくさんいた。だから、バンシとチョプラが歩いていると、何度も何度も人々に呼び止められた。彼らはバンシに占いを頼むのだ。

一日が終わる頃には、バンシから気持ちのいい予言をしてもらって喜んだ人たちが、彼にちょっとしたお礼を渡した。それをバンシはチョプラにも半分わけてくれた。自分の分を口に入れたバンシ伯父さんの純粋な喜びの表情をチョプラは忘れられない。「こんなに美味《おい》しい物だと前から知っていたら、毎日一個ずつ食べたのに！」伯父さんは叫んだ。

そして、チョプラの知るかぎり、伯父さんは次の日から、本当に毎日一個ずつそれを食べたのである。村に戻っているときの伯父さんはそれ以後、毎日、ハリおじさんの食料品店に行って同じ物を買った。どうして、チョプラは今までそれを忘れていたんだろう？懐かしいバンシ伯父さんがあれほどまでに、キャドバリーのデイリーミルクが大好きだったことを。

謝辞

　どんな本でも、多くの人たちの助力、助言、そして応援なくしては出版することができない。初めて自分の本を書いた余裕のない作者として、A・M・ヒース社のわたしのエージェントであるユーアン・ソーニークロフトとマルホランド・ブックス社の編集者ルース・トゥロスの恩は一生忘れることがないだろう。読者のみなさんが今、この本を読み終わることができたのは、彼ら二人がわたしを信頼してくれたからにほかならない。

　最初の原稿をもっとよく書きなおすうえでお世話になった人たち、すなわちアシェット・インディアのトーマス・エイブラハムとプロミ・チャタジー、コピーエディターのアンバー・バーリンソン、それに目の鋭い校正者であるゾエ・キャロルにもお礼を申し上げる。ユーアンが最初に述べてくれた鋭い意見に助けられて、わたしはこの小説におけるムンバイという都市を簡潔に表現できるようになったし、登場人物たちを完成させることができた。それから、情熱をもってプロットの細かいところまで注意を払い、この本の多くの側面を向上させるためにやさしくわたしを説得してくれたルースには特別に感謝している。編集者は暴君だなどと言う人たちがいるが、わたしはまったくそうは思わない。

　マルホランド・ブックス社のルースの同僚たちにもお礼を言いたい。マーケティング担当のナオミ・バーウィン、宣伝担当のケリー・フード、制作担当のローラ・デルヴェスコヴォ、そしてルースのアシスタントのシャラン・マタルである。同じく、ユーアンのアシスタントのピッパ・マッカーシーにも感謝している。

　妻の義理の兄であるアシュウィン・チョプラには、もちろん、特別に感謝している。なにしろ、自分の名前をこの小説で使うことを許してくれたのだから。義兄アシュウィン・チョプラは、チョプラ警部と同じくらい、誠実で高潔な人物である。

　最後に、この本を書くための調査に力を貸してくれた人たちにもお礼を言いたい。わたしの妻のニルパマ・カーン、ムンバイの素晴らしい友人たち、そして、UCL（ロンドン大学ユニバーシティ・カレッジ）の同僚であり、もとはインドの警察官だったジョティ・ベルール博士だ。それから、わたしが初めてインド亜大陸に足を踏み入れ、この本の出版へと続く長い道のりの第一歩を印すきっかけをくれた、テリー・ブリューワーにも感謝している。

訳者あとがき

現代の大都市ムンバイを舞台に、謹厳実直なアシュウィン・チョプラ（元）警部が、赤ちゃん象ガネーシャをつれて凶悪な犯罪者と戦う。インドでなければありえない名探偵の誕生である。二〇一五年に発表されたこの『チョプラ警部の思いがけない相続（*The Unexpected Inheritance of Inspector Chopra*）』は、すでに十七か国語に翻訳されている。

作者のヴァシーム・カーンは一九七三年英国ロンドン生まれ、インドにも、両親が移住前に住んでいたパキスタンにも、ほとんど興味をもたずに育ったという。ロンドン大学ロンドン・スクール・オブ・エコノミクスで財務会計学の学位を取得し、一九九七年、環境にやさしいホテル・チェーンのための経営コンサルタントとしてムンバイに赴任した。そして、十年間暮らすうちに、ムンバイで生まれ育った女性と結婚し、インドのさまざまな魅力に触れることになった。二〇〇六年に英国に戻り、それ以来、ロンドン大学ユニバーシティ・カレッジ・ロンドンの治安・犯罪科学科に勤務してプロジェクトや予算の管理を担当しながら、執筆に励んでいる。文学、特にミステリーを読むほかに、クリケットにも情熱を燃やしている。

この「ベイビー・ガネーシャ探偵事務所」シリーズのほかに、一九五〇年代の女性警部を主人公とする新シリーズがあり、『帝国の亡霊、そして殺人』(二〇二三年早川書房刊)でCWA(英国推理作家協会)賞ヒストリカル・ダガー賞を受賞している。

この作品を書くきっかけは、ムンバイに到着してまもなく、道路を歩いている象に出会って驚いた経験だとカーンさんは話している。訳者の私もインドを旅行中に大都会の路上で大きな象とすれ違ったことがある。

ところで、チョプラとガネーシャのように、人間と象が心を通わせることは本当に可能なのだろうか。こんなニュース映像を見たことがある。野性の象の群れが移動中、子どもの象が用水路にはまって、上がれなくなってしまっている。近くの工事現場から人間たちが駆けつけ、パワーショベルで子象のお尻を持ち上げて脱出させてやる。子象は母親にすり寄り、象たちは出発したが、リーダーらしい大きな象がくるりと振り返ると、長い鼻を伸ばしてパワーショベルにからませ、まるで握手をするようにしばらくじっとしているのだ。助けた人間たちも大喜びしている。似たような動画はネット上でいくつも見つけることができる。インドだけでなく、タイの動画もあった。どうやら、象は恩を感じ、義理を解するらしい。その一方で、象が怒ると本当に狂暴だそうで、なにかの理由で象を怒らせた人が執拗に踏みつけられ、まわりの人は助けることができなかったというニュースもたびたびある。

「ガネーシャ」という子象の名前はもちろん、象の頭をもつヒンドゥー教の神ガネーシャにちなんだものである。シヴァ神の妻パールヴァティーが夫の外出中に産んだ息子で、帰宅したシヴァは自分の息子と気づかず、首を切って殺してしまい、外に出て最初に出会った動物である象の頭を与えて復活させたと伝えられている。ガネーシャは厄除け、財運、学問などをつかさどる神として大変な人気がある。

インドの街角に立ってまわりを見まわせば、そこにはさまざまな宗教を信じる（あるいは信じない）多様な人々の顔があり、おいしい軽食のいい匂いや下水の悪臭が漂い、異様な風体の行者がたたずんでいるかと思えば、きらびやかなショッピングモールやしゃれたオフィスビルが立ち並び、聖と俗、富と貧困、古代と最先端が一度に視界に入ってくる。農村に生まれ育ち、大都会ムンバイで悪と戦い、愛する妻とタワーマンションで暮らすチョプラは読者の私たちに現実のインドを見せてくれる案内役でもある。

ところで、この物語に登場する「エンカウンター」という言葉について説明しておく必要があるだろう。「遭遇」「出会い」という意味の英語の「エンカウンター」が、インドでは特別な意味をもっている。武器をもって抵抗してくる犯罪者を警察官がその場で射殺することだ。本来は逮捕して法の裁きを受けさせなければならないが、有力者の後ろ盾のある犯罪者を有罪にするのは難しいので、一九九〇年代には正当防衛という建前で「エンカウンター」が頻繁におこなわれるようになった。ネットフリックスで公開中のドキュメンタリー映画『ムンバイ・マフィア：警察と闇社会の仁義なき戦い（*Mumbai Mafia: Police vs the Underground*）』には、百人を超える凶悪犯（容疑者）を射殺した警察官が登場している。

この「ベイビー・ガネーシャ探偵事務所」シリーズは長編四点と中編二点が続いている。チョプラ（元）警部とガネーシャは、長編第二作『*The Perplexing Theft of the Jewel in the Crown*（王冠の宝石の理解不能な盗難）』では、博物館から盗まれた呪われたダイヤモンド「コ・イ・ヌール」の行方を追い、第三作『*The Strange Disappearance of a Bollywood Star*（ボリウッド・スターの奇妙な失踪）』では、撮影中に失踪した映画スターを探し、第四作『*Murder at the Grand Raj Palace*（グランド・ラジ・パレス・ホテルの殺人）』では、アメリカ人の億万長者が殺された事件を捜査し、第五作『*Bad Day at the Vulture Club*（ハゲワシ・クラブの不運な日）』では、パールシー（ゾロアスター教徒）の富豪の殺人事件の謎に迫る。

中編の二作品は慈善活動の一環として執筆されたもので、第一作の『*Inspector Chopra and the Million Dollar Motor Car*（チョプラ警部と百万ドルのクラシック・レーシングカー)』では、ギャングのボスが購入した豪華なクラシック・レーシングカーが密室状態のディーラーショップから忽然《こつぜん》と消えた謎を追い、第二作『*Last Victim of the Monsoon Express*(モンスーン急行最後の犠牲者)』では、インドとパキスタンを結ぶ豪華寝台列車に乗り込んだチョプラとガネーシャが、外交官が車室内で殺された事件の解決を迫られる。要するに、インドの魅力と問題をたくさん紹介してくれるシリーズになっている。

ここで、作者のヴァシーム・カーンさんから日本の読者へのメッセージを紹介しよう。

この本を読んでくれてありがとうございます。日本語でも読んでもらえることをとても嬉しく思っています。読者の皆さんには、私といっしょにインドに旅して、ムンバイの街を体験してほしいのです。

私も妻も日本の食や文化の大ファンで、イギリスでも放送されている日本のテレビ番組をよく見ています。いつか日本に何か月か滞在するのが私たちの夢です。

ロンドンにて　心をこめて　ヴァシーム

最後に、インドに興味をもった皆さんにお勧めしたいウェブサイトが二つある。作者カーンさんのサイト(http://vaseemkhan.com)(英語)はインドについてのブログなど盛りだくさんの内容で、ムンバイの写真も楽しめる。もうひとつは、アルカカットこと高倉嘉男さんのインド映画のウェブサイト「FILMSAAGAR」（フィルムサーガル／映画の海）だ。映画だけでなく、現代のインドについて多くを学ぶことができる。特に、先述の「エンカウンター」について、また、小説に登場する「ヒジュラー」の人たちについての記事は大変勉強になった。高倉さんにお礼を申し上げるとともに、読者の皆さんにもぜひ読んでいただきたく思う。

二〇二三年四月

訳者紹介　舩山むつみ

東北大学文学部卒業、慶應義塾大学法学部卒業。日経国際ニュースセンター、在日本スイス大使館勤務などを経て翻訳の道へ。全国通訳案内士（英語・中国語・フランス語）の資格を持つ。主な訳書に蔡駿『幽霊ホテルからの手紙』、莫理斯『辮髪のシャーロック・ホームズ 神探福邇の事件簿』、紀蔚然『台北プライベートアイ』（以上、文藝春秋）がある。

ハーパーBOOKS

チョプラ警部《けいぶ》の
思《おも》いがけない相続《そうぞく》

2023年5月20日発行　第1刷

著　者　ヴァシーム・カーン

訳　者　舩山《ふなやま》むつみ

発行人　鈴木幸辰

発行所　株式会社ハーパーコリンズ・ジャパン
東京都千代田区大手町1-5-1
03-6269-2883（営業）
0570-008091（読者サービス係）

印刷・製本　中央精版印刷株式会社

ISBN978-4-596-77217-6